U0940001

【读鉴小说轩】

石達開

永远镌刻在大渡河上的英名

『醉垂鞭』：金田起神兵。舒长剑，丹旗卷。马踏江南营，剪佞卫天京。争奈天阖眼。英雄胆，转刀锋。困败大渡河，我死兄弟生！

随天王洪秀全起兵北进，
出生入死，屡败官军，
攻破江南大营，威震敌胆。
卫天王，挥师讨逆，还都辅政。
遭猜忌，愤而出走，铁血纵横南中国。
破城何止百，杀官过万千的大英雄，
最终败至天险大渡河。
为保七千兄弟，他义胆冲天，
舍命全三军，冰心在玉壶。
凛凛然慷慨高歌，遭百刃而死。
天堑滔滔丰碑在，英雄豪气贯长虹！

華夏出版社
HUAXIA PUBLISHING HOUSE

顾汶光 著

图书在版编目（CIP）数据

石达开 / 顾汶光著. --北京：华夏出版社，2016.6
ISBN 978-7-5080-8813-6

Ⅰ. ①石… Ⅱ. ①顾… Ⅲ. ①长篇历史小说－中国－当代 Ⅳ. ①I247.5

中国版本图书馆 CIP 数据核字(2016)第096480号

石达开

作　　者　顾汶光
责任编辑　高　苏

出版发行　华夏出版社
经　　销　新华书店
印　　刷　三河市万龙印装有限公司
装　　订　三河市万龙印装有限公司
版　　次　2016 年 6 月北京第 1 版
　　　　　2016 年 6 月北京第 1 次印刷
开　　本　720×1030　1/16
印　　张　12.75
字　　数　189 千字
定　　价　32.00 元

华夏出版社　网址：www.hxph.com.cn　地址：北京市东直门外香河园北里 4 号　邮编：100028
若发现本版图书有印装质量问题，请与我社营销中心联系调换。电话：（010）64663331（转）

目 录

第一章 叛 离

一

太平天国癸开十三年三月二十九日①拂晓，震耳欲聋的枪炮声，撕心裂肺的呐喊声，渐渐沉寂下来。四川省宁远府冕宁县城外，刺鼻的硝烟伴着浓重的血腥味，在山野里弥漫。紧贴城墙的护城街已被摧毁，瓦砾遍地，余烬燃烧，滚滚浓烟直冲天际。草地上、田地里，到处是清兵的尸体和狼藉遍地的皮盔、断矛、军旗、死马……看得出，这里曾经进行了一场激烈的战斗。

冕宁城头的旗杆上，清军的绿色旗帜，已被太平天国的杏黄旗代替。

城里城外，扎着红头巾、蓄着长发的太平圣兵们正忙碌不停，有的扑灭余火，有的打扫战场，有的鸣锣安民，一切显得秩序井然、有条不紊。被战争吓得惶惶不安的老百姓，渐渐安定了。几个大胆的小贩，挎着食物沿街叫卖，遇着太平军也不回避。

靠近北门的一堵断墙上，许多汉、彝百姓，在围观盖有翼王大印的“安民告示”。

一位须发斑白的彝族老人，操一口流利的汉话，朗朗地念道：“照得爱民者宁捐躯以救民，必不忍伤民而为己……本主将立志恢复华夏，致意安民……”念着念着，他感慨地对身旁的一位彝族青年说：“阿沙，太平天兵，果真是仁义之师！”

话没说完，另一青年拉了拉他的袖子，说：“王培淦大爷，看，正给

① 癸开十三年三月二十九日，即清同治二年三月二十五日，1863 年 5 月 12 日。这年本是癸亥年，太平天国忌讳“亥”字（因“亥”与“害”同音），改“亥”为“开”。

穷人放赈哩。”

王培淦大爷扭头一看，北门边，一队太平军正给穷苦百姓发放赈粮。他微微一笑，说：“走，阿沙，看看去吧！”

许多人跟他去了。一个身着道装、风神飘逸、手执卜卦招儿、四十五岁左右的汉子，在人群中扭头盯着王培淦的背影，机敏的眼睛闪烁着熠熠光焰。

两名太平军将领一边说笑，一边走过来。算命先生朝他们瞥了一眼，连忙低下头，扛起招儿，大踏步往西边走去。布招儿上“神相王”三个红色隶字，分外醒目。

一位将领突然停步，皱起眉头说：“看，又是他，‘神相王’！”

另一位浓眉虬髯的将领两手一拍，叫道：“曾宰辅，小弟去将他抓来，如何？”

曾宰辅点头道：“好，韦丞相。不过，可别吓着他。”

韦丞相方欲追去，只见那“神相王”走到一片树林边，牵出匹炭黑色的骏马，纵身腾上马背，一溜烟消失在视野之外……

二

第三天下午，红日恹恹，悬于天际，山凝树静，没有一丝风，天气闷热，溽暑难熬。四川省清溪县南面的官道上，黄尘弥漫，看不见一个人影。突然，一匹疾驰的快马自南而来，四蹄翻飞，卷起一溜尘土，得得的蹄声，打破了这死一般的沉寂。快到清溪县城，马蹄声慢了下来。马上身穿道袍的人，朝清溪县界牌看了一眼，收拢缰绳，敏捷地跳下马来。

这汉子高矮适中，眉眼疏秀，体态清癯，举止文雅，面带倦意，古井般深沉的眼里，闪烁着冷酷的光芒。

他见四野无人，牵马避到树荫下，从袍袖里掏出块手绢，揩去一脸汗水，又舔了舔干裂的嘴唇，这才拈着疏朗的胡须，把眼睛眯成一条缝，对西边天际仔细观察起来。

西边天际，升起了一块形态怪异的浓云，四周镶着灰白透亮的边。它一忽儿像群马奔驰，一忽儿像雄峰耸峙，瞬息万变，无声无息地向上扩展着、弥漫着。

汉子皱纹深密的额头渐渐舒展，眉梢嘴角流露出一丝不易发现的笑意。当这片凶险的乌云迅疾向西斜的太阳涌去，他将右手从胡须上猛地挪开，从心底发出一阵得意的呼喊："老天助我！老天助我！"

他习惯性地掸了掸半旧的道袍，从马背上取下一根锃黄油亮的细竹竿，又从宽大的皂色道袍里拿出个布招儿，用竹竿穿上，扛在肩头。布招儿上是"神相王"三个红色隶字。尽管他心里异常激动，脸上却平静得像一潭死水，一举一动都慢条斯理、安闲不迫。

收拾停当，他又向西天睨视了一眼，毫不顾惜地将马弃于官道旁，迈着坚定自信的步子，沿着满是黄尘的路，向清溪县城走去……

清溪县城里一片凄凉，充满了大战前的紧张气氛。

听到石达开部"发逆"即将过大渡河、北取成都的消息后，城里的士绅富户，或举家远避，或龟缩乡间，几乎藏匿一空了。特别是有女儿的人家，受谣言的影响，更是阖家惶惶，唯恐受"发逆"污辱。只有穷苦农家，既无力远涉，又没有财产被劫之虞，留在城里，听天由命。

今日有要员莅临，净了街。凄凉的街道上，时不时有一队全副武装的清兵手执"回避"牌，驱赶过往的行人。

县署衙门前，棨戟高立，岗哨密布。卫士们持刀荷矛，腰别火枪，脸绷得像拉紧的弓弦，一动不动地站着，没有谁敢讲一句话。

县衙内的议事堂里，聚集着十余名接到四川总督骆秉章的手令，赶来这里参加一次极其重要的军事会议的文武官员。

高踞堂上主持会议的，是颇负盛名的湘军"儒将"、四川布政使刘蓉。

刘蓉字孟容，号霞仙，湖南湘乡人氏，四十七岁。他少年时折节读书，熟通经史，与同乡曾国藩、罗泽南等交游讲学，关系极深，是湘军的创始人之一。他曾在曾国藩营中担任过机要幕僚，后又隶罗泽南部，自领一军，屡立战功。最近，因石达开率部入川，湘军悍将、四川总督骆秉章知其文武全才，特奏请朝廷，将他调任四川布政使。

刘蓉蕴藉倜傥，一举一动间，自有儒雅的风度在。白净面皮，蓄着八字胡须，素有洁癖，衣着干净整洁，浑身上下一尘不染。虽有大事萦心，脸上的表情却异常冷静。

“诸君。”为了表示特殊的敬重，他对同是湘军出身的提督胡中和一笑，露出满口整齐的白牙，随即收敛笑容，用刀锋般幽冷凌厉的目光扫视堂下众将，严肃地说，“石逆此次入川，声势与去岁大不相同。其先遣中旅赖裕新为先锋，张翼王旗帜，出冕宁，渡涐江①，攻邛州，逼成都，以诱我出兵堵截，复派其宰辅李复猷部骚扰川南、黔北一带，亦打出翼王旗号，以为疑兵，引诱我分军狙击，然后，自率主力乘间蹈隙，从巧家渡过金沙江，陷河西，出宁远，先锋已达冕宁。石逆用兵之狡，实为久历戎行者所少见。”他停下来，潇洒地略拱双手，做了个自谦之态，继续说道：“学生虽才疏学浅、缺谋少智，然受朝廷之命、骆中堂之托，亲至前敌督师；愿与诸君同心协力，荡污涤腥，灭此巨寇，上以抒圣虑，下以振民心。然知己知彼，才能百战不殆。学生自省城来，下车伊始，对石逆近况尚有未能了然之处；不如诸君朝夕与贼周旋，洞悉其底蕴。还望诸君将近日石逆情形、各军布防情况一一告知，然后，共商围剿之策。”

胡中和地位最高，又与刘蓉同乡同里，平日稔熟。诸文武官员都将目光投向他，等他先说话，以避僭越之嫌。他对此感到满意，抱拳对众人一一示意，然后，做出副高深莫测的样子，说：“霞翁说得不错，石逆善布疑兵，声东击西，狡诈异常。以进逼冕宁一股发逆而论，是否石逆亲自率领，元政尚有不明之处。”

“哦？”刘蓉暗吃一惊，心想，进攻冕宁的太平军，即石达开的主力，这是大家公认的，也是无数谍报所证实了的。而胡中和却提出异议，不能不使人感到意外。

重庆镇总兵唐友耕近两年常与石达开交手，自以为知情，对胡中和所说的话很不以为然。他挪了挪魁伟的身体，抢着问道：“军门大人，石逆正向冕宁疾进，无数谍报，确凿可据。难道还有第二个石达开不成?!”

① 涐江：大渡河的古称。

这唐友耕原是声势浩大的李永和、蓝大顺义军中的一名小头目。三年前，率两百余人背叛李、蓝，投降了清军。因其狡悍勇猛，屡立战功，很得清廷赏识，扶摇直上。三年内，升到二品总兵的高位，镇守重庆，雄踞一方。因此，威风张扬，桀骜不驯。

胡中和瞧不起这位赳赳武夫、贼中降将，颇不高兴地扫他一眼，大约是想起了自己的身份，便不屑地对他耸了耸鼻子，转脸对刘蓉说："霞翁，此战事关大局，极为重要，切不可有一丝一毫的疏忽。元政绝非夸大其词，危言耸听。设若石逆果在彼而不在此，误中其奸计，则必将危及全局，不堪收拾！"

唐友耕受了他的白眼，心里很不高兴，又碍于他是顶头上司，不敢当面顶撞，亦不甘受人轻视，便对他一拱手，暗含讥讽地问："这石达开第二究竟在何处？还望军门大人点拨明白，以便刘藩台调度全局。"

刘蓉意在调和，对唐友耕摆摆手，示意他住口，又对胡中和点点头，专注地倾听。

"前日，一支万余人的发逆，大张石逆旗号，攻陷了打箭炉厅的八角楼。"

刘蓉的眉毛一扬，暗想道，赖裕新已在白沙沟被土司的滚木檑石压死，余部由唐日荣率领，攻入川北；李复猷尚在遵义、桐梓一带徘徊，哪来的这一支奇兵呢？为何又张"石"字旗？石逆本人在哪里？倒真叫人颇费猜疑。

大家议论开了。有主张仍旧防守大渡河一线的，有主张集中兵力进攻八角楼的，有主张平均分配兵力、两头兼顾的。大家正在议论纷纷、莫衷一是时，一名幕友进堂禀报："越隽厅参将杨应刚部在冕宁城外被石逆击溃，杨本人正在堂外候见。"

刘蓉脸色一变，很快又恢复了平静，说："叫他进来。"

一名三十来岁的武将被召进堂内，在刘蓉面前跪下，伏地顿首道："罪将杨应刚叩见藩台大人。"

"起来，坐下。"刘蓉宽容地说，不住地打量他。杨应刚那副精明强干的神气，倒使刘蓉喜欢。"胜败兵家常事，何况你兵单力弱，原非石逆对手，不能怪罪于你。你既与之对阵，可知石达开本人究竟在军中么？”

“这？”杨应刚一时弄不明白，刘蓉为何要向他提出这个问题。想了片刻，才说：“这股发逆异常强悍，定是石逆主力。但交锋时，末将未见翼王的黄盖、旗帜。石逆本人是否在其中，末将实不敢臆断。”

这又是一个不解之谜。这支太平军主力没有翼王旗帜，而另一支神秘的队伍，却大张“石”字帅旗。满座文武第二次吃惊了。

而恰恰这一个疑窦，帮助刘蓉澄清了心中的迷雾。他笑了笑，继续问：“冕宁一战之后，石逆有何动静？”

“仅在冕宁驻扎一日，即往西北而去。”

刘蓉不再多问，下巴一点，左右幕僚立即将一幅四川地图在他面前展开。他并不就方才争论的问题表示意见，指着地图说：“大渡河山高岸陡，水深流急，号称天险。沿岸数百里，仅泸定一桥沟通南北。石逆所部均系陆师，无舟可济，只需守住泸定桥，使其不能过河，再集中全省精锐之师攻之，何愁狂寇不灭。诸君以为如何？”

文武官员们“唰”一声立起，等待命令。刘蓉抚着疏朗的胡须，正要调兵遣将，布下天罗地网，一位皂隶进堂跪禀：“有一卖卦先生不顾阻拦，硬闯到衙门前，声称有机密大事，要见藩台大人。”

“军机要地，岂容下九流胡闹？抓起来！”唐友耕勃然大怒，粗声大气地叫道。

“是。”皂隶恭谨地答应着，却不起身，斜眼看着刘蓉，等候吩咐。

“且慢。”刘蓉沉吟片刻，皱起眉头，问道，“这人是谁？欲见本藩司何事？”

“回大人话，这位先生自称‘神相王’，说是专卜军机大事，百无一误。”

听得“神相王”三个字，刘蓉心中一动，向胡中和投去征询的眼光。

胡中和摇摇头，不以为然地说：“军机要务，岂可问于巫卜？”

“不然。”刘蓉正色说，“此人来头不小，学生留意多时矣。今日不期而至，必定有机密大事相告。如果系石逆奸细再治罪不迟。左右，请‘神相王’进堂！诸君暂且入座。”

“神相王”手持招儿，昂然而入，旁若无人地拉把椅子坐下，对刘蓉拈须微笑，似乎压根儿就不知道这是布政使大人的议事堂。

他的镇静使满座皆惊。刘蓉半晌无语，上上下下，把他打量了个仔细，这才问道：“先生求见本司，何事赐教？”

“神相王”把招儿往地上轻轻一顿，说：“特来为诸君吊丧。”

“为何出此狂言？”胡中和咄咄逼人地问。

“翼王兵出冕宁，渡河只在旦夕。而诸君尚在此高谈阔论，只怕大祸将临头了。”

听得“翼王”二字，唐友耕甚觉刺耳，霍地站起，怒形于色，喝问：“你是谁？竟敢称石逆为翼王！”

“常言说，父虽不仁，子不得直呼其讳；君纵不义，臣不得以‘逆’相称。”“神相王”转向唐友耕，从容不迫地回答。

“那么，你真是石逆手下之贼了？”越巂厅同知周歧源冷冷一笑，问道。

“正是。”他坦然地说，“小将乃昔日翼王殿下之元宰张遂谋！”

胡中和像被蝎子蜇了一下，从椅子上猛地跳起来，指着他问道：“哦，你就是石逆的军师么？”

“正是。小将正是曾助翼王纵横半个天下、朝廷严旨捉拿的‘逆首’张遂谋。今日，自投大人之手，听凭发落。”说完，他抚须一笑，安详地闭上眼睛。

满座文武始而目瞪口呆，继而哄然大哗，一个个瞠目结舌，紧盯住刘蓉。

刘蓉仰首发出一阵大笑：“自古对敌国之来使尚待之以礼，何况张先生大驾光临，更当以礼相待。诸君何以如此不能容人耶？左右，还不看茶来！”

张遂谋从皂隶手中接过茶盏，浅浅呷了一口，对刘蓉欠欠身，问道：“小将来得突兀，大人不疑么？”

刘蓉收敛笑容，离座下阶，走到张遂谋的面前，执着他的手，谦抑而恳切地说：“吾知先生两年前即与石逆分道扬镳、恩断义绝，何疑之有？

实不相瞒，学生等待先生来归，已整整两载了。今日得见，幸甚，幸甚！”

“大人?!”众文武无不惊愕。

“大人?!”张遂谋也愕然了。

刘蓉冷静的目光扫过众将的面孔，落在张遂谋脸上，话语间充满自信：“先生才兼文武，志向高远，岂能白白老死蓬蒿间？既离开石逆，必定不会自甘淡泊，浪迹江湖。故学生无日不引颈相望啊！”

张遂谋很受感动，放下茶盏，长叹道：“大丈夫不能建丰功伟业，无颜立于世间！小将见翼王雄才大略，欲效诸葛、张良，助其夺取天下。谁知他溺于愚忠，不愿废天王以自代，一误再误，使王霸之业，付诸东流。屡谏不从，知其已无所作为，能不改弦更张，以遂平生之志么？”

作为清军重要头目，长期搜集敌情，与太平军对抗，刘蓉对天国内部的重要人物和重大事件，自然无不知晓。无论其他将领如何想，在他看来，张遂谋的来归，虽然有不少可疑之点，只要有所防范，无论如何，是一件值得庆幸的事。

三

早在九年前（太平天国甲寅四年），曾国藩的机要幕僚们大力搜集敌情，编成了《贼情汇纂》一书。根据天国诸王之间日益出现的矛盾，做出了东王杨秀清与北王韦昌辉“不久必有并吞之事”的判断。

果然不出所料，事隔两年，内讧真的发生了，太平天国由此而转入衰败。

那时，曾国藩的湘军初起，锐不可当，肃清湖南之后，出湖北，陷武昌，攻半壁山，大败太平军于田家镇。接着，水陆并进，顺江东下，逼九江，窥湖口，节节胜利，凶焰狂炽，满以为可以直捣天京。为了挽救危局，石达开受命于败军之际，率部西征，一败曾国藩于湖口，再败之于九江。不久，又第三次大败湘军于樟树镇，将曾国藩围困于南昌城内，呼救不应，终宵惊惧。石达开传檄远近，江西八府五十余州县，望风归附。接着，石部太平军三克武昌，又会同秦日纲部大破包围天京数年的清军江南大营，逼得钦差大臣向荣上吊自杀，从而解除了清军对天京的威胁。

这是石达开在军事上的辉煌时期，张遂谋也发挥了最大的才智，运筹帷幄，亲临前敌，攻要塞，破名城，劳苦功高，誉满西征战场。

西征战事反败为胜，清兵、湘军土崩瓦解，一触即溃。太平天国的军事形势，发展到前所未有的鼎盛时期，夺取全国胜利的希望越来越大了。可是，功高权重、不知自忌的杨秀清以为天下太平了，越发威风张扬。本来对杨秀清的威逼逆来顺受的洪秀全，也以为天下指日可定，决定除掉杨秀清。洪、杨矛盾日渐尖锐，一触即发。一直怨恨杨秀清、暗藏祸心的韦昌辉，乘机要求天王诛杀杨秀清；而天王洪秀全胸有成竹，反而封东王杨秀清为“万岁”，以激怒北王韦昌辉。韦昌辉得到消息，暴跳如雷，传檄燕王秦日纲秘密带兵回京，在洪秀全的默许下，以迅雷不及掩耳之势杀了杨秀清及其妻儿眷属。为了达到擅权的目的，韦、秦在天京城内大肆搜杀“东杨余党”，历时两月，被杀戮的“东党”达两万余人。

正在武昌洪山与胡林翼的楚军血战的石达开，得到消息，带着爱将张遂谋、曾锦谦，马不停蹄地驰回天京，陛见了洪秀全，并当面怒斥韦昌辉：“东孽罪当诛，部属何罪，岂可尽皆杀戮？如此自相残杀，倘官军得知，乘我之危，将何以御之？”韦昌辉反责石达开：“你也是东孽余党，要为杨秀清报仇么？”

石达开见韦昌辉暗藏杀机，洪秀全亦有加害之意，知事不可为，与张遂谋连夜从小南门缒城逃出天京。曾锦谦留在城中，惨遭毒手。韦昌辉杀石达开不成，将他的母亲、妻妾、儿子及眷属百余口尽皆杀害，并派秦日纲领兵追出天京。洪秀全也下诏悬重赏购石达开首级。

石达开逃至安庆，即举兵靖难，讨伐韦昌辉，并上奏天王，要求诛韦以谢天下。韦昌辉也调兵遣将，负隅顽抗。同室操戈，豆萁相煎，对石达开歼灭湘军的计划，是功亏一篑，对曾国藩来说，则是绝处逢生了。

鹬蚌相争，渔人得利。清兵利用天国内讧之机，发动了全面反攻，名城重镇，相继沦陷。咸丰皇帝降旨，要曾国藩相机招降石达开。经过全面的分析后，曾国藩上奏清廷：“如洪、韦胜，投降乃意中之事，若不胜，则该逆挟诡诈以驭众，假仁义以要民，方且飞扬自恣，未必遽有投诚之心。”他希望石达开在内乱中被杀掉，除去一个心腹大患。

但事情的发展和结局，使他们大大地失望了。当石达开率兵东下以清君侧时，正值陈玉成部在宁国府战败。他权衡了利害得失，为了大局，暂弃私怨，移兵宁国府与清兵作战。同时，由于石达开大兵压境，天朝内外一致反韦，加上韦昌辉兵围天王府，欲加害天王，洪秀全才不得不斩韦、秦等人，传首宁国，召石达开回京辅政。石达开总理朝纲之初，军民敬服，气象一新。曾国藩乘天国内乱时取得的战果，大部分又被太平军夺回了。

石达开的威望越高，洪秀全的猜忌越甚，剥夺了他的军事指挥权，留在城中不使出，事实上等于把他软禁起来。同时，加封昏庸愚昧、于军政大事毫无知识的洪仁发为安王，洪仁达为福王，主持军务，以牵制石达开。

石达开满腹雄才，无用武之地；一腔忠诚，无报效之门，如骏马之不能奋蹄、苍鹰之不能展翅，终日彷徨、苦闷，而又无可奈何。同时，洪秀全由猜忌生出杀心，连安、福二王也企图谋害。眼看矛盾越演越烈，第二次内讧悲剧在所难免了。

天京臣民忧心忡忡，石达开的部属更深为不满。一天，石达开朝见天王归来，满腹悲愤无可排遣，猛地想起诸葛亮《前出师表》中的几句话，深有感触，提笔疾书：“亲贤臣，远小人，此先汉之所以兴隆也；亲小人，远贤臣，此后汉之所以倾颓也……”

正写着，张遂谋来了，看见这几行极有气势的狂草，心中已明白了大半，说：“大丈夫如遇明主，自当肝脑涂地，效命疆场；不遇，则当以天下为己任，做一代开国明君……”

石达开心中波翻浪滚，默默无言。天京缺粮，军民饥馑，他自皖南调进数千石粮食，却被安、福二王截去。今日，上殿见天王，请求发还粮食，以饱军民。谁知安王、福王反诬他“动用圣库银钱，囤积粮草，收买军民之心，居心叵测”。他据理力争，天王竟勃然作色，不听他申辩，拂袖退朝！但是，要他“做一代开国明君”，他不敢这么想、这么做。

他写下诸葛亮《后出师表》中的几句话，以回答张遂谋：“……臣鞠躬尽瘁，死而后已。至于成败利钝，非臣之明所能逆睹也。”

张遂谋把话挑得明白，说：“如无玄武门之变，李世民能有贞观之治？”

“以你之见？”石达开严厉地问。

张遂谋索性把经过深思熟虑的一个大胆计划，斩钉截铁地说了出来：

“废天王于深宫，诛洪姓诸王，然后，请旨上帝，南面称制。集大权于一身，凭翼王之才，统兵北伐，光复神州，成此伟业，易如反掌耳。”

一生以忠义自诩的石达开，断然回答道：“余只知效忠天王，守其臣节，不敢行不义之事。”

张遂谋一针见血地指出：“伴君若伴虎，自古皆然。翼王，你身挟震主之威，体兼高人之德，而势在人臣之位。虽欲效股肱之力，竭忠贞之节，岂可得乎？君不闻子胥伏剑、韩信被诛？前车之鉴，又岂可忘乎？”

石达开哑然了。

张遂谋见他既不愿取天王而代之，又不能效愚忠以自全，再献一策，说：“翼王深得军心，何必受制于他人？中原一时图之不易，不若挥军入川，效刘玄德创鼎足之业。”

王娘潘珏也点头说道：“此话有理。佞臣当道，蒙蔽圣聪。欲明哲保身，断不可得。为了避免内讧悲剧重演，不若暂离天京，再图良策。”

篡既不愿，忠又不能，留给石达开的，只有避祸离京这一条路了。

离开天京之后，石达开部先后转战安徽、江西、浙江、福建，西入湖南，连克郴州、桂阳、嘉禾；北攻祁阳，进围宝庆府，拟由此入四川。双方调集了数十万军队，展开了历时两个多月的大血战。结果，石达开以一篑之差，会战失利，被迫退回广西，攻克庆远府①，改庆远为“龙兴”，以期从此有所作为。

虽然入川受阻，张遂谋并未气馁，一心攀龙附凤，辅佐翼王成其大业。他们联络天地会诸雄，分兵攻占广大城乡，确实显示了一派兴旺气象。

---

① 庆远府：今广西宜山县。

可惜，天地会义军诸首领，并不真心与太平军合作。不久，骁将石镇吉兵败牺牲，另一勇将陶金汤被天地会张高友暗杀，“石门四虎”（赖裕新、李复猷、石镇吉、陶金汤）已去其二，因而势力大减。加之粮饷缺乏，石达开无奈，只得退回家乡贵县，招兵买马，并攻占南宁府，作为根本，以图再举。正巧这时，他得知洪秀全的堂弟洪仁玕自香港辗转到达天京，被封“开朝精忠军师顶天扶朝纲干王”，总理朝政，便差人专程送去贺表。信差回到广西，带来安庆被围、天国危急的消息，军心开始浮动。将士们有的因安庆被围，要回天京保卫天国；有的因局面艰难，要离广西另谋出路；有的暗地勾结清军，准备投降。于是，右一旂大军略彭大顺、精忠大柱国朱衣点为首，串联了六十余名将领、二十余万战士，打算离开翼王，万里回朝，匡扶天国。连石达开也动了心，安庆是他一手经营的根据地啊！他呕心沥血，惨淡经营数载，才把它建成雄踞上游、屏障天京的重镇。如今，让清军轻易地占领，他岂能甘心！但张遂谋坚决反对返京勤王，与彭大顺等势同水火。诸将意见不合，使石达开一时难决进退。

一天晚上，天清气朗，银汉耿耿，一弯眉月，把竹影投到翼王寝宫的窗纸上。石达开坐在案边，在龙凤烛下面玩着一把铁伞，心事重重，不时抚伞长叹。数易寒暑，几换星霜，回首往事，怎不感慨万千，倍觉凄凉！

在太平天国定都天京的当年，他受命经营安徽。一个不满二十三岁的青年，肩负起节制整个西征战争的重任，需要何等的魄力和才干啊！然而，他没有辜负天王和东王的重托，驰奔安庆，设营筑垒，巩固城防，使之成为天京的屏障。同时，他分兵攻取皖南、皖北，在集贤关击毙清团练大臣吕贤基，攻克庐州①，迫使曾在蓑衣渡杀害南王冯云山的清军名将、安徽巡抚江忠源投水自杀。他在全省巡察，抑豪强，舒民气，奖耕织，利商贾，开科取士，在不到一年的时间里，居然大治。百姓感激他，成铸此伞，以表颂德之意。

少年意气，雄姿英发，已成往事。而现在，却困居南宁、贵县一隅，大有进退失据之势。他虽然与往常一样庄重、矜持，但内心深处，亦常常为贸然离开天京自怨自悔。

---

① 庐州：今安徽合肥市。

他的妻子马王娘、刘王娘均征战在外，另一妻子潘王娘，此刻正在烛下攻读史书，听见他颓然自叹，丢下书，在床头拿了件短衣，轻轻地走上前来，披在他的肩头，关注地问道："究竟回不回天京，定夺了么？"

"诸将意见不合，尚未定夺。"石达开摇了摇头，反问道，"夫人，依你之见呢？"

潘王娘莞尔一笑，没有回答，指指窗外皎洁的月光，深情地说："月白风清，良夜难得。翼王，且暂抛烦愁，为我抚一曲吧，我用歌儿伴你。"

她取下七弦琴，置于丈夫面前，又燃起一炷香，袅袅香烟，在他面前缭绕。

这话正中达开之意，何不借此排解心中的忧愁？他试了试弦，一笑，说："夫唱妇随，人生一大乐事。戎马倥偬之际，更为难得。唱吧，夫人，我用琴伴你。"

他挥指拨弦，滚出一阵沉闷的琴声。他一抬头，见潘王娘似笑非笑地看着自己，省悟音调太悲沉了，连忙轻揉慢剔，但旋律始终带着一种压抑的情调。琴为心声，这是他真情的流露，潘王娘很了解这一点，不再勉强，点点头，倚着窗子，如怨如诉地唱道：

月冷雁孤栖不定，
哪堪露重秋深。
一曲哀歌北斗横，
黄芦疏影里，
归思和泪倾。

歌声中，一种深切的故国之思，打动了石达开的心。

应念江南繁华地，
也染狐兔膻腥。
故国旧情须记省……

石达开满腔热血沸腾了，运指如飞，似惊雷疾雨，穿梁绕柱，声裂金石。

潘王娘顿了顿，昂首继续唱道：

乘风好归去，

振羽奋万旌。

正好这时，张遂谋来见翼王，听见歌声，知潘王娘在劝翼王返京，想进去劝阻，只听得翼王的义女桂姝大声禀报："彭大军略求见！"他连忙闪在暗处，让彭大顺先进屋，自己才接踵而进。二人犹有余怨，互相侧目。

"莫不是又来打官司么？"石达开笑问。

彭大顺性子急，抢先说道："三军思归，志不可夺。还望翼王早定大计，万里回朝，救安庆，卫天京，匡扶天王。"受妻子歌声感染，石达开也想回师勤王。张遂谋成竹在胸，并不与彭大顺争执，从袖中抽出一轴画卷，递给翼王，默然不语。潘王娘接过画卷，置于古琴旁。

石达开怕二人争吵，说道："你二人都回去吧！何去何从，我会定夺。"

张、彭走后，潘王娘剔亮红烛，将画轴凑到丈夫面前，徐徐展开。

石达开一愣，情不自禁地浑身战栗。画面上，一个绰约多姿、艳丽绝色的女人回眸凝望，眉峰聚仇，眼波含恨，哀怨欲绝，楚楚动人。

这正是被韦昌辉所杀害的、翼王的结发妻子黄倩文的画像！惟妙惟肖，栩栩如生。

石达开面对画像失声叹道："倩文啊，为了天国的大业，我们付出的牺牲太惨重了！"

潘王娘触景生情，泪如串珠，手一垂，画轴落了下来

几乎同时，桂姝一声尖叫："义母，你死得好惨啊！"跪下去，拾起黄倩文的画像，号啕恸哭……

潘王娘和桂姝都是倩文遇害的目睹者。她们亲眼看见丧失了人性的韦昌辉，怎样杀死倩文，怎样刺死翼王的长子，又怎样将翼王次子摔死在墙下……

想起血腥的往事，桂姝身颤心悸，大汗浸淫，大声地哭喊道："父王，我不走了——女儿原打算和大顺一起走的。我不能离开你，不离开你们……"

石达开像从噩梦中惊醒，睁开眼睛。可是，一摊摊殷红的碧血老在眼前闪烁：爱妻的血、儿子的血、家人的血、部属的血……

"翼王，你要保重。一切都成往事了，多想无益，多忧伤身。"话虽如此，潘王娘也哽咽了。

纱帐里几声婴儿的啼哭，潘王娘抱出帐中两个孩子——石定基、石定忠，递给达开。儿子在他怀里天真地咯咯笑着。突然，定基、定忠的脸在他眼中变为被韦昌辉杀害的两个儿子的脸。石达开定一定神，眼前仍是潘氏和定基、定忠，转瞬间，复又变成满身血污的倩文和惨死的两个儿子。

他一咬牙，猛地站起，将定基、定忠塞在妻子怀里，坚决地说："为了你，为了他们，为了不重演这样的惨剧，我不能回去，不能！"

次日，桂姝到未婚夫彭大顺军营去，想劝他留下，辅佐翼王。彭大顺正整军待发，志不可夺。桂姝左右为难，拿不定主意，独自来到都江边闷坐。她的生父——石达开的马夫悄悄地来到她身旁坐下，意味深长地说："韦昌辉早已伏诛，黄王娘冤仇已雪。天国虽还有嬖臣当道，毕竟不比当年了。"

"阿爸，你的意思是……？"

"应该回天京，大顺是对的。"老马夫说。

桂姝豁然开朗，破涕为笑："和我们一起回天京吧，阿爸。"

"离开玉狮，我一天也活不下去。我这把老骨头，就跟定翼王啦！"老马夫长叹一声，趔趔趄趄地走了。桂姝下了决心，飞也似的去见彭大顺。跑了几步，她又站住了：翼王、王娘待她恩重如山，岂能不辞而别？要走，也得光明磊落地走！她决定回去向义父、义母辞行。谁知刚到翼王寝宫前，就听见张遂谋的声音："蛇无头不能行，杀了彭大顺，没有领头的人，余众自然会听翼王之命。"

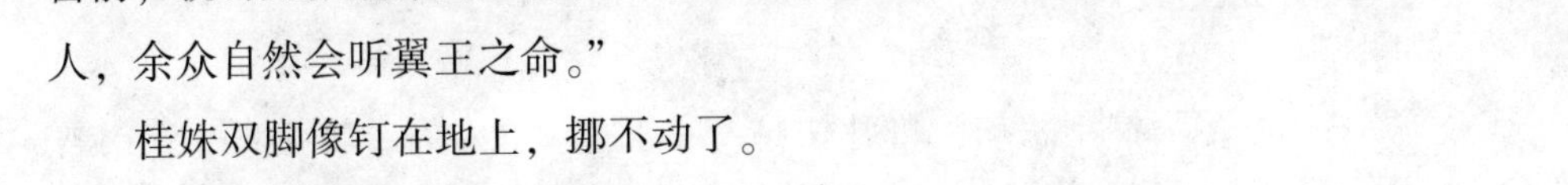

桂姝双脚像钉在地上，挪不动了。

"他跟我多年，怎能杀他？"石达开说。

“不杀彭大顺，还有一计：立即办他和翼金[1]的婚事，将他的心拴住，别人也未必敢再出头。”

桂姝脸色铁青，闯进门，愤恨地扫了张遂谋一眼，跪在义父、义母面前。

“你这是做什么？”石达开吃了一惊。

“特来向父王、王娘辞行。”

“哦，你也要离我们而去么？”潘王娘感伤地问。

桂姝心一横：“王娘，我不能不走。”

“为了彭大顺？”张遂谋横插一句。

“不，为了天国。”桂姝庄重地回答。

“倘若彭大顺不走呢？”张遂谋又问。

“他不走，我也要回天京！”

“为什么？”石达开不解地望着她，问道。

“我们这几年的路走错了，父王。”

石达开默然低下头。

张遂谋咬紧牙，说：“我能叫你们都走不了。”

“你可以杀我，可以杀彭大顺，但三军决心已定，如箭在弦，不发不止。张元宰，难道你能将二十余万兄弟斩尽杀绝么？”桂姝傲然说道。

张遂谋不理她，转脸对石达开说：“且委屈翼金数日，将彭大顺拖住。查出为首哗变者，杀以儆众，这事便可慢慢平息。”

“这不是光明正大之举。”石达开踱了几步，说，“夫人，将那副南珠钿子拿给我。”

潘王娘恍然明白，取出钿子交给丈夫。翼王亲自给桂姝戴上，说：“好女儿，匆忙之间，来不及准备妆奁，这钿子，权作给你的陪嫁吧！”

桂姝摸着钿子，感动得珠滚泪流：“不，父王，这是黄王娘留下的遗物啊！”

石达开尽力抑制悲痛，将她扶起，吩咐道：“左右，将黄再忠、韦普成请来。”

---

① 按太平天国礼制，某王之女，称某金，故翼王之女称翼金。

张遂谋心里一惊，焦急地问："翼王真要让彭大顺等离去么?"

"天要下雨，娘要嫁人，留也无益。"

"留虽无益，纵更有害!"

"仁义重于山!"

"义气与伟业孰轻孰重，还望翼王三思!"张遂谋痛心疾首地说，"为了开创大业，多少人流血送命。岂能为了义气，将一切断送?!"

这话像惊雷般震动了石达开，他双肩一抖，蓦地回首盯住桂姝，眼里迸射出严酷的寒光。

"翼王!"桂姝一惊，重新跪下。

张遂谋也跪下："翼王!"

正在这时，亲兵来报：彭大顺前来辞行。石达开不自觉地握住剑柄……

张遂谋不失时机，膝行一步，激动地说："翼王，大业成败，在此一举！逮住彭大顺，立即挥师出桂，三军必会乐从。若听任他们离去，翼王一生事业，从此休矣。"

张遂谋说的是实话，放任二十余万久经战阵的大军离去，石达开的大业将从此一蹶不振。

事实上，石达开面临这样的抉择：要么采取强硬手段，杀掉或拘押彭大顺、朱衣点，以压服军心，争取事业成功；要么以仁义之心对人，哪怕自己的事业要受到损失，甚至彻底失败，也在所不惜。

而今，事态发展到这一步，翼王却没有明确的态度，张遂谋非常担心。他太了解石达开了。古往今来，凡创大业的人，在事业和仁义不能两全的情况下，几乎毫无例外地为了事业的成功，置仁义于不顾，甚至不惜采用极端的手段。唐太宗唯其能当机立断，诛兄灭弟，方能成千古英主，创贞观之治；楚霸王则昧于仁义，鸿门宴上不能听范增之谋，除掉刘邦，才落得垓下别姬、乌江自刎……石达开所缺乏的，正是曹操"宁肯天下人负我，不可我负天下人"的魄力。这是他的可敬之处，也正是他的可悲之处。

果然，石达开的面色虽然冷若冰霜，握剑的手却慢慢松开了，对刚进

来的黄、韦吩咐道："韦普成，去告诉彭大顺，我不要见他。是走是留，任其自决。黄再忠，烦你代我送翼金出嫁。桂姝，回到天京，要彭大顺上禀天王，石达开对天国一片忠诚，至死不变。去吧！"

"桂姝，去吧！愿你们夫妻和睦，白头偕老。"潘王娘说到这里，哽咽了，再也说不下去了。

"不，父王、王娘……"桂姝毕竟有一颗女儿心，感动的泪泉水一般夺眶涌出，膝行到翼王面前，摘下钿子，双手捧上，"女儿不……"

"为天国效力，亦属正当。大顺既然要走，你也断无留下之理。"石达开亲自将她扶起。

桂姝含泪拜别义父义母，哽咽道："父王、王娘保重。任凭山遥水远，父王一旦有急难，女儿一呼即至。"

事情已经不可挽回，张遂谋绝望至极，爬起来，狠狠地一顿足，痛心疾首地大哭出门："半生心血，弃于今日，十年之功，毁于一旦，惜哉！翼王……翼王啊！千错万错，铜浇铁铸，必将遗百代之恨。总有一天，你会为此后悔啊！"

每一个字，都像千钧重锤，击在石达开心上，他何尝不感到痛心？一阵悲凉，袭上心头，他凝视遂谋、桂姝远去的背影，叹道："夫人，我真想永离人间是非，与你一道归隐林泉，享田园山水之乐。忙时披星戴月、荷锄晚归，闲时焚香抚琴、秉烛夜读……"

"不！"潘王娘动情地说，"这不是你的心里话。功未成，业未就，你不会做林泉之隐，世外之人。翼王！我的丈夫，天王在盼你，天国在召唤你，天下百姓在期待你。你不愿返天京，我不勉强你。杀出贵县，冲出广西，海阔天空！我会像倩文一样，成为你的好帮手，为天国大业尽微薄之力。"

石达开执着她的手，百感交集地说："时乱见忠贞。夫人，只有你和遂谋，才是忠于我的，才是我的知音啊！"

谁知次日，张遂谋竟不辞而别，逃离贵县。石达开愤怒异常，亲自与黄再忠、韦普成纵马追赶。

远远地看见了张遂谋，石达开脸色冷酷，拔出剑，猛抽一鞭，跃马追去。

听得蹄声，张遂谋回过头，知道断难逃出石达开之手，索性下马跪在路旁。

三匹马驰到他的面前。黄再忠首先下马，厌恶地扯掉张遂谋头上的假辫，大骂：“天国的骨气都叫你丧尽了，叛贼！”

“翼王，宰掉他！”韦普成浓眉环眼，虬髯欲飞，喊一声，竟如晴空霹雳。

石达开没有说话，跳下马来，仗剑一步步向张遂谋逼近，脸色青苍可怖。因为太愤怒，握剑的手微微颤抖。

“翼王，能让小将临死前讲一句话么？”张遂谋两眼盯着他手中宝剑说。

“讲！”石达开举在半空的剑闪着寒光。

“小将随翼王出生入死十余载，一片忠心，可鉴天日。只是……”他加重了语气，“只是，翼王听不进小将忠言，铸成大错。”

“哦！”

张遂谋心一横，豁了出来，振振有词地说：“翼王当初不听小将之谏，囚禁天王，南面称制，坐失良机，是不明；听任彭大顺等率众离去，而不绳之以法，致使元气丧尽，是不智。十余年来，小将呕心沥血，为翼王营三窟，原指望翼王创大业、取天下，而翼王却不纳忠言，一误再误。小将十余年的血白流了，心白操了，能不心灰意冷么？”

石达开的脸由红变白，手中剑慢慢垂下。

张遂谋以头触地，顿首泣血：“翼王负小将，小将未负冀王。今日生死，任凭翼王发落。或放一条生路，隐居林泉，了此残生；或伏尸翼王剑下，死而无憾。”说完，张遂谋膝行两步，引颈待戮。

石达开满腔怒气全消了，只剩下自怨自责，长叹一声，纵身上马。

“翼王！”再忠、普成不服地喊道。

石达开一扬鞭，头也不回地说：“是我不明不智，铸成今日大错。己之失，焉能责人？不必多说了，快上马！”

四

因张遂谋长期追随石达开，他的来投，才更使刘蓉兴奋，欣然说道："张先生果有经天纬地之才，惜石逆不能用，此天欲亡石逆也。先生欲建功立业，正得其时。此番来投，有何良策教我？"

张遂谋淡淡一笑，反问："翼王正兼程入川，想大人和诸位将军早有降龙伏虎之策？"

军机要务，不当事者尚不得与闻，何况张遂谋曾为死敌？刘蓉素谨慎，沉吟着不愿说出口。

张遂谋将"神相王"的招儿掷于地上，拂袖而起，仰天叹道："知人难，欲为人知更难。耿耿此心，既不能为大人所鉴，小将就此告辞。"

刘蓉见他真要走，不得不以实话相告："先生请坐。下官将飞檄人马，坚守泸定桥。石逆纵有双翼，岂能飞越大渡河？"

张遂谋又是一阵大笑："哈哈！果然如此，真当为诸君吊丧了。"

刘蓉与满座文武愕然相顾，默不作声。

"翼王主力已从冕宁寻小路至紫打地（后改名"安顺场"），造筏渡河。"张遂谋一字一顿地说。

这消息无异晴空霹雳，刘蓉完全失去镇静，颓然倒在椅上，绝望地说："石逆用兵，果然神出鬼没。紫打地北岸无一兵一卒，石逆乘隙偷渡，后果不堪设想！"

越隽厅同知周歧源忙献策道："藩台大人休虑，卑职倒有一策。松林地与紫打地仅隔一条松林小河，当地土千户王应元与歧源颇有交情。王应元勇猛无敌，拥有彝丁，卑职愿亲自前往，使其拖住石逆……"

张遂谋冷不丁地打断他的话："翼王于冕宁打败杨将军后，即遣使至松林地，馈王应元以重金，约定两家互不为敌。"

周歧源语塞了。胡中和不以为然地说："石逆不过以利动其心。我以十倍之利，还怕王应元不为我效劳么？"

"纵然能收买王应元，若无大军作其后盾，王应元兵力单薄，岂非驱羊扑虎么？”

杨应刚挽起袖子，朗声应道：“末将愿就近率越巂兵马，开赴松林地，协助王应元拖住石逆，以赎丧师耗兵之罪。”

“只怕无济于事了。”张遂谋伸出一个指头，向上一指，“翼王之浮桥已搭就，大军渡河，最迟在明晨。”

刘蓉顿足长叹：“苍天，苍天！此时，纵有百万大军可调，也是枉然。误了大事，我愧对圣上，愧对骆中堂，愧对蜀中父老。”

满座文武官员的情绪低落到了极点。张遂谋成功地把握住时机，拈须笑道：“不过，依小将看来，翼王此举乃自蹈绝境。”

“啊——”众将无不惊讶地失声叹道。

张遂谋坐下来，慢慢说道：“大人，可立即派重兵到紫打地北面，沿河设防，再遣精锐星夜到铁宰宰、筲箕湾等险要处，断其归路，然后，以重金买通土司岭承恩、王应元，则翼王便成人人槛中困兽了。”

“就怕远水救不了近火。”刘蓉摇头道，心中暗想：这一系列安排，不都是众人早已提及的么？怎能阻止石逆明晨渡河？

张遂谋环视众人，高深莫测地说：“天有不测风云。”

“难道张先生能呼风唤雨？”唐友耕拧起浓黑的眉毛，不满地反诘道。

张遂谋冷笑一声，话语间充满自负：“为将者不能上通天文、下知地理，岂可言战！小将料定今夜必有暴雨，山洪一涨，翼王岂能得渡？待水势渐退，大人早已布防完毕，翼王岂能逃脱天罗地网？”

刘蓉恍然大悟，面露笑容，在他面前，展开了一幅“柳暗花明”的图画。他惊叹地问：“张先生乃粤西人，为何对蜀中天象、地理，了若指掌？”

张遂谋重重地吁一口气，感慨万千：“为了今日，小将追踪翼王已三年了！”

张遂谋没有说假话，为了自己的“伟业”，他追踪了石达开整整三年！

离开石达开后，张遂谋并没有真做田园隐士。他痛感“十年之功，废于一旦”。十余年呕心沥血所做的努力，都被石达开葬送了。于是，他将对翼王的一片忠心，变成了不共戴天的切齿之恨。既弃旧巢，自当另拣新枝。他决定，把消灭石达开部作为自己新的起点。

张遂谋并没有立即降清，因为这样做是愚蠢的。立即叛降，可能会得到一官半职，然后被清军驱使去与翼王对垒，戴罪立功。他知道，若论玩弄权谋，施用心术，石达开不如己；但摆起阵势，擂响战鼓，两军相对，角力角智，则自己远不如石达开。必须以己之长，克敌之短，才能成功。

他了解石达开一贯的战略思想：先图蜀，然后出关中，进取中原；加上蜀中义军如云，判断翼王必将入川。他乔装成算命先生，亮起“神相王”的招儿，进入四川。从天国庚申十年（1860）到癸开十三年（1863），两年多来，他走遍了川南的每一个穷乡僻壤，考察山川地形，结交土司乡绅，了解气候特点，为完成歼灭石达开的大业，做了坚实的准备。

这期间，石达开曾三次入川，均未成功。每一次他都跟随在翼王大军的附近，像毒蛇一般阴险窥视，等待着最有利的时机，给对手致命的一击。但终因无隙可乘，一直不露声色地潜伏着。

这一次，机会总算被他等到了。他毫不犹豫地抓住时机，赶来向刘蓉献擒旧主之策。

刘蓉也经常得到密报，每当大战开始时，这位“神相王”，总是神出鬼没地活动于战场附近。今天，真相终于大白了。

“张先生真有心人也！若石逆就擒，先生功高日月。”刘蓉赞道。

“谈何容易！”张遂谋摇摇头说，“翼王能攻善守，深得军民之心，故十余年来，官军莫敢撄其锋。虽将其困于紫打地，亦未必能稳操胜券。”

刘蓉颇有礼贤下士之量，恭敬地一揖：“先生跟随石逆十余载，可谓洞悉其底蕴。既虑及此，必有良策教我。”

张遂谋眨了眨古井般深沉的眼睛，做了个很坚决的手势，一字一顿地说：“坚壁清野！焚毁附近一切村寨，驱走每一个百姓，不给翼王留下一粒可食之粮、一个可用之民。兵法云：不战而屈人之兵为上。如此，不需半月，翼王大军自然土崩瓦解。”

“妙计，妙计！”刘蓉频频点头，“就请张先生与杨应刚将军立即驰赴冕宁，妥善布置一切机宜。杨将军，你需唯先生之命是听。”

张遂谋与杨应刚去后，众将窃窃议论。提督胡中和犹有余虑地说：

“霞翁，张遂谋久为贼中谋主，狡狯素著，只怕是诱兵之计，望霞翁三思而后行。”

刘蓉高深莫测地一笑，然后站起，坚决地说：“当年曹操不疑许攸，用其谋而获官渡大捷。诸君不必多疑，听我将令！”

诸将唯唯，只有胡中和领悟了弦外之音：兔死狗烹，许攸正是死在曹孟德手中的。

调兵遣将毕，刘蓉带着越雋同知周歧源奔赴富林镇，就近指挥这次大战。回想起胡中和的话，他有些心动，对周歧源授以密计，让他去监视张遂谋。

由于心情激动，刘蓉虽十分困倦，仍无睡意。读一阵书，也无法静心，索性步出大营。

满天星斗，顷刻间，全被乌云遮没，“刘”字大纛翻飞卷拂，起风了。

“好！好！”他兴奋地仰望着天空。

狂风大作，飞沙走石，一道道明亮的闪电划破夜空，接着一声霹雳，震得地动山摇。

刘蓉心中大喜，步入庭中，任凭雨滴打在身上……

云涌风啸，电闪雷鸣。狂风卷来，竟将庭中一株古松折断。他这才退回檐下，抚着下颌，兴奋地想：“涤帅①立志剿灭石逆，没有成功，左季高②以剿灭石逆为己任，亦告失败。难道生擒石达开的丰功伟绩，上天竟交付于我刘蓉么？”

他终于耐不住了，冒着风雨，趁水势未涨，悄悄渡过大渡河，布置机宜去了。

① 曾国藩（1810—1872），字涤生，湖南湘乡人。涤帅是对他的敬称。

② 左宗棠（1812—1885），字季高，湖南湘阴人。

第二章　庆　嗣

一

近三年来，这已是石达开第四次入川了。前三次，清军凭着长江天堑，持险力拒，太平军才未能进入四川腹地。

鉴于三次入川未果的教训，石达开决定避开水阔流急的长江和清军的主力，从上游用兵。为此，他做了周密的部署。去年底，“石门四虎将”之首——中旂天台左宰辅赖裕新，从贵州郎岱出兵，打翼王旗号，大举入川，引诱敌兵追击。今年正月，又派另一虎将掀天燕李复猷率一万余人马，自云南昭通出发，下贵州，入川东，诱敌分兵，掩护主力。接着，石达开亲率主力四万人马由巧家厅渡金沙江，进入四川境内。一路顺利，进军极为神速。绕会理，下德昌，克宁远河西司，败清越雟参将杨应刚部于冕宁城外。然后，接受彝族“苏易”[①] 王培淦老汉的建议，迅速西上，做出进攻泸定，夺取铁索桥过河的姿态，却突然调头折而往北，避实就虚，沿山僻小路经铁宰宰、水扒岩、滥泥坪、铜厂，向新场疾进。四月初一晨，到达了大渡河南岸的小镇紫打地。

紫打地是彝族土司王应元的辖地，地形极其险恶。它北临大渡河，西靠松林小河，南依老鸦漩，三面临水，河深流急，舟楫不便；南面是连绵不断的崇山峻岭，陡壑拔巘，只有一条羊肠曲径可以出入，是兵家所谓的“死地”。

民为兵之本，这是个简单而实在的真理，故石达开素重民心，融洽与

① 苏易：彝语，意即为大家办事的自然领袖。

百姓的关系。当他从彝民口中，得知王应元手下千余由“呷西”[1] 组成的彝丁，骁勇无比，便先遣王应元的族叔“苏易”王培淦老汉持重金到松林地，与之讲和买路，得到应允，方才放心地挥师入险。

大军来到紫打地，镇上汉、彝各族百姓在王培淦老汉的率领下，酾酒锥牛，箪食壶浆，到镇外欢迎义军。他们在路边摆了几张木案，案上各放一面镜子，一碗清水。青年男女吹着“卡笛菊尔”和“嘀火”[2]，载歌载舞，情绪热烈，对“天兵”一片真情，令人感动。

他们唱的什么，石达开听不懂，案头的镜子和水，寓意是明白的：歌颂他明如镜，清似水。当一群男女彝民围着他唱歌时，他饶有兴趣地问王培淦老汉：“他们唱的什么？”

王老汉翻译道：

早饭过后盼雨来，
晚饭过后盼客来，
呷西和阿加[3]，
盼望翼王天兵来。

石达开心中高兴，命全军在镇外休息造饭，不许擅自入镇，更不许对百姓有秋毫之犯。他又与一位父老商量，在镇边租了一间草屋，给临产的妻子马王娘休息。安排妥当，他带着刘王娘、潘王娘、宰辅曾仕和、中丞黄再忠、丞相韦普成等，气也未歇，并辔来到大渡河边。

早在十余年前就已威震天下的翼王石达开，这时才三十三岁，看上去却比实际年龄苍老得多了。过度的操劳和频繁的战斗，他的额际、眼角上，皱纹过早地出现了，漆黑油亮的长发里，也偶然可见几根银丝。但是，尽管心力交瘁，略显清瘦，其勃勃英姿，丝毫不减当年。

他在马上举起了“千里镜”，向大渡河彼岸瞭望。这天，对河安庆坝

① 呷西，彝语“呷西呷西”的简称，意即主子锅庄旁边的手足，最底层的奴隶。

② 卡笛菊尔，即彝箫。嘀火，即口弦，一种用竹片或薄黄铜片制成的乐器。

③ 阿加，彝语“阿图阿加”的简称，意为主子寨旁的奴隶，汉语称为“安家娃子”，为奴隶主从事田间劳动的奴隶。

正逢场，透过“千里镜”可以看见，在通往场坝的山路上，赶场的人们来来往往，背背篼的、挑担子的、坐滑竿的、骑马的，熙熙攘攘，络绎不绝，看不出有驻扎兵马的迹象。

“贼过如篦，兵过如洗。”这是四川百姓对兵灾的深切感受。土匪盗贼，不过抢点财物，掠饱即去；而驻了清兵，则抢杀掳掠，十室九空，绝不会有这样的太平景象。石达开放心了，将“千里镜”放下，露出自信的笑容。

“翼王。”长得唇红齿白，文质彬彬的宰辅曾仕和问，“何时开始渡河？”

他抬头看看天空，并不立即回答。天空异常晴朗，连一片云彩也看不见，气候闷热，没有一丝风，河边的桑树、杨柳、青桐、竹子，纹丝不动，除了大渡河水泛着粼粼金光，上下百十里，就像一幅静止的图画。对大渡河一带的气候特点，他不了解，把眉头轻轻往上一挑，说：“军机瞬息万变，立即开始搭浮桥，今日必须渡过河去……”

话没说完，一位女兵满脸含笑，边跑边叫：“翼王，大喜！马王娘生了一位嗣君千岁①，母子皆平安。王娘命小妹请翼王前去看看。”

“好，快回复马王娘，说我就去。”石达开脸上，绽出了个难得的笑容。只要渡过大渡河，便进入了四川腹地，直取成都，再没有什么险隘了。加之又生贵子，可说是双喜同临，他怎能不倍感兴奋呢？

刘、潘二位王娘及三员大将都兴高采烈地向石达开贺喜。曾仕和说：“翼王得嗣君千岁，万千之喜，不可不贺。何不休息一日，大排喜筵，让三军庆喜呢？料一夜之间，清军未必能赶到彼岸设防。”

如此大喜，值得三军庆贺。曾仕和的建议，颇得达开之心。不过，究竟军务为重，三进三出，今日方得遂愿，他不敢轻易放弃这个千载难逢的良机，想了想，说：“今夜渡河，明日在彼岸大摆喜筵，三军共乐。黄将军，只好辛苦你了，代我到镇上征集船只，搭好浮桥。记住，租借船只需给租金，不可亏了百姓。”

对于老成持重的黄再忠，他完全放心。说罢，与二位王娘骑马进入紫

① 太平天国制：诸王生子曰“嗣君千岁”，生女称“金”，并在前面冠以本王封号。

打地街上，去看望马王娘和新生的嗣子。

开了午饭，黄再忠已征集到数十只小船，又向附近百姓买来数百匹土布，率千余兄弟在河里搭起浮桥来。他们以船代墩，以布代桥身，这是太平军惯用的方法。当年天王、东王挥师出广西，北上武汉时，即搭起这样的浮桥飞渡长江，攻克武昌。

大渡河上风平浪静，波光粼粼。黄再忠脱去黄色绸袍，着短衣，挽裤腿，跳到船上与兄弟们一道干起来。忽然，一阵咿呀橹声，江边划出艘舢板，直冲对岸而去。舢板上立着位道人，峨冠博带，丰神飘逸，肩头荷着“神相王”的招儿。

黄再忠吃了一惊，这位神秘的“神相王”，竟从冕宁一直跟到这里！一种不祥的感觉掠过心头，他猛地想起那桩往事来：去年四月，翼王亲率大军第二次入川，以迅雷不及掩耳之势攻克了叙永城。这时，与翼王有联兵反清、共定四川之约的义军首领李永和、蓝大顺等闻讯来会，正与胡中和部清军遭遇于叙州府八角寨。因兵力悬殊，屡战不利，形势危急，忙修书遣使到叙永厅告急，会见了太平军先锋瑞天豫傅廷佐。当时，石达开尚未到叙永厅，傅廷佐复了信，命李、蓝坚守待命，一面飞报翼王。石达开得信，急命黄再忠前往八角寨联络。黄再忠化装疾行，途经长宁县城，忽见一人与他交臂而过，他觉得面熟，忙回脸细看，那人已混入人流中，只能看清他肩头招儿上“神相王”三字。因有事在身，他无暇细究，匆匆赶到八角寨时，李、蓝义军已不知为何撤走了。这以后，细心的黄再忠发现，那位神秘的“神相王”，屡次出现在大军周围，行踪诡秘，令人费解。

翼王这次入川，本是声东击西，蒙蔽了清军耳目，而他——“神相王”却不早不迟，偏偏在这里出现。他究竟是什么人？为什么如此面熟？必须搞个水落石出！他连忙跳上船去，两手卷成筒形，放在嘴前喊道：“喂，喂，先生，快回来，给我相个面，相得准时，重重有赏！”

那舢板并不停下，一名道童拼命摇桨。“神相王”含笑对他挥挥手，回答道：“贫道有急事，恕不遵命，后会有期。”

黄再忠更觉此人太可疑了，忙命手下兄弟划船追赶。但那舢板轻捷，舟行如飞，须臾之间，已至对岸，追之不及了……

究竟人多力大，不过两个时辰，浮桥已经搭好。黄再忠亲自在浮桥上走了一遍，十分满意。即命搭桥兄弟就地休息，准备自去镇里，请翼王亲临视察，以决定何时过河。

上了岸，他换了身干衣服，正欲迈步，偶然向西边天际看去，忽见一片凶险的乌云，从天边迅速向上涌来。他知道，这是暴风雨的先兆，便加快步伐，直奔紫打地镇上。

待石达开偕王培淦老汉到达河边时，乌云已经遮没了半个天空，狂风大作，飞沙走石，河里陡地涌起一排排浊浪。眼看暴风雨就要来临，要在雨前全军过渡，已不可能了。必须尽最大努力，设法渡过一半人马，在北岸扎稳，夹江为营，才能保证雨住水退后，全军安全过渡。

他没有一丝一毫犹豫，命令曾仕和、韦普成迅速集合人马，开始渡河。

狂风一刻猛似一刻，带着尖厉的呼啸掠过林梢，直扑河面，激起汹涌澎湃的狂涛。浮桥被巨浪冲击，颠簸摇晃，寸步难行。

这是非常关键的时刻，石达开心中像烈火烧灼，他接过亲兵捧着的饰着天使圣像的时钟一看，时针指着“7”字，可渡过河的仅千余人。至于战马，根本无法从浮桥上过河。

战士们继续在白布绷成的桥身上艰难地爬行。暮色更浓更沉，大渡河彼岸在风沙中只剩下一抹暗影，惊心动魄的暴雨迫在眼前了。

“神相王”的影子一直困扰着黄再忠，无论他是什么人，都不能不提防。

“依小将之意，在暴雨来临前继续过渡，多过一人算一人。”黄再忠语气坚决，“否则，万一洪水数日不退，清军侦得我军行踪，赶到对河布防，我军便进退维谷了。”

“俗话说，麻雀飞过都有个影儿，何况我四万大军！”曾仕和看了石达开一眼，小心翼翼地说，“声东击西之计，只能瞒过一时，不久清军必然得知，赶来狙击。普成与千余渡过的兄弟，便成孤军，岂不危险？”

石达开似乎没有听见他们的争论，眉头紧皱，下意识地屈着手指，发出脆响。

“普成勇冠三军，纵然清兵来犯，三五日是能支撑的。”黄再忠说。

“万一三五日水仍不退呢?”曾仕和反问。

黄再忠一时不知怎么回答，重重地吁出一口闷气。

王培淦老汉神情专注地凝视着天际，在一片云隙中，太阳昏沉沉的，片刻后，又被乌云吞没。天地苍黄，色调凄凉。一群乌鸦，惊惶地顺风飞去，嘎嘎惨啼，使人产生不祥之感。

“日晕雨三日，月晕风一天，乌鸦顺风去，数日雨不住。”彝民们积千百年的经验，总结出大渡河两岸的气候特点。王培淦把眼光从天际收回，很有把握地说：“必有数日滂沱大雨，近期内绝不能渡河了。”

黄再忠的心紧缩了，但仍然坚持己见：“紫打地易进难退，既已入险，只有长驱直入了。小将愿即刻过江，与普成共守北岸，倘若有失，甘当军法。方才搭浮桥时，‘神相王’从下游十数丈远处，飞棹过河，追之未及。小将实担心……”

“啊！又是‘神相王’?”石达开在心里轻轻叫了一声，脸上的表情突然明朗了。

作为一位久历戎行，具有丰富战斗经验的统帅，石达开对面临的处境是看得十分清楚的。他必须当机立断，做出一个既能脱险，又能向川中挺进的决策。

尽管风云陡变，在他冷静的心里，仍然条分缕析，丝毫不乱。“神相王”的出现，使形势一下子变得更加复杂，清军主力很可能会在雨住前开往北岸。把韦普成部留在彼岸，的确是一着险棋，平生用兵谨慎的石达开，自然不肯出此一策，将千余兄弟留在虎口里。

他从当地百姓口中得知，中旂赖裕新部已于两个月前渡过了大渡河。他们现在哪里活动？知不知道主力来到紫打地的消息？石达开虽对中旂寄予很大的希望，但又不能不做好最坏的打算。如赖部就在附近，而敌人在对岸设防，一定能得到消息，狠狠地猛扑敌军，接应主力顺利渡河。万一中旂已经失败，或因路途遥远，消息闭塞，不能迅速赶来援救的话，他也有了个妥善的应急计划。这个应急计划，需要取得王培淦的支持。于是，石达开把眼光落在他的身上。

王培淦似乎了解他的心思，抚髯问道："翼王，何必为这事犯愁？如果三五日内清军不来，河水退后，便可渡河。万一清军真的来了，老汉亲到松林地找我侄儿，让翼王大军从松林小河过渡，乘虚夺取泸定桥。"

话没说完，一道耀眼的闪电劈开苍茫的夜色，接着，一声揭地掀天的霹雳，从头顶轰隆隆滚过，震得地动山摇。狂风夹着豆大的雨滴，很有气势地泼下来。大渡河两岸的群山、村舍被黑暗吞没了……

在石达开的脑海里，奔涌变幻着另一番风云，它比眼前的闪电惊雷更惊心动魄。他对王老汉报以赞赏的一笑，将披在肩上的斗篷戴在头顶，斩钉截铁地说："黄中丞，火速将普成等人召回。曾宰辅，传我的命令：三军在镇边安营扎寨!"

"翼王……"黄再忠还想苦谏。

石达开一挥手，打断他的话，掉转马头，一边驱马往紫打地走，一边不容违抗地说："本主将自有妙算，不必多虑。阿弼（这是他的亲兵头目），请伙夫营连夜准备筵席。既然三两日内不能渡河，何妨就此庆贺孤得贵子，让三军同乐。"

平生用兵谨慎的石达开，因为过于谨慎，却犯了致命的错误。

二

一夜倾盆大雨，天明后，势头仍然丝毫没有减弱。浑浊的大渡河像一条愤怒的蛟龙，滔滔西来。河水陡涨了数丈，千山万壑间，山洪挟着流沙，冲击崖岸，发出惊天动地的轰鸣。狂风卷着铅块般沉重的乌云，狼奔豕突，翻腾飞驰，天地间，一片混沌。昨日搭好的浮桥，被一泻千里的洪峰冲得无踪无影了。波峰浪谷间，浮沉着古树、棺木、屋梁和野兽、耕牛、山羊、人的尸体……

庆祝翼嗣君千岁诞生的筵席已经摆好。因为大雨，众将士不能聚于一堂，为翼王庆贺，只能在各自的军营里吆五喝六，开怀畅饮。石达开按照军中官兵同乐的惯例，披着斗篷，冒雨到一个个帐篷里，接受将士们的祝贺。

镇中父老见如此义师，十分高兴，准备了贺礼、酒筵，将石达开和几位重要将领，邀到一间临河的茅屋里，饮酒畅谈。

新入伍的阿抄抱来一个石罐，醇洌的酒香，从罐口草塞子中飘溢出来，清香扑鼻。案上剜木酒杯，黑漆为底，外以黄漆绘上云纹、水纹图案，给人一种朴素的美感。这穷乡僻壤，自然谈不上山珍海味、燕窝鱼翅，鲜鱼、羊肉倒也不缺，盛在精美的彝家膝胎木碗里，颇能勾起人的食欲，别具风味。

石达开在父老、将领们的一片喜气洋洋的庆贺声中周旋，倍觉豪情似海。佳肴一摆上，他即吩咐亲兵头目："阿弼，斟酒。"

一位三十岁上下年纪的魁伟汉子走进屋，笑吟吟地对父老们一一打招呼。然后，将剜木酒具尽数收起，从怀中掏出一根芦管，插在罐内，再将石罐捧起，放在王培淦老汉面前，说："王老伯，请先饮。"

尽管王培淦是个见多识广的人，也弄不明白这是什么意思，莫名其妙地看着芦管和阿弼，不敢饮酒。

阿沙惊诧地指着阿弼问："翼王，这位将军可是你的兄弟？"

虬髯环眼、韦陀菩萨似的韦普成抢先答道："正是翼王兄弟，你不知道翼王的兄弟可多哩。"

"怪不得长得与翼王一模脱样。"阿沙惊叹道，"身材、眉眼，没有一处不相像。要不是穿的衣服不同，硬是分不清哪一位是翼王哪。"

阿弼长得与石达开十分相像，不但身材、眉眼，连举止也因长期模仿，与翼王酷肖。若非石达开胸中多了万卷诗书，显得含蓄、深沉，那真难以辨认了。

一位读过几天私塾的老人接着问："请教翼王昆仲几人？"

阿弼笑弯了腰，捧着肚子说："翼王常说，天下男人，老的是他叔伯，壮的是他兄弟，幼的是他子侄；天下女人，老的是他婶子，少的是他姐妹。大爷，你说，翼王该有多少兄弟、多少姐妹呢？"

"难道……"王培淦老汉惊问。

"我并非翼王亲兄弟，只是他救活的一个苗家人。"阿弼说道，"去年，我率苗民造反，战败被擒，绑赴刑场问斩。正巧翼王义军路过贵州大定，

将我救下，我才率数百苗民投了太平天军。”

“是啊，翼王驱邪扶正，打富济贫，老朽早有所闻。”识字的老人接嘴道，“听说去岁翼王大军经过巴县一品场时，场上正演川戏，竟不知天兵过境，真是秋毫无犯。又听说越隽青龙嘴耿姓为迎翼王，摆了十桌酒席。席散，翼王在每张席上放白银一锭，以示酬谢。百姓怀念翼王，如今，已将一品场更名‘仁义场’。翼王天兵真不愧是真正的仁义之师！四川百姓盼翼王，正如大旱之年盼甘露啊！”

石达开含蓄地一笑，对王培淦说：“王老伯，闲话慢讲，请先饮酒，请！”

王培淦老汉抚着白胡须，围着石酒罐转一圈，仍不知如何饮法，急得直摇头。

一向庄重的黄再忠，也忍不住了，笑骂：“好一个阿弼，倒捉弄起人来了，该打！王老伯，你莫见怪，黔省大定一带苗家旧俗，饮酒不用酒杯，以芦管轮流吮吸，倒别有风趣。翼王喜添嗣君，阿弼心中高兴，以乡俗凑趣添兴，不能怪他的一番美意，父老们不妨一乐。”

“我们彝家有句老话：‘兹的知识千千万，莫的知识百百万，毕的知识数不尽，卓[①]的知识会耕牧。’老汉我身为‘苏易’，也有没见过的事。”王培淦感叹一番，又笑道，“翼王大喜。理当尽兴，理当尽兴！”拿起芦管来，吮了一大口，双手递与翼王。父老们及众将一一吮过，最后将芦管递给阿弼。阿弼吸罢，抹抹嘴巴，兴致勃勃地说：“翼王在大定将我救下，为表心意，用苗家风俗请翼王饮酒。翼王高兴，即席赋诗一首。若众位父老有兴，诵来侑酒，如何？”

识字的老人首先附和，鼓掌道：“好！好！久闻翼王武比关圣，谋如诸葛，文武全才，必定锦心绣口、妙语连珠。阿弼，念吧，老朽洗耳恭听。”

① 兹、莫，合称兹莫，是彝族最高统治阶级；毕，毕摩，彝族的男性巫师；卓，普通百姓和奴隶。

千颗明珠一瓮收，
君王到此也低头。
五岳抱住擎天柱，
吸尽黄河水倒流。

阿弼诵声刚住，那老人立即竖起大拇指叫道："好诗，真是好诗！好一个'君王到此也低头'！好一个'吸尽黄河水倒流'！诗如其人，此言不假。非翼王不能有如此气魄，非翼王不能有如此胸怀。酾酒临江，横槊赋诗，方是英雄本色。有如此佳句，老夫当浮一大白。"说完，他抱起酒坛，咕噜噜喝了数口。筵席上的气氛，顿时活跃起来。

峥嵘往事，勾起了石达开的无限豪情。他略带自信地一笑，把眼睛移到窗外。窗外，浊浪滔天，檐水如柱，千山迷漾，万壑奔流。这雄伟壮观的境界，使他诗兴勃发。

熟悉翼王性格的曾仕和不失时机地提议："翼王神机妙算，出奇兵于此，料越大渡河，取成都，定全川，指顾间耳。又兼千岁降世，军民同贺，岂可无诗乎？"

王培淦老汉连连点头道："官家诬翼王为大盗。自古以来，有翼王这样的大盗么？请翼王作诗一首，以回敬那些刮尽民脂民膏的龟儿子。"

石达开抚着剑柄，走到窗前，面对大渡河的洪峰激浪，发出一阵自豪、爽朗的笑声："哈哈，大盗！"磅礴如涛之情自胸间涌起，不吐不快。他猛地回过身来，须眉飞动，吐气如虹，声震瓦屋，字字铿锵：

大盗亦有道，
诗书所不屑。
黄金如粪土，
肝胆硬如铁。①
策马渡悬崖，

① 此诗见于贵县县志，原题《入川题壁》。疑为后人伪托。

弯弓射明月。
人头作酒杯，
饮尽仇雠血！

诸将中，曾仕和地位最高，也颇能写几句诗词，当仁不让地笑道：“翼王锦心绣口，字字珠玑，实不可及。小将不揣冒昧，和诗一首，请翼王指教。”说罢，拈须吟道：

定蜀武侯志，
吾道不足屑。
恨遗五丈原，
憾铸九州铁。
再整旧乾坤，
重光新日月。
一箭定黄龙，
痛饮虏酋血。

众人赞不绝口。黄再忠说：“君臣同乐，小将勉其难而作之，就教于翼王并诸君：

贵如万户侯，
不顾亦不屑。
诗成泣鬼神，
剑起碎金铁。
投鞭断天河，
跃马追明月。
为创太平日，
沙场洒碧血。

曾仕和叹道：“中丞之诗，好是好，只是最后两句，不免颓丧。韦丞

相也吟一首，如何？”

韦普成识字不多，更不会吟诗，憋得满脸通红，见大家催促得紧，只好说：“出生入死，沙场喋血，我老韦算是一把好手。若论作诗——唉，有了，只怕不押韵。”

“作诗词，原为明志，只要顺口就行，不必许多清规戒律。”石达开笑道。

千里鼓雄风，
丈夫意气烈。
怒驱五明骥，
醉舞三尺铁。

韦普成吟了四句，黄再忠首先赞道：“有意思，谁说普成只挽二石弓，不识一个字？”

韦普成想了片刻，又念道：

天王是太阳，
翼王是明月。
为了拯百姓，
甘抛头和血。

后面四句，虽然粗一点，倒说得明白，众人一片叫好。

石达开心中感慨油然而生，对窗外莽莽苍苍的长河峻岭指点道：“韦丞相之诗，细细品来，粗虽粗，味却醇浓。本主将起兵十四年来，未尝一日解甲、一日离鞍。纵横驰骋半个天下，立志匡扶真主，推翻清廷，重整华夏。今若能飞越大渡河，联络全川义士豪杰，将汇成激天飞流、万丈洪峰，势不可当。不但夺取成都如探囊取物，定巴蜀亦易如反掌。骆秉章、刘蓉之辈，其奈我何！众父老，众将军，今日且尽兴畅饮，明日再议渡河良策。”

三

入夜，石达开回到卧室，那种投鞭断流的气概和兴奋之情，犹未稍减。马王娘已甜蜜地入睡了，刘王娘与女兵姐妹欢宴，留在女营。潘王娘正挑灯补衣，等待丈夫归来。新生的儿子定信，睡在她身旁。她见达开进屋，连忙放下针线，倒上一杯浓茶，双手恭敬地递上，说："翼王，喝一口浓茶解酒。乐了一日，请早些安歇，明日还要商量渡河之事哩。"

石达开喝了茶，却丝毫没有睡意，轻轻地将幼子抱起，在烛光下看了一阵，又轻轻放下，脸上挂着微笑，双手推开北面的窗户。一阵狂风夹着雨滴扑进来，洒在脸上，他伸手抹去，出神地看着宛如银河倒泻、从天而降的汹涌波涛，自觉整个身心都沸腾了。这疾风暴雨，似席间喷落的诗句，狂澜惊涛，像昔日沙场上的金钲鼙鼓……

又一阵冷风刮进屋里，石达开念及产妇及婴儿，忙将窗子关上。方才转过身，忽听得风雨呼号中，夹杂着几声三弦的叮咚声。

起初，他还以为是自己的错觉，或者是风吹树枝、浪拍岩岸发出的声响。接着，又是一声高昂的琴音，连潘王娘也吃惊地睁大了眼睛。石达开竖起耳朵聆听，仿佛整个身心都陶醉在诗一般美妙的琴韵里。

这三弦的旋律是那么熟悉，悠缓的节奏，压抑的情怀，欲吐不尽，欲止还抒，就像宁静的海面下奔腾着汹涌的暗流。在风声、雨声、树声、涛声中，显得格外的深沉。石达开觉得这深沉的琴声里，包孕着令人振奋的、向上的巨大力量。他苦苦追索，这奇妙的三弦声分明在哪里听过，一时又记不真切了。

突然，一个清脆的女声唱了起来：

巴山高，蜀水长，
巴蜀儿女恨茫茫，
日日盼翼王。

穿无衣，食无粮，
愁思更比长江长，
含泪盼翼王。
……

“是她!”石达开情不自禁地叫道。

“是，是她——杜鹃!”潘王娘听得分明，兴奋地一跃而起，拍手叫道，“翼王，我去将杜鹃请来，如何？她一定知道许多消息。”

“不，我们一同去见她，整整等她三年了啊!”石达开拦住准备冒雨冲出去的潘王娘。

潘王娘点点头，嫣然一笑，在墙上取下两件斗篷，替丈夫披戴好，自己也披上一件，一起出门。循声走了一程，他们停住了，辨别声源，却出自镇上一间破烂的山神庙里。

山神庙内，油灯如豆。他们蹑手蹑脚来到庙门前，只见一位二十来岁、面容姣好的姑娘，手捧三弦，继续弹着。摇曳的烛光下，只见她眼里滚动着说不清是兴奋还是悲哀的泪光。她眉心的那颗黄豆大的美人痣，便是她的身份的最好明证。只是，她比三年前瘦了、苍白了。三年前的那一幕，又闪现在石达开的记忆中……

释放了私逃的张遂谋之后，石达开闷闷不乐，回到贵县城里。彭大顺率二十余万人马回天京去了，张遂谋也离开了他。这时，手下人马不足三万，下一步何去何从？他骑在马上，一边想，一边回翼王府去。突然，几声深情的三弦迸响，伴着琴声，一个清脆的女高音传来：

巴山高，蜀水长，
巴蜀儿女恨茫茫，
日日盼翼王。

穿无衣，食无粮，
愁思更比长江长，
含泪盼翼王。

无活路，抡刀枪，
跟随李、蓝把清反，
开门迎翼王。

歌声、琴声打动了他，举眼看去，一座商号前，许多人围着卖唱的父女俩。老艺人苍颜鹤发，目光睒闪，正注视着他。女孩十六七岁，眉清目秀，眉心有一颗豆大的美人痣。她挑逗地看了石达开一眼，歌声变得高亢激昂：

巴山是铜关，
蜀水是天堑。
不是雄鹰莫展翅，
展翅筋骨断。

有志得天下，
无志寸步难。
飞越天堑斩铜关，
翼王敢不敢？

石达开的勃勃雄心，被少女的歌声重新点燃，毅然吩咐黄再忠、韦普成将艺人父女请进翼王府。老艺人含笑说："我女儿杜鹃几首山歌，果然打动了你这只志在天下的雄鹰啦！"

"惭愧，几乎成为燕雀啦！"石达开回答。

杜鹃落落大方地说："走了二十万人，也值得心灰意冷么？入了川，我担保殿下登高一呼，百万英杰齐集帐下，翼王。"

老艺人解开发辫，取出一粒蜡丸递给他："这可是真的。蜀中豪杰四起，只可惜群龙无首。李永和、蓝大顺二帅特命我父女前来请翼王入川，蜀中百姓无日不盼翼王。"

石达开捏破蜡壳，取出密信观看，神往地说："十余年前，天国初创时，我即有意入川。四川号称天府之国，是诸葛孔明助刘备创业之地啊！"

杜鹃接着说："是呀。四川北有剑阁之险，东有夔门之雄，西接万年雪山，南毗怒、岷两江。物产富饶，不愁军饷；民心奋发，何虑兵源？退可资百年之守，进可以出关中，下荆襄，图中原……"

石达开振奋挥臂，说："好，老伯，我一定入川，与李、蓝二帅共定巴蜀。"

为了熟悉蜀中山川地形、义军的情况，石达开将杜鹃父女留下，详谈了数日。他发现杜鹃不但武艺好，容貌美，性格亢爽侠义，而且机灵多智，颇有见识，在女子中实为难得之人才，心里非常喜欢她。

一切商量妥当，杜鹃父女告别翼王，回川复命。临行前，石达开问老艺人："杜鹃可有了婆家？"

"兵荒马乱，她妈又过早去世，哪有什么婆家啊！"老艺人摇头回答。

石达开高兴地拉着老艺人的手说："既如此，我可要做冰人啦！老伯，普成为人义气，坦率耿直，至今中馈犹虚。如老伯不嫌他粗愚，还求俯允。"

老艺人既不首肯，又不推辞，笑道："论韦将军，自然是极好的；翼王又亲做冰人，老朽敢不从命，料杜鹃亦必乐意。但大事未定，小女即将回川，只怕日后鸳飞鸯散，各自东西，白白耽误了韦将军的青春。三年内，杜鹃绝不许人，只待翼王入川时，如韦将军仍未娶妻，老朽一定亲送小女前来完婚。翼王以为如何？"

……

想起往事，石达开不胜惆怅，潘王娘也有无限感触，情不自禁地长叹。杜鹃像听见了什么，放下三弦，见翼王夫妇并立门外，又惊又喜地扑过来，抱住潘王娘，呜呜抽泣不止。

潘王娘抚着她的头，问道："杜鹃，你为何单身至此，你爹呢？"

"唉，一言难尽啊！"杜鹃美丽的丹凤眼里，充满泪水。她将翼王夫妇让进庙内坐下，叙述道："三年前贵县别后，爹和我即到李、蓝二帅处交令。二帅大喜，无日不盼翼王早日驾临。前年，闻翼王兵临涪州，二帅即挥师至鹤游坪，可惜长江水阻，未能会师。去年，知翼王再次入川，攻克叙永，二帅又至叙府八角寨，以期与翼王汇合。胡中和得知后，率清妖军猛攻，二帅得傅廷佐将军书信，坚守待援，以后，忽接翼王亲笔训谕……”

“我的训渝？”石达开惊诧地问。

“难道翼王没给二帅训谕？”见翼王愕然之色，杜鹃迷惑了。

“啊——杜鹃，你说下去。”石达开并不做任何解释。

“二帅奉翼王之命从八角寨突围，到叙府会师。谁知人马一动，清军乘乱猛攻，全军大溃……”

“李、蓝二帅呢？”石达开关怀地问。

“二帅失败，李永和退至犍为，兵败被俘，英勇就义；蓝大顺孤掌难鸣，退入陕西。川中各路义军，大多失败了。”杜鹃默然低下了头。

尽管石达开脸上异常平静，心中却受到猛烈的震动。形势的变化，远比他估计得严重得多。李、蓝二人失败，他入川后便是一支孤军，独立抗击敌人，那是非常艰难的。不过，唯其艰难，才更使人振奋，他毕竟有十几年运筹帷幄、决胜千里的历程。

“我的训谕是谁送去的？你亲眼见过吗？”他问。

“是一位化装成道士、扛着‘神相王’招儿的人送去的。李帅唯恐有诈，叫我父女辨认。训谕上有翼王大印，字迹亦与翼王无二，故深信不疑。谁知……”说到这里，她停住了。

“大印？字迹也相似？”潘王娘看着丈夫，问，“难道竟会是他么？”

一片阴云从石达开眼前飘过，他的猜测和妻子完全一致。难道张遂谋竟无耻地降了清妖？若果真如此，对于石达开倒真是一件颇费思量的事。张遂谋诡诈多谋，他是知道的，又了解自己的底细。一个狡诈的叛徒，比十个凶悍的敌人更可恶、更可怕。

他希望这个神秘的“神相王”不是张遂谋。可是，除了他，谁能仿刻翼王大印，谁能模仿他的字迹，达到可以乱真的程度？这一次，“神相王”又出现在附近，会给他偷越大渡河的行动带来多大的危害？这是不能低估的。

听着轰隆隆的涛声，他感到头顶罩上了一层不祥的阴云。石达开估计：“神相王”如真是张遂谋（至少也是清军的密探），那么，至迟后天，清军主力便会到大渡河北岸设防。正面抢渡，将是十分困难的。他决定，按第二个方案行事：趁清军主力往大渡河北岸集结，避实就虚，出其不意地从松林河过铁索桥，直趋泸定，飞越大渡河。于是，他转过话题，问道："杜鹃，你阿爸呢？怎么单身一人至此？"

杜鹃垂下眼睑，凤眼里的泪水，像断了线的珍珠，扑簌簌往下掉。

原来李、蓝二人受"神相王"之骗，率兵自八角寨突围，胡中和开始毫无准备，被义军冲阵而出，还折损了些人马。后见义军纷沓南奔，阵容大乱，立即率部疾追，将义军击溃，杜鹃父女亦在混战中失散。后来，杜鹃听说父亲随李永和退至犍为，忙跟踪前去。谁知赶到犍为，义军已全军覆没，李永和被擒遇害，父亲仍无下落。

"小妹无所归依，四处漂泊寻父。后来，听说翼王大军至冕宁，忙去相投。谁知并非翼王亲率，而是赖裕新将军的部队。他命小妹留在冕宁一带，等候翼王大驾。自率大军向北疾进，准备强渡大渡河。不幸行至白沙沟，被土司彝兵用滚木檑石砸死。余众由固大豫唐日荣将军率领，搭浮桥过了大渡河。今晨，小妹听说翼王兵屯紫打地，冒雨前来，因夜已深，只得在庙中歇一夜，谁知惊动了翼王和王娘。"

杜鹃带来的，竟是一系列噩讯！最使石达开震动的，是赖裕新之死。金田起义时，赖裕新便跟随他，十余年来，身经百战，妻子儿女，先后殉国。他号称石达开手下四大虎将第一名。战安徽，定江西，攻湖北，无役不从，转战千里，威震敌胆。石达开倚之若股肱。一世雄豪，竟惨死在区区土司的滚木檑石之下，怎不令人叹惜！

潘王娘理解丈夫此刻的心情，安慰说："赖将军殉难，固是不幸，好在唐日荣活着，大军亦未损失，会师之势仍在，翼王不必过分悲伤。杜鹃与普成都未婚嫁，既来了，请翼王做主，为他们完姻吧！"

石达开破颜一笑，点头道："说得对。杜鹃，待大军渡过大渡河，我亲与你们主婚。"

听得个"婚"字，杜鹃忙埋下头，两片红云蓦地从双颊升起，心中狂跳不已，陷入深深的迷惘之中。

虽说女大当嫁，但每一个少女临嫁前都有一种半喜半惧、娇羞不安的情绪，杜鹃，自然也不例外。

毫无疑问，她是一个勇敢的姑娘。几年来，无论是随军转战南北、冲锋陷阵，还是单身一人千里闯险，刺探敌情，她都绝不会胆怯心跳。但是，对于男女婚嫁之事，她却是一个地道的“白痴”。她从小失去母亲，父亲的性格又豪爽，并没有教会她作为一个少女，在什么场合下应该表示害羞，在什么场合下应该避嫌。在紧张的战斗中，一切礼仪都是多余的。渴了同饮一罐水，饿了同舀一锅饭，困了和衣就地一滚，男女之别，哪讲究得那么多！她与男战士们朝夕相处，从未感到什么不自在。当然，义军中难免鱼龙混杂，有时个别心术不正的人，言语相逗，甚至做些下流动作，她总是态度严肃、庄重，使他们不敢轻犯。

自从三年前翼王提起她和韦普成的婚事后，她才开始懂得，应该为将来作为她丈夫的这个男人，而回避别的一切男人。三年来，她暗暗地盼望这一天，又害怕这一天真的到来。她想念他，虽然只有一面之缘，凭着直觉，她觉得韦普成虽然粗鲁些，但却是真正值得她想念的人。

三年磨难，三年分离，这一天终于到了。她高兴，又伤心。父亲，你在哪里？女儿大喜之日，你会不会奇迹般地来为女儿祝贺呢？

她终于克服了羞涩不安，抬起头，对潘王娘嫣然一笑。

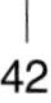

第三章 误 杀

一

黎明，倾盆暴雨始终不停。未出所料，清兵已开赴大渡河北岸驻扎，从安庆坝、绵巴湾、火厂坝到万工堰，连营数十里。

石达开毫不犹豫，立即命王培淦老汉为向导，带领韦普成的先锋部队，直奔松林河上的铁索桥。他们万万没有料到，土司王应元竟背信弃义，将铁索桥封锁了。

松林河虽比大渡河狭窄，但波浪滔天，不经铁索桥，无法飞渡。

彝丁在“惹科”① 的指挥下，不时向太平军先锋队射来火枪、弩箭。没有得到翼王命令，韦普成不敢擅自还击，只气得七窍生烟，暴跳如雷。他立即派人飞报翼王，同时令王培淦老汉上前喊话，要王应元恪守成约，停止射击。

情况突变，王培淦老汉也感到意外。王应元为人狡诈，反复无常，但对他这个族叔，历来还是有所畏惧的。他认出站在“惹科”身旁指手画脚的汉人，是王应元的幕僚许亮儒，便走到铁索桥边，向对岸一边挥手，一边高喊：“许先生，许先生！”

水急浪高，涛声如雷，对岸根本听不见他的喊声。但许亮儒看见了他，招手示意，让他走上铁索桥。王老汉很为难，由于王应元变卦，韦普成必定会对他产生怀疑，他不敢贸然踏上铁索桥，踅回来对韦普成说：“韦将军，水声太大，隔河难以对答，能否让老汉到松林地去一趟，劝说侄儿让路？”

① 惹科：彝语意为勇敢者，即勇猛善战的人。在战争和冤家械斗时，往往充当指挥者。

韦普成一边掸掉虬髯上的水珠，一边用眼色打量他，仰面笑道："嘿嘿，想从老子手头溜掉？老子不会上当！你若没有好心，就去吧！走到桥心，跟他妈的王应元对话。不过，王老汉，丑话说在前头，如再往前走一步，我这箭，亲老子也不认！"

王老汉苦笑一下，没有辩白，冒雨踏上铁索桥，走到桥心，站住了。韦普成从肩上取下弓，搭上箭，瞄准他的背心。

见这情形，许亮儒心中有数，命彝丁将枪、箭放下，走到王培淦身旁，恭敬地一揖。

"许先生，快请我应元侄儿前来，老朽有话对他说。"王培淦催促道。

"王老爷有军机要务，无暇前来。"许亮儒故作亲热地在他肩上轻轻一拍，话语严肃，"大叔是彝家苏易，何必为石达开卖命，丧尽王家世代忠贞之荣?"

王培淦说："翼王是仁义之师，清军是虎狼之旅，我奉劝你们拿定主意啊!"

许亮儒怫然变色："大叔，要么立即回去，做大清叛民、彝家不肖子孙；要么赶快弃暗投明，随我回松林地，我保证王老爷不会怪你附逆之罪。若再执迷不悟，莫怪小侄手下不留情。"他又故意附在王培淦耳边，说："大叔如有悔悟立功之心，不妨暂留石营。"说完，又恭敬地一拜，抖抖衣袖，转身扬长而去。

这一幕戏，韦普成看得清清楚楚，许亮儒那亲热劲，还有机密的耳语，不由得他不怀疑，不由得他不发怒。当王培淦垂着头走回来时，他两道浓眉一竖，举起马鞭喝道："来人，与我绑了！待翼王亲自发落。"

兄弟们见王应元变卦，渡桥被阻，正窝着一肚子无名火，听到命令，一拥上前，将淋得落汤鸡似的王老汉绑个结实。

王培淦见误会已深，顿足叹道："王应元、许亮儒竖子误我!"

石达开自领中军，正打算冒雨开拔，得到韦普成的报告，吃了一惊，忙命部队暂留紫打地，带了曾仕和、黄再忠等飞驰到松林河。

远远看见韦普成正愤怒地大骂被反剪双手的王培淦老汉，石达开心中已明白是怎么一回事了。他揽辔驰到河边，透过半透明的雨帘，向河西岸瞭望。

河西岸扎满了营寨，敌人的大营就设在磨房沟。彝兵刀矛如林，炮口直指东岸。他意识到，这突如其来的变化，使天兵陷入非常困难的境地之中。

闪过他脑海的第一个念头，是后悔自己太相信王应元，竟没有做一丝一毫应付意外事变的准备。受骗上当的屈辱感，使他异常愤怒，以至每一个手指头都微微颤抖。他宁愿在正面交锋时被敌人杀死，却受不了一支阴险的冷箭。

像要故意激怒他，许亮儒叫番兵们齐声呐喊："翼王誉满天下，如今陷入绝境啦。欲求活命，快自缚来降！"

韦普成驱马来到他身边，暴躁地叫道："大风大浪都见过，我就不信阴沟里能翻船。翼王，快攻过铁索桥去，擒杀王应元！"

仿佛在回答韦普成似的，许亮儒又命番兵举起巨斧，做出要砍断铁索桥的模样。

石达开面色铁青，微微摇头。

"翼王。"曾仕和策马靠近石达开，低声说，"不如以王培滏为诱饵，逼王应元让路。如其不从，杀之以乱其心，再图过河之计。"

石达开心里起了杀机，他也认定王培滏老汉是这一骗局的参与者。现在，抢夺铁索桥是不可能了。以王培滏为人质，也不会有什么结果。项羽阵前把刘邦之父置诸俎上，将付鼎烹，而刘邦不为所动。何况，王培滏仅是王应元的远房族叔，更可置之不顾了。

如泼的暴雨浸透了他的斗篷，肌寒骨冷，使他稍稍冷静些了。生气、愤怒都无济于事，要紧的是设法使王应元让路。他打定主意，对韦普成吩咐道："松绑！"

韦普成不服气，抗声道："分明是个奸细，留他活命，三军不服。"

"快松绑！"石达开厉声重复道，接着调转马头，"阿弼，将王培滏带回紫打地老营。普成，你也将前锋退回原地驻扎。渡河之事，我另有安排。"

二

石达开没有想到，张遂谋、周歧源、杨应刚和副将谢国泰，这时正在松林地土司衙门里，就共同围剿翼王大军一事讨价还价。

除了两千两百两银子的现货，周歧源慷慨答应，消灭“长毛”之后，不但升官赏银，所获太平军的马匹、粮草及随军辎重，全归王应元所有，俘获的男女“贼众”给他做呷西。张遂谋还投其所好，把几位翼王娘如何艳丽迷人，大肆渲染了一番。王应元本念及族叔王培淦在太平军手中，还有几分犹豫。但巨大的物质诱惑，特别是想到翼王的几位妻妾，必定美如月中仙子，终于动了心，撕毁盟约，出卖族叔，背信弃义，为虎作伥。

既已拍板成交，王应元立即摆上盛筵，款待周歧源、张遂谋等。方才入席，忽报太平军欲假道松林河铁索桥西上，被许亮儒制止，双方正剑拔弩张，一触即发。

王应元一跃而起，拍案怒叫：“来人！传我将令，立即砍断铁索桥！”

“且慢。”张遂谋放下酒杯，制止道。

“为什么？”王应元不解地问。

“砍断铁索桥，正好困死石达开。先生不叫断桥，难道另有妙计么？”杨应刚竖起眉毛问，语调咄咄逼人。

张遂谋苦笑一下，没有立即回答，只把彝家精制的黑漆木胎云纹酒杯反复展玩着。

周歧源看着他，眼神里充满了怀疑和不安。自从奉命监视和考察张遂谋，周歧源丝毫不敢大意。通过几天的观察，他对张遂谋是基本满意的，军务布置、施谋用计，井井有条，没一丝儿破绽。可是，在此关键时刻，张遂谋不让断桥，万一石达开夺桥过河，局面不堪设想！周歧源毕竟稳重，只是轻轻咳了一声，暗示张遂谋说出心中的主意。

张遂谋分明感到了周歧源对他的不信任，却不动声色，继续玩弄酒杯，直到觉得有了十分把握，才突然高举酒杯，大笑道：“诸君且开怀畅饮，不必多虑。料片刻之后，必有佳音。”

周岐源心中疑团未释，勉强含笑应酬。杨应刚纵然不满，想起受命时刘蓉交代的“你需唯先生之命是听”的话，也只好闭口不说。大家埋头饮闷酒，提心吊胆，焦急地等待好消息。

一个时辰后，许亮儒匆匆赶来，呈给王应元两封射来的箭书，一封是石达开的亲笔信，一封是王培滏的手书。王应元不识汉字，在周岐源的示意下，递给了张遂谋。

张遂谋如释重负地一笑，接过信，眉飞色舞、有板有眼地念道：

> 真天命太平天国圣神电通军主将翼王石，为训谕松林地总领王千户贤台知悉：缘予恭奉天命，亲统雄师，辅佐圣主，恢复华夏，路径由兹，非取斯土。贤台不知师来之意，竟尔抗拒，姑无足怪。所幸两边兵未损折，情有可原。望贤台罢兵让路，敦议讲和……倘贤台竟称兵抗拒，予则加选三千虎贲，不得已誓渡小河，将尔一方痛剿……那时悔之晚矣。本主将上体天心，下恤民命，与其相杀，莫如相好。为此，谕到之时，限午刻印回文，以决攻取，不得延误。特此训谕。

张遂谋一边念，一边想：时至今日，还说什么“恭奉天命”、“辅佐圣主”，翼王愚忠，至死不悔！他和石达开的根本分歧之处，也正在于此。

他是怀着攀龙附凤、名标凌烟阁的志向，加入太平天国的，做梦都想博取功名富贵。只要能达到这个目的，一身本事卖给谁，创一个什么样的江山，都无所谓。他认为，自古以来创大业的英雄豪杰们，无非是孤注一掷，以身家性命为赌注，成则为王，居九五之尊，称孤道寡；败则为寇，名列盗贼。新朝取代旧朝，不过是权力从一部分人的手中，转移到另一部分人的手中而已，根本不存在什么正、逆，有道、无道的区别。因此，为了自己的前途而改换门庭，对于他来说，是非常自然的事。

他过去钦佩洪秀全，相信太平天国能够推翻清朝，一统中华，因而竭尽全力，做了一些贡献。但内讧悲剧，使他对洪秀全的敬仰彻底地崩溃了；对太平天国的事业，也丧失了信心。俗话说，良马不恋旧槽，他继续追随翼王，并极力影响他，是为了创一个石姓江山。而翼王却仍信奉那个几次欲加害他的天王为圣主，实在缺乏大丈夫气概。天下者，非一人之天下；社稷者，非一姓之社稷。既然可以起义推翻爱新觉罗氏，为什么江山却非姓洪不可？凡有才有德者都可取而代之。石达开连如此浅显的道理都不懂得，他为什么一定要陪石达开去为那个注定要失败的天国殉葬？

他轻蔑地冷笑一声，甚至对旧主产生了一种怜悯的情愫：翼王的悲剧，是不足为训的。

王应元听完，大笑道："哈哈！都道石逆骁勇非常，老子偏不信邪，敢率手下人马与他摆开战场，决一雌雄。"

这样的豪言壮语，只能说明王应元无知和狂妄，自然得不到周歧源的赏识。他含笑道："贤台胆气可嘉。但石逆非比寻常草寇，只可智取，不可力敌。骆中堂、刘藩台再三严令：石逆纵横驰骋半个天下，务必生擒之，明刑正典，以张天讨。擒石之计，尚须从长计议。张先生不许断桥，必定智珠在握，有何良策赐教？"

张遂谋微微一笑："张某不急于断桥，正待翼王此书。欲擒石达开，只在今日。"

周歧源明白了他的意思，心中虽无把握，还是点了点头，俯身对茫然瞪眼的王应元说："请贤台立即修书，射过河去，约石逆来此洽谈让路事宜。"

王应元正要点头，许亮儒喊道："且慢。请王老爷看过培淦大叔的书信，再行定夺。"

提起这远房族叔，王应元露出一丝犹豫之色。而这一细微的表情变化，已被张遂谋捕捉住了。早在去年，他于成都一次偶然的机会，认识了许亮儒，大致了解了王应元的情况。几天前，当他知道石达开将移兵紫打地，先一步赶到当地，了解风土人情，从乡亲们口中得知，王培淦虽是王应元的远房族叔，但关系十分密切。原来王应元自幼失去父母，由王培淦教养成人，相互之情，不啻父子。更重要的是，王培淦为人正直，拯贫济弱，松林地的番、彝等族百姓，无不受他之惠，敬若父兄。王应元继承父荫，任土千户之职。而王培淦却是百姓真心拥戴的自然领袖。因此，在张遂谋的棋局中，他是一颗很重要的棋子。他怕王应元动摇，忙向周、杨二人递了个眼色，含笑起身："我等暂且告退，待贤台处置完了家事，再来共商大计也不迟。”

这一着十分厉害，等于硬逼王应元断绝叔侄之情。王应元心一横，连连摆手：“诸位大人留步。大丈夫为国无家，家叔甘心从逆，已与应元恩断义绝，并无家事可处置。许先生，还不将信交与张先生看看。”

张遂谋欲擒故纵，连连摆手：“不必，不必。尊族叔之事，他人不便过问，请贤台自己定夺。”

王应元霍地站起，将族叔的彝文信撕得粉碎，对天起誓：“张先生能弃暗投明，老子岂不能大义灭亲？但有渝盟者，山神不佑，天雷轰死！”

周歧源做出十分感动的样子，竖起大拇指，想要夸赞几句，布政使刘蓉突然闯进门，笑道：“早闻王千户忠义，果然名不虚传！石逆成擒，当以首功禀奏圣上，保举封赏。”

见刘蓉意外到来，满座肃立致敬。刘蓉和蔼地摆手示意，让大家坐下。

王应元受宠若惊，亲自为刘蓉设座椅，垫上虎皮褥，又一迭声叫：“上茶！”

原来，刘蓉当夜冒雨渡河，带几名幕友随从，翻山涉涧，考察紫打地周围地理人情。有了破敌的初步设想，又做了一番周密布置，然后，在松林河上游险窄处，搭好一座便桥，来到西岸的松林地，与周、张二人进一步商议，正好看见王应元撕毁族叔的信件。

王应元讨好地递上石达开的书信，刘蓉细看数遍，含笑问道：“未知张先生、周司马①和杨、谢二位将军作何打算，以挫石逆之谋？”

“将计就计，诱而擒之。”谢国泰贪功好利，微微欠身，抢先回答。

刘蓉摇了摇头，沉吟良久，觉得毫无把握，又问：“依张先生之见，石逆会中计么？”

谁都能听出弦外之音：藩台大人对此计是持怀疑态度的。张遂谋淡淡一笑，不做正面回答，反问道：“数日来，藩台大人跋山涉水，亲临考察，破敌之策，想已成竹在胸，未知大人知彼几何？”

这一反问，使满座官员莫名其妙。刘蓉审慎地回答道：“贼有可破处，亦有不易破处。”

① 司马：同知的别称。

“愿闻其详。”

“贼犯险深入彝区，先失地利，我扼险据守，易守难攻，此其一。贼处绝境，速战则存，不速战则亡，必然急于突围。我以逸待劳，以静制动，坐待其疲，此其二。贼据地狭窄，兵源、粮草无可补充。我拥有广阔之地周旋，兵源粮草充足，此其三。具备如此三个有利条件，岂有不破之理？至于不可破处么——”他略一顿，继续说，“贼兵精善战，士气高涨，有置之死地而后生之志，尤其可畏者，石逆善抚人心，山野愚民皆乐于助之。张先生‘坚壁清野’之策，行之不易。学生曾令王松林率部焚烧村寨、粮草，不让资贼。然无论汉、番、彝民，隐埋粮草，避入丛林，千方百计资助石逆。听说，八角寨还有一股发匪，四出骚扰，万一……”下面的话，他不愿说出来，而大家是明白的。

张遂谋笑道：“小将力主邀翼王前来，正是为了解除藩台大人之忧。”

“此话怎讲？”

“翼王脱险心切，若不亲至，也应遣使洽谈。王贤台大义灭亲，吾计成矣。”

张遂谋将“大义灭亲”四字说得特别重。刘蓉从王松林口中，得知王培淦老汉在附近各族百姓心目中的威望极高，正想设计除之。他叹道：“张先生此策，正是效秦离间信陵君之策。石逆亲至，渠魁立擒，遣使前来，使石逆自绝民助，可谓一箭双雕！许先生，请立即为王贤台修书，函请石逆前来洽谈。”

派人射出箭书后，大家坐等回音，心里忐忑不安。不过一个时辰，一名番兵气喘吁吁，飞奔入寨报告，说石达开亲带两名随从，应约前来。现在，已过了松林河铁索桥。

这个天大的“喜讯”使满座欢欣若狂，连素来端庄稳重的刘蓉，也拊掌大笑：“哈！哈哈！十年心血，竟收功于今日。此天命耶？气数耶？”

也许是察觉自己有些失态，随即收敛笑容，与张遂谋、周歧源、谢国泰、杨应刚等避入后厅，暗中掌握火候，决定进退。数十名全副武装的甲士分别埋伏于两廊，只待一声号令，即冲出擒拿逆首。王应元、许亮儒按照方才商量的步骤，亲自冒雨步行出寨，去迎接石达开。

直到这时，刘蓉、周歧源对张遂谋的来投，才算完全放心了。

三

成功来得太突然，往往会使人感到惊讶，产生怀疑。

张遂谋从来不怀疑自己会成功，但成功来得太容易，反使他惶惑了。他藏身后堂，透过板壁的缝隙向寨门张望，紧张得透不过气来，全身都在战栗。刘蓉也在他身旁，透过壁缝向外窥视。

一阵马的嘶鸣，使张遂谋一阵哆嗦。他听得出，这正是石达开心爱的玉狮的嘶鸣。啊，翼王真来了！英武盖世、足智多谋的翼王，竟落入了自己所张的罗网，这不是实实在在的现实吗？他有几分得意，也有几分怅惘。

一个身怀绝艺又自信的猎人，在林莽中，遇到一只吊睛白额大虫，本来想搏杀它，可猛虎突然掉进了陷阱。他固然可以不花多少气力得到它，但终究少了那种性命相搏、惊心动魄的乐趣。

他感到的，正是这样一种怅惘。

接着，脚步声自远而近。当翼王与黄再忠、韦普成出现在大门口时，张遂谋的心一阵狂跳。那不是他阔别三年的旧主么？一别三年，翼王老了、黑了、瘦了。张遂谋的心里，竟产生了一种说不清是自愧还是同情的感慨。

他看见许亮儒阴险地谄笑着，为翼王脱去斗篷，挂在壁中的木钩上，又看见翼王从容不迫地在客位落座，黄再忠、韦普成手按刀柄，威严地侍立在翼王身后。

刘蓉怕张遂谋乍见旧主，会产生眷恋之心，低沉而严厉地问："这确是石逆么?"

张遂谋觉得背脊骨阵阵怵麻，凉飕飕的冷汗从额际渗出。叛离翼王三年，绞尽脑汁，只望建不世之功，垂名千秋。如今，自己的奢望变为现实时，他却胆怯、犹豫了。三年来，良知与邪恶，第一次在他心中展开了激烈的搏斗，迸溅出令他迷乱的火花。

但是，野心是没有尽头的。他嘲笑过翼王的软弱和犹豫，难道自己还要重蹈覆辙么？自古道：无毒不丈夫。大丈夫为了成大功、建大业，不应该讲什么朋友之义、儿女之情。张遂谋与石达开的不同之处在于：石达开虽然被逼得不能不离开旧主，但对天王的一片忠诚，仍旧拳拳不渝；而张遂谋离开旧主后，却能将石达开的恩情抛到九霄云外，并以钢铁般的意志和手腕，对付自己的旧主。

张遂谋经过一番自省，坚强起来了，对刘蓉点了点头，肯定地说："是石逆本人。"

刘蓉秀雅的面庞上，流露出冷酷的微笑。

堂上经过一番寒暄，话入正题。黄再忠首先发话："君子一言，重于九鼎。贤台深明大义，遣令叔禀报翼王，情愿言和让路。敝军初入宝地，两家相安无事。今日，翼王欲假道贵寨，北上泸定，讨伐无道，以安蜀境。不料贵军施放冷箭，幸未造成伤亡。翼王及小将等均料贤台明于事理，必不肯作茧自缚，背信弃义。蒙贤台华翰相招，翼王及小将等应邀前来，以示诚信。还望贤台不食前言，罢兵让道，区区薄礼，当即奉上。"

"哈哈！"王应元两手一摊，大笑道，"两扇磨子相摩擦，上下两扇受损伤；贵军彝家莫开仗，以免两家受伤亡。我王应元不与贵军为敌，将军莫误会。前日，家叔奉翼王命令前来与我洽谈，我当即应允，暂借紫打地供翼王驻扎人马。贵军住了数日，我也并无二话。至于假道铁索桥、松林地，实在未曾议及。我守彝家领地，名正言顺，理所应当，将军如何责我'背信弃义'？"

张遂谋颇觉奇怪，心中嘀咕：方才黄再忠说的那番话，本应由翼王说出，如何让他先开口？这是不符天国习惯，也不合翼王性格的。他拈着疏朗的胡须，侧耳等待，看翼王说些什么。可是，翼王仍未开口。

韦普成叫道："受人之礼，却自食其言，难道算不得背信弃义么？贤台如受人蒙蔽，一心与我过不去，须知令叔王培淦老汉，眼下尚在我们手中。若不让路，可莫怪老子手下不留情面……"

黄再忠频频向韦普成注目，示意他住口。

"蛤蟆生存靠水塘，猴子生存靠树林，人类生存靠亲友，诺合①生存靠家支。"王应元摊开两手，说，"王培淦是我族叔，家支极近，哪能不顾他的死活？如果贵军伤了他一条筋、一根毛，莫说让路，我一定发兵报仇，与你等决一雌雄！"

韦普成大怒，勃然作色，就要发作。

黄再忠立即制止他，说："过去之事，再提无益。既然前日令叔未将翼王之意全盘转达，今日再议何妨？贤台以为如何？"

这样的话，当由翼王说出，而他却含笑点了一下头，缄口不言。张遂谋心中疑团更大，从壁缝里目不转睛地细细打量他，越看越不踏实。与翼王一别三年，岁月消磨，在他身上发生的一些变化可以理解。但是，翼主的英雄气概、坚韧不拔的性格，却是不易改变的。

"疑人偷斧"的事是经常重复的。当他未动疑心时，眼前这个"翼王"与三年前的翼王是波澜莫二、不差分毫的。但疑窦产生，破绽立见。他突然觉得，眼前这个"翼王"与他多年相处的翼王，至少有以下差异：体魄虽然同样伟岸，但少了一点内在的英气；眼睛虽然同样冰寒雪亮，却缺少了斐然的神采，容颜俊武而缺一段风流；神色威严而过于浅露……两者之间，确实存在着微妙的区别。

是翼王本身发生了变化，还是"李代桃僵"，被调了包？他觉得，眼前这个"翼王"，更像一件足以乱真的高明的赝品。

堂前互相争论着，讨价还价。王应元不时地用力咳嗽，意思是提醒堂后的觊觎者：为什么还不动手？谢国泰、杨应刚固然急不可耐，频频向张遂谋使眼色，连周歧源这样稳重的人，也用肘子碰他，投去询问的眼光。张遂谋不做任何回答，真品赝鼎，心中更有数了。他不能不感叹，真是上天造化、鬼斧神工，人世间竟会有两个相似到如此地步的人物！

刘蓉一直在凝视着张遂谋，流露出明显的疑惑之色。不过，他是有耐心的，乍逢故主，有些不忍之心，也属人之常情。反正石达开已进入他的手掌心，擒之易如反掌。

---

① 诺合，与前文的"兹莫"，同是彝族社会中的统治阶级。诺合是具有父系血缘的家支集团，残存着氏族组织的特征，实行奴隶主专政的职能。

双方争吵，已闹到不快的地步，韦普成揎臂捋袖，气涌如山地大呼小叫，虽然被翼王和黄再忠制上，双方才未动武。但“客人”已有离去的意思，周歧源附耳问道：“为何还不动手，张先生？”

“事有可疑。”张遂谋做了一个手势。

刘蓉一惊，也沉不住气了。刚想发问，张遂谋摇了摇手，低声说：“且慢，听！”

堂前，许亮儒拈着胡须，傲慢地说：“请翼王先将王培淦大叔释回，然后，再从容商谈让路事宜。”

这一来，“翼王”终于忍不住了，开口说：“王大叔是返是留，任其自决，谈不上‘释回’二字。何去何从，望贤台速决。”

张遂谋心中疑团，一举而解！

许亮儒也频频咳嗽示意。眼看“翼王”就要离去，刘蓉忙问：“张先生，何疑之有？”

“大人难道听不出么？”

刘蓉猛然省悟：石达开是广西人，而这个“翼王”，说的却是贵州话。

说也奇怪，张遂谋此时竟产生如释重负之感，虽然这轻松中，还带了那么一点失望。就这样轻而易举地擒了翼王，怎么能显示自己的雄才大略呢？何况，也失去了一番“搏虎斗龙”的乐趣，他那颗剽悍而好胜的心，也不能得到满足。

跟前，这个“翼王”，其实是与他酷肖的阿弼，正准备愤然离去。许亮儒见后堂还不动手，忙借故入内请示。刘蓉与张遂谋交换一个眼色，并不对许亮儒做任何解释，将手一挥，斩钉截铁地命令道：“放！”

四

先礼后兵，这是石达开用兵所遵循的准则。既然王应元背信弃义于前，拒绝谈判于后，那么，以兵戎相见，其屈在彼，师出有名。

听了黄再忠等的汇报，特别是对手再三提到要他释放王培淦老汉，使他的怀疑更加深了。他命令将王老汉禁闭起来，严加看守，并亲率精兵去夺松林河铁索桥。可是，王应元已抢在他之前，将桥砍断了。他愤怒极了，但又无可奈何，连叹：“王培淦误我！王应元诳我！”

形势陡然严重起来，他不得不调整进军的方案：从原路退回冕宁，再图进取。

全军冒着倾盆大雨，沿险窄的山道疾退。傍晚时分，到了铜厂附近。石达开命令，三军在寨上老乡家造饭，吃饱之后，连夜退兵。忽然，前锋韦普成遣人来报：铜厂寨已消失得无踪无影。石达开很惊诧，亲自策马前去，只见村寨的数十户人家成了一片瓦砾。派人四处搜寻，也找不到一男半女。

他明白了：敌人采取了最毒辣的坚壁清野手段，想将四万大军困死在大渡河畔。

暴雨如泼，山洪咆哮，万壑喧嚣；狂风夹着暴雨，似海潮呼啸。

三军散开，准备造饭，可是却找不到一根可以引火的干柴。

石达开心情异常沉重，多在这绝地里待一刻，危险就会大一分。尽管将士们十分饥疲，还是立即集队继续赶路。来到筲箕湾，情况依旧，村寨被夷为平地，残砖碎瓦，断墙残壁，一派凄凉景象。此时，天色已黑尽了，伸手难辨五指。远处不时传来虎啸狼嗥，枭号猿唳，一声声令人心悸。

石达开判断，敌人既实行坚壁清野，就不可能不设伏兵。夜黑路险，不能贸然前进，吩咐后军迅速将辎重、军帐运来，就地安营过夜。

马王娘刚生产不久，几经颠簸，虽是乘轿，也受不了，只觉翻肠倒肚，腹痛难耐，虚汗如浆，幸亏刘、潘二位王娘亲自照料。石达开心烦意乱，五内俱焚，不能成眠，趁夜雨稍住，披上斗篷，出营巡视。

寒气清冷，云浓如墨，雨水潭积，荒草没膝。箕筲湾以南，崇山峻岭，万仞壁立，形势险恶。明日要斩关夺隘，是很艰难的，必须有高涨的士气、无畏的精神。离开天京以后，因迭遭变故，士卒锐减，损耗殆尽。现有士卒，多系黔、滇、川新招入伍，士气远非昔日可比，这正是他最为担心的。

形势陡变，将士们也很激愤，难以成寐。各营里牢骚怪话，不绝于耳。石达开来到一座营房外，想进去与兄弟们聊聊，方欲抬脚，只听一人高声说道："王培淦老贼真不是个东西，骗我们陷入绝境，不杀老贼，死不甘心!"

石达开心中一动，站住了。

另一位读过书的兄弟说："翼王侃烈丈夫，待人忠诚坦直，从不欺诈。殊不知魑魅魍魉，无不披上一层画皮，叫人防不胜防，须得长千百只眼睛，方能窥破其鬼蜮伎俩。翼王上当，皆因心太直，以为世人均和他一般光明磊落。"

这批评对于石达开无异当头棒喝。他深知自己这一致命弱点，听了士兵们对王培淦的怀疑，真是人同此心，和他想得完全一致。

"你莫当事后诸葛亮。"接着，又一人不客气地顶撞那人，"你既识得鬼蜮伎俩，当初为何不提醒翼王，早作提防？现在来个马后炮，顶屁用？不过，兄弟们无不怨恨王培淦，翼王不杀他，恐众心不服。"

"只要杀了老贼，就是刀山火海，兄弟们也要冲过去。"几个人齐声说道。

杀不杀王培淦，石达开一直在犹豫。全军上下，包括稳重多谋的黄再忠，都认为是他与王应元合谋，陷大军于绝境的。只有王娘潘珏不以为然，力排众议，劝翼王慎重行事。

石达开心中反复斗争着，信步离开了营房。是王应元出卖族叔么？不像。当初，王培淦曾说："应元是我拉扯大的，说什么也不能不看我这老面皮。"退一步说，就算其中有曲直，军心如此，他又用什么说服兄弟们？凭什么向他们保证王老汉不是土司叛变的同谋者？

东方破晓，全军正准备开拔时，数名番、彝百姓哭哭啼啼而来，在石达开面前跪下，泪流满面地诉苦："清妖军为困死天兵，硬烧了我们的村寨，抢走我们的粮食，拔掉我们的庄稼，逼着百姓全迁到河西松林地去。我等知天兵是仁义之师，不愿迁居，躲在林子里，饥不得食，寒不得衣，只望翼王将我等救出苦海……"

石达开看看被焚烧的村庄，又看看他们憔悴的容颜，愤怒地说："如能出围，本主将势必攻克松林地，宰了王应元，以雪百姓之仇、解被诳之恨！”

一位彝民感动得涕泪纵横：“王应元鱼肉乡里，无恶不作。除了这一个大害，翼王便是松林地番、彝、汉家百姓再生父母。有用得着我等处，一定尽心竭力。”

石达开很懂得以民为本的道理，眼前这些番、彝百姓，家园被毁，财物被夺，对王应元怀有深仇大恨。不比王培淦老汉，身为土司之叔，与王应元有千丝万缕联系。他亲自将他们搀扶起来，推心置腹地说：“如今，天兵三面被围，归路被截断。诸位父老兄弟，熟悉地势，如有秘道可寻，能使天兵脱险，达开则感恩不尽。”

为首的彝族汉子手托下颏，低头想了片刻，突然一顿足，喜形于色：“我等藏于密林中，出外觅食，探得清军虚实。王松林部清军埋伏于铁宰宰一带，以堵太平天军归路。我少年时，曾随父打猎，走过一条小路，可从铁宰宰背后绕过。这小路本地百姓都不知道，清妖军绝不会提防。”

听说有这条秘密通道可出铁宰宰，石达开非常高兴。兵法云：“兵之情主速。乘人之不及，由不虞之道，攻其所不戒也。”从这条“不虞之道”，不但可以脱险，还可以“攻其所不戒”，全歼王松林部清军。石达开立即命黄再忠率部前往，以几位番、彝汉子为向导，即刻开拔。他亲率主力继续前进，等黄部得手后，共同夹击清军，夺取铁宰宰。

这时，天已亮明，倾盆暴雨又下起来了。黄再忠部随向导攀藤附葛，探崖涉涧，历尽千难万险，深入到人迹罕至的荒山野岭。

大约行了一个时辰，山势更加险恶，巉崖如削，无路可寻。黄再忠心细，开始疑惑起来，忙命亲兵去叫向导，哪里还有人影？他情知上当，急令由原路退回，但为时已太晚了。

一阵号角声从断崖上响起，穿过浓云密雨，在千山万壑间回旋。接着，鼓角声四起，摄人心魄。顷刻间，滚木櫑石如雨，从山崖上倾泻下来。竹马岗土司岭承恩所部的彝兵，居高临下，发动了突然袭击。太平军无处可避，伤亡惨重，退出敌人的伏击圈时，已牺牲千余人马。

再说太平军主力隐蔽在铁宰宰前的山崖后，只等黄再忠发出信号。日将近午，前面杀声大起，石达开即挥军前进，仰头已可见铁宰宰村寨，敌人仍无动静。又行了里许，只见山道被巨木大石拦断，无法进军，他只好命士卒上前排除障碍。无奈路窄山陡，搬运不易，费了九牛二虎之力，仍无多大进展。正无可奈何之际，山头绿旗一举，清军在王松林的带领下齐声高呼："石达开，快快下马投降！"

喊声刚住，两壁滚下无数木桶，触地即爆炸，硝磺燃烧，腾起冲天烈焰浓烟。由于地窄路险，太平军人多拥挤，乱成了一锅粥。幸亏石达开镇静，冒着烟火，亲自组织退却。虽有伤亡，总算冲出了清军的伏击地段。

敌人凭险扼守，不可逾越。石达开只得会合黄再忠部残兵，退回紫打地。

五

石达开心头升起一团不可遏止的怒火，全军的愤怒，也达到了顶点。

各营都推举出军官、士卒，前来要求杀王培淦，为死难的兄弟报仇。百余名代表跪在他的面前，百余双眼睛看着他，等待回答。

大营就在洑江边。石达开背着手，面对浊浪滔天的大渡河沉思："难道这一切是偶然的吗？"

他不能不想：为什么大军刚到冕宁，王培淦便专程拜谒，建议他与王应元洽谈，然后，从紫打地偷渡？为什么王培淦代他往松林地洽谈后，拍着胸膛保证王应元不会反水，而事隔数日，便出卖了他？为什么大军到紫打地的当天，便出现了那个神秘的"神相王"？这位"神相王"与王培淦有没有关系？为什么清军如此神速地得到消息，并这样快、这样周密地做了部署？今日在筲箕湾诱他进入埋伏圈的番、彝奸细，与王培淦又有没有关系？

他把许许多多的"为什么"串在一起，发现这个阴谋是如此周密、如此毒辣！

无数偶然连在一起，便造成必然的假象。受骗之辱，损兵之恨，使他失去冷静。他蓦地离开窗口，阴沉而又坚决地命令：“诸君请起，将王培淦和阿沙带上来！”

王培淦被五花大绑押进营，阿沙跟在后面。百余双仇恨的眼睛盯着他们。王培淦慢慢地跪下。

“翼王。”他抢先开口道，“事到如今，有口难辩。误陷天兵于绝境，老汉罪该万死。不过……”说到此，摇摇头，顿住了。

石达开冷笑一声，索性背过脸去。

“不过，为了天兵能脱险，翼王，你不能立即杀我！”他激动地喊道。

“为什么？”石达开仍然背着他，声音还是那么严厉。

“并非老朽贪生怕死，半截入土的人，风烛残年，死而何憾？”老人有些感伤，“翼王啊！没有番家、彝家的帮助，你要冲出险境，会更加困难。杀了老朽，怨恨必生，番、彝百姓，将死心塌地为王应元效力，这对翼王和几万天兵都不利啊！”

“一派花言巧语！”韦普成喝道。

“今日奸细，正是王应元和你这老贼，可知你等居心叵测。翼王大事，皆为所误。”曾仕和说。

潘王娘凑近丈夫耳边，低声说：“王培淦老汉是否奸细，妾不敢妄断。但此刻诛之，确实欠妥。不如暂时留下，俟日后据实际情形发落。”

夫人的话是有道理的，晚几天杀王培淦，是明智的。他蓦地转回身，百余双愤怒的眼睛盯着他。

士气，是一支军队赖以生存的精神支柱。士气垮了，这支军队也就完了。事情是明摆着的，不处死王培淦，不能息三军之怒；三军积怒于心，岂能团结对敌？提不出王培淦并非奸细的证据，就只能处死他。与其说杀他是为了锄奸，毋宁说是为了平息众怒、激励斗志。

石达开不能克制心头的愤怒，也不能违背三军的意志，他一挥手，阿弼等几名亲兵立即抓起王培淦，推出门去。阿沙大叫一声，挣脱抓住他的战士，夺门而逃。韦普成毫不犹豫地追了出去……

须臾，阿弼用一只木盘盛着王老汉的白头，进营缴令。石达开看了一眼，问道：“临死时，他说了些什么？”

阿弼低下头，话音有些哽咽："王老汉临死时，只是仰天长叹'翼王自误！翼王自误！'此外别无他话。"

"翼王自误"四个字，此时竟如四根钢针，直刺石达开的心中，使他震颤，使他惶恐。一个"奸细"在临死时，能吐出如此沉痛的话么？

"翼王，是不是将首级示众？"阿弼怯生生地问。

"不！"石达开用严冷的眼光扫视各营代表，一字一顿地说，"厚礼安葬！"

看着盘中血肉模糊的首级，各营代表面面相觑，冷静下来，开始意识到在一时愤怒之下，犯下无可弥补的过失。

韦普成将阿沙擒来，要求翼王一并处决。石达开却命令："松绑！"

阿弼为阿沙松了绑。阿沙愤怒地盯了石达开一眼，转身逃出营去。韦普成还想追出去，石达开阻止他，说："不要一错再错了。"

这又是一个致命的错误，而且，是深思熟虑后所犯下的错误，石达开终于尝到了苦果。

王培淦老汉虽然厚礼安葬了，但影响是不可挽回的。当天夜里，在阿沙的带领下，紫打地一带已经投了军的和尚和未投军的番族、彝族百姓，皆逃匿一空。在刘蓉坚壁清野时，逃到林中隐藏，准备资助太平军的番、彝百姓们得到消息，纷纷逃到松林地投奔王应元麾下。

石达开"为丛驱雀，为渊驱鱼"，无形中给王应元帮了忙，给太平军带来了不可弥补的损失。

兵法云："兵士甚陷则不惧，无所往则固，深入则拘①，不得已则斗。是故其兵不修而戒，不求而得，不约而亲，不令而信。"处危难之境，三军同心，患难与共，反生出一股"投之亡地然后存，陷之死地而后生"的锐气。

石达开毕竟是有长期战争经验的，斩了王培淦之后，立即做出应急的措施：宰辅曾仕和率部三千扎松林河西岸，防王应元东犯；中丞黄再忠率部三千驻利济堡一带，阻清军和竹马岗土司岭承恩的彝兵自凉桥东进之路；检点邹其明率部两千在紫打地南的马鞍山山顶扎营，屏障南路；刘王

---

① 拘：这里作坚固解。深入敌境，绝了生路，军心必然坚固。

娘率部三千防大渡河南岸；丞相韦普成督众赶造木筏、竹筏，为抢渡大渡河做好准备；亲兵头目阿弼带人在新场、蟹罗等零星村寨采购粮食、火药等。总之，太平军为突出重围，做了最大的努力。

当天傍晚，石达开命令将士用扎好的几只木筏，做试探性的抢渡。因水流太急，敌人炮火又猛，没有成功。

四月初七日，抢渡正式开始。石达开挑了千名精锐做先锋，分乘数十只木船、竹筏拼命强渡，并调万人到大渡河南岸呐喊助威。船、筏不是在湍急的江中触礁沉没，便是被敌人的大炮击中，牺牲惨重，强渡终于失败了。

当夜，石达开派出不少兄弟，沿大渡河南岸、松林河东岸探索渡口，也未有结果。但石达开并未气馁，继续做突围的尝试。

四月初十日，更深夜静，阿弼奉命率二百名会水的兄弟，在浊浪里泅过松林河，准备奇袭磨房沟工应元大营。快游到西岸时，仍不见任何动静，大营里灯火熄灭，死一般的沉寂。阿弼等暗自高兴，以为敌人无备，偷袭定能成功。他轻轻打个呼哨，首先游到岸边。忽然，一声响亮的号炮，岸边伏兵一跃而起，百十把火炬一齐亮了，熊熊火焰照得河水如同白昼。芦苇丛中，伸出铁钩，钩住阿弼往岸上猛拖。阿弼愤极，一声怒吼，举刀砍断铁钩，返身游去。其余兄弟或被铁钩钩去，或被矛戟戳翻，二百兄弟损失过半。阿弼知敌人探得消息，做了周密部署，只得率余众泅回东岸。

原来，他们的行动被一位彝民探知，向王应元告密，使这次奇袭功败垂成。

次日夜间，石达开再次设计偷渡。韦普成奉命将近日赶造好的九只大船，放入松林河里。每只大船的首尾均有铁环，以铁链扣住，成为一座浮桥。这次行动，选择松林河汇入洑江处，敌人毫无察觉。眼看浮桥已经搭好，石达开命令全军准备过河。第一支人马刚上浮桥，忽听哗啦一声巨响，激流将连环扣冲坏，九只大船全被洪峰卷走……

一切努力均告失败。初陷绝境时的那一股锐气逐渐消失，这支英雄的军队，变成了疲惫之师。消沉、悲观的情绪，在一部分新兵中蔓延开来。

最严重的还是粮食问题。兵法云："军无辎重则亡，无粮食则亡，无委积则亡。"四万大军，每日耗粮百担。当初疾进紫打地时，地险山陡，轻装入险，不能多带粮食。不须几日，存粮食用一空，只能取之于民。小小的紫打地，倾其所有，仅供大军数日之需，何况番、彝百姓大多携粮逃走，所得就更有限了。阿弼每日率部到周围山寨买粮，也因敌人坚壁清野，农户十不存一，加上愤怒的番、彝百姓拦路袭击，常常空手而归，一无所获。到此时，石达开才明白误杀王培淦老汉是大大的失策。

粮食告罄，军士忍饥作战，势不能长久。石达开决定，杀马充饥。一日宰马数十匹，尚不能供士卒一饱。数日后，除翼王自乘的两匹骏马——玉狮和赤骥，因将士不忍，留了下来外，其余全杀尽了。再没什么可吃的，全军只能挖野菜蕨根、剥树皮来充饥。

尽管越来越艰难，但除少数新兵之外，大多数将士仍不失英雄本色，忍饥造筏，喋血苦斗，日日夜夜地做突围的准备。

饿死的兄弟越来越多，活着的也日渐衰弱，甚至连拉弓舞刀的气力也没有了。

石达开日处"愁城"之中，像一只误入罗网的鹰，有翅难展。曾经叱咤风云、纵横万里的一代豪杰，到这时，也只能对天长叹了。

瘟疫，总是伴随着血与尸降临的。痢疟蔓延，病魔肆虐，死亡不断增多。太平军的战斗力，更加削弱了。而敌人却不失时机地发动猛攻，经过壮烈的搏斗，清军游击王松林、都司庆吉、土司岭承恩攻占了新场、马鞍山一线，太平军后路完全被截断了。

困兽犹斗，何况这是一支坚强的军队。石达开毫不气馁，积极准备。四月二十日，凡能作战的两万余兄弟，一齐出动，同时从大渡河和松林河强渡。他们都抱着视死如归的决心，一手持盾，一手握矛，口中含刀，登上木筏。但是，一切有利条件都在敌人手里，这次英勇悲壮的生死搏斗，终归失败，而且伤亡更惨重。

四月二十二日，石达开致书王应元，要求允许百姓到紫打地贸易，以便购买粮食，遭到拒绝。次日，又致书岭承恩，要求讲和，亦被拒绝。在铁壁合围中，石达开和他的将士们，完全陷入了绝境。

敌人估计他们已完全丧失了战斗力，于是，在太平军驻地周围，树起了无数招降旗。

这种估计未免太乐观。太平军在死亡和血泊中，正以难以置信的力量和决心，准备着更大规模的最后一战！

第四章　强　渡

一

在石达开部到达紫打地的第二十七天——太平天国癸开十三年四月二十七日拂晓，天空格外阴沉。大渡河两岸的奇峰峻岭，湮没在无边无际的云涛里，偶露峥嵘，像浮动在茫茫沧海中的点点小岛。

虽然大雨已停了几天，但大渡河依然是涛声如雷、浊浪连天，以一泻千里的速度，势不可当地摧毁前进道路上的一切障碍……

除了大渡河水的喧嚣，这片杀声连天的战场，又重归于寂静。而这神秘的宁静，却预示着一场更悲壮、规模更大的决战迫在眉睫了。

位于大渡河与松林小河交汇处的小镇紫打地，已被战火摧毁了。镇上的彝、汉百姓早逃避一空。现在，虽驻扎着几千太平军将士，却连一缕炊烟也没有，除了断墙残壁、遍地碎瓦，看不见一个人影。

沿河一带的桑树、梧桐和一切可供咀嚼的树木，连皮带叶都被剥光，用以充饥了。只剩下裸露的枝干，在腥风血雨中瑟瑟抖索。荒草荆棘丛中，乱石枯木堆里，横七竖八地躺着来不及掩埋的、为天国大业英勇献身的壮士……

翼王石达开屹立在大渡河南岸的一片陡崖上，一动不动地凝视着迷茫的彼岸。若不是强劲的河风吹得他身后的黄色斗篷翻飞卷拂，他俨然像一座庄严、劲拔的大理石雕像。比起二十七天前，在这里大宴三军、临河赋诗之时，石达开更显得苍老、消瘦了。只有那双依然冰寒雪亮的眼睛，闪射着愤怒的光芒。

三位王娘一色戎装，众星拱月般环立在他的身后，容颜与他一样疲悆、憔悴。阿弼带着几名亲兵，老马夫牵着玉狮，在王娘们身后数步之外侍立着。

天色渐渐明亮，低压在河面的阴云开始冉冉上升，对岸的一切依稀可见，石达开举起“千里镜”，向敌人的阵地瞭望，看见旗帜、炮位都大大地增多了。敌人的生力军每天都在增加，而自已却因饥饿、瘟疫和伤亡，兵力一天天减少。他轻轻地吁了口气，将“千里镜”放下，目光落在大渡河河心。看来，要强渡大渡河，真比登天还难！

“也许，这是最后一战了。”他在心里说。

曾仕和匆匆赶来，登上崖岸，问道：“翼王，一切准备就绪，这就开始渡河么？”

韦普成接踵而至，大叫：“渡河吧，翼王。我可耐不住了！”

石达开又向对岸投去愤激的一瞥，转过身，双手抱拳，郑重地对二人一拜。

翼王对部下行如此大礼，使曾、韦二将深深感动，激情地叫道：“翼王！”扑地跪下，等待命令。石达开急忙上前，将他们扶起，再次将拳抱在胸前，激昂地说：“二位将军，达开无能，陷三军于绝境。如今我军四面受敌，粮草断绝，当此之际，战必死，降亦必死。与其屈膝降妖，不如拼死一斗。荣辱成败，在此一举。请二位将军转达全军兄弟，竭尽全力，血战出险，胜则渡河，联络蜀中义军，共取成都，完成未竟之大业。若不胜，君臣共赴清波，义无反顾。决不能坐以待毙，为天下人耻笑。”

曾、韦二人热血陡涨，庄颜肃容，慢慢抽出腰间宝剑，举过头顶，剑锋直指风啸云涌的天空：“生，随翼王夺取成都，平定四川，为天国开拓疆土；死，随翼王赴汤蹈火，血染沙场，为天国尽忠捐躯！”

石达开寒若严霜的脸上出现了一丝宽慰的微笑，点点头，手一挥，决断地命令：“渡河！”

二将领命去后，石达开的眼光落在妻子们身上，嘴角轻轻抽动了一下，似乎想说什么，又咽回去了，眼里涌出一层似泪非泪的薄翳。

三位王娘中，年纪最长、跟随翼王最久的是马荔妹。她是广西人，参加过金田起义，屡立战功。太平天国乙荣五年冬，石达开二十五岁生日那天，女营总管蒙得恩选了几名年轻美貌的姑娘进翼王府，荔妹乃是其中之一。次年秋天，天国内讧时，翼王一门老小均被韦昌辉杀害，荔妹是员猛将，随军出征，幸免于难。她心中明白：即将开始的大战，是一场几乎没有胜利希望的战斗，是死里求生的最后一战，也许，今天就是与丈夫永别的时候了。自己生产尚未满月，加上产后备受饥饿，身子异常虚弱，几乎支撑不住，在今天的大战中定会成为他的拖累，于是，她做好了死的准备。此时，她心如刀割，强忍夺眶欲出的泪水，破颜一笑，深情地看着丈夫，说："人心齐，泰山移。倘将士们能奋力苦战，没有闯不过的铜关铁卡。"

石达开点点头，又摇摇头。妻子的宽慰，并不能使他轻松。他注视着正在做强渡准备的兄弟们，命令道："阿弼，准备洋庄①。"

"禀翼王，火药剩得不多，铅子也没有几粒了。"阿弼为难地回答。

"有多少火药，尽数用上。没有铅子，将所有铁锅全砸碎，也够打一阵子。"

"铁锅？兄弟们要煮野菜吃的呀！"

石达开沉默一会，断然说道："砸！今日得胜，即可渡河；如若不胜，再也没有煮野菜之日了。倘若铁锅不够，散碎银子、铜钱，凡能杀伤敌人的东西都行，给我狠狠地轰过河去！"

二

低沉的号角声，旋风似的掠过阴森沉寂的战场，大渡河两岸的气氛，紧张得叫人透不过气来。听见战斗号角的召唤，饥疲不堪的太平军将士们振作精神，手执折断的刀矛、弹洞斑斑的藤牌，准备与敌人进行决死的搏斗。

不足两万名战士中，老弱妇女将近三千，彩号、饿倒的也有三千余。此外，尚有近两千名女兵和童子兵，负责保卫老营和妇孺、彩号。实际能投入战斗的不过一万，而这一万人，又必须摆在四个战场上：宰辅曾仕和

---

① 洋庄，即土炮。

率两千人为西路，负责强渡松林河；检点邹其明率两千人为南路，负责狙击马鞍山岭承恩部土司兵和王松林部清兵；中丞黄再忠率两千人为东路，控制由紫打地通往老鸦漩的险要山道，与杨应刚部清军对抗。这三路军，都是为了保证北路韦普成的四千人强渡大渡河。翼王标营的三百精锐，由他亲自掌握，作为应急的机动力量。

吃了几次亏，韦普成窝着一肚子火。号角声一响，索性赤膊上阵，只穿一条裤衩；嫌长剑不应手，提起巨斧，赤着脚，吆吆喝喝，指挥手下兄弟将木筏抬到河边。

第一只木筏刚放下水，就被浪头举起，狠狠地掷在崖岸上，砸得粉碎。波涛冲击着木筏的残片和落水的战士，一瞬间便无踪无影了。

"下水!"韦普成眼睛都红了。

又一只木筏下了水，刚驶出三五丈远，便被卷进旋涡。

"丢他妈!"韦普成激怒地操着广西口音大骂，用藤条编成的绳子，将三只木筏绑在一起。木筏下水后，岸上的兄弟紧紧拽住缆绳。韦普成一个虎步登上木筏，百余兄弟接着上去。他举斧将缆绳砍断，用篙猛撑。将士们也学他的样，将三两只木筏连在一起，陆续下水，跟在他后面，冲波剪浪，逆流而上。

石达开的"千里镜"一直对着彼岸，看不出清军有什么动静，可怕的沉默压得人喘不过气来。

因水流太急，木筏逆水上行数里，然后，顺势冲下，方可接近彼岸。几只木筏连成排，固然安稳一些，但浪太大，旋涡太多，木筏仍然一排一排地被冲翻。尚未开始往下冲时，兵力已损失了三分之一。石达开沉着脸，握紧拳头。

当木筏开始调头顺势冲下，向彼岸靠去时，北岸一声号炮，接着，百十门洋炮同时向木筏猛烈轰击。一颗开花炮弹击中韦普成左侧的那排木筏，人飞筏碎，百余名勇士全部牺牲。紧接着，另一颗炮弹刚好击中一排木筏上的火药桶，引起爆炸，浓烟翻滚、烈焰冲天，强劲的气流将左、右两排木筏上的勇士全掀下河去。一颗颗炮弹在水里爆炸，掀起了滔天白浪，太平军损失惨重。

“阿弼，放洋庄！快！”石达开命令。

“是！放洋庄！”阿弼黄旗一举，太平军的几十门土炮一齐响了，炮声如雷，雨点一般的铅子齐射对岸，敌人的洋炮顿时沉默了。

就在这时，松林河、马鞍山、老鸦漩三路清军同时向太平军发动猛攻，激烈的决战全面展开了。鼓角声、枪炮声、喊杀声混成一片，惊天动地，夺人心魄。

石达开似乎根本没有注意到其余三路已经打响，眼睛始终盯住河中的韦普成。今天战斗的胜负，全军的生死存亡，北线是关键。

北岸唐友耕部清军沉默了一会儿，又以更强大的火力向河心木筏猛烈轰击。一排又一排木筏被击沉，活着的勇士毫不胆怯，在韦普成的指挥下，迅速向对岸驶去。

已经到了最关键的时刻，石达开心里像烈火在烧灼，额际的皱纹显得更深更黑。洋庄少，威力也有限，压不住敌人的洋炮。怎样才能减轻韦普成的压力？石达开果断地决定，北进时没有亮出的翼王黄盖和旗帜，现在正好用来吸引敌人的火力。

“左右，撑黄盖！”他决断地命令。

“这太危险了。”刘、潘二王娘齐声劝道。

“为将帅者，岂能贪生怕死！”他又命令，“撑黄盖，快！”

没有人敢再劝阻。刘王娘接过黄盖，高高擎起，狂风吹得下缒的流苏坠穗噼啪呼啸，她挺立岸边，纹丝不动。

这一着果然取得了预期的效果，对岸的清军发现黄盖，骚动起来，一声声呐喊：“看，翼贼！”“轰死石逆！”部分炮口立即转过来，猛轰不止。

任弹雨纷纷，在头顶、身旁尖厉地呼啸，石达开仍像一尊屹立的铜像，注视着河心仅存的几排木筏。正当木筏渐渐接近彼岸，韦普成部与清军接上了火的紧要关头，洋庄突然哑了。他生气地猛一顿足，喊道：“放洋庄，阿弼，普成快到对岸啦！”

“火药、铅子全完啦！翼王。”

石达开的脸色一变，劈手从刘王娘手中接过黄盖，高高地举起，用尽平生力气拼命晃动，坠穗飘拂，流苏起舞，像一朵怒放的黄花。突然，一颗炮弹正好落在他身旁，轰然炸开，弹片飞起，将黄盖穿了个大窟窿。

“火炮危险，下去避一避吧！翼王。”连久经沙场的马王娘也沉不住气了，劝道。

“还是让我撑黄盖吧！翼王。”刘王娘说着，握住丈夫手中的盖柄。

潘王娘眼力好，忽见一颗炮弹正向丈夫飞来，躲闪已来不及，她一跃而上，紧紧抱住翼王。炮弹落在面前的石崖上，发出震耳欲聋的爆炸声。一块弹片擦过潘王娘的肩头，另一块弹片击中他的亲兵，低低地吼了一声，踉跄几步，顺着陡崖滚到河里……

“都给我下去！”石达开脸色铁青，暴怒地大叫，一手将潘王娘推开。

只剩下最后的三排木筏了，石达开心里像被万箭刺透。他正在考虑要不要将韦普成召回，一名负责了解各战场情况的翼殿参护，气咻咻地攀上崖岸，向他报告：“强渡松林河的木筏损失了一半，曾宰辅也身负重伤，只得退回。眼下，清妖和土司番兵正准备反攻。弹药耗尽，万分危急。”

石达开将黄盖交与一名亲兵，蓦地转身，侧耳细听松林河方向的枪炮声，心中盘算：机动将士仅三百，须用在刀刃上；女兵、童子兵负有保卫老营的重任，不能调动。除此以外，实在没有一兵一卒可以增援曾仕和了。

真是祸不单行！正当他左思右想未得其计时，南边喊声大作，只见黄旗乱了队形，纷纷后退。虽然弥漫的硝烟挡住了视线，看不清详细情况，但他知道，阵地失守，邹其明部在溃退。他在喉咙里低声骂道：“该死！”

“翼王，三百名敢死壮士可以用上了。”潘王娘焦灼地建议。

“不。”尽管局面严重，险象环生，但石达开仍未乱方寸，摇头道，“阿弼，趁清妖尚未靠拢，你火速率老营的彩号、老弱，向老鸦漩山道撤退，与黄再忠部会合。”

“黄中丞人少势弱，面对强敌，再将这副重担交给他，能否胜任？老营有失，全军士气就一蹶不振了。”马王娘忧心忡忡地说。

“黄再忠老成持重，坚韧不拔，能够担起这副重担。”石达开斩钉截铁地说，“阿弼，告诉黄中丞，山道是唯一的退路，切不可失守。”阿弼走后，他转向刘王娘：“夫人，女军、童子军交与你，立即支援邹其明。”

“是。”刘王娘想走，似乎又想说什么，迟疑片刻，终于哽咽地说，“保重了，翼王。”又对马、潘二人说：“你们也保重啊！”

石达开目送她下了陡崖，又吩咐那个参护：“告诉曾宰辅，半个时辰之内，绝不许妖军渡过松林河。半个时辰以后，我不怪罪他。”

布置罢，石达开稍稍宽心些，但见大渡河中，仅剩下两排木筏、百余名兄弟，他又着急了。

韦普成等顺流而下，距北岸不到一箭之远，清军的炮火却突然停止了。石达开举起“千里镜”，清清楚楚地看见唐友耕正对韦普成指手画脚地喊着。因涛声太响，听不真切，但可以料定清军正在喊话劝降，韦普成挥斧大骂。石达开冷笑一声：“太平天兵不是软骨头！”

一组木筏只顾前进，不提防冲进一个巨大的旋涡边缘，猛一斜，卷进旋涡中心。筏上将士惊呼着，拼命撑篙摇橹，想冲出旋涡。但已太晚了，一下子沉入水中……

“啊！”二位王娘情不自禁地叫出声来。

“鸣角！命韦普成回来。”石达开不愿爱将作无谓牺牲。他们即使能强登彼岸，但面对近万敌人，也寡不敌众，完全没有获胜的可能。

韦普成似乎没有听见呜呜的号角声，一个劲往北岸靠近。他的长发、虬髯被水沾湿，贴在脸上、胸前，毛茸茸像一头愤怒的雄狮。见唐友耕还对他哇哇劝降，不由怒气填胸，大骂：“骚奴，今日只有断头将军，没有投降将军！”说着，用力将巨斧向唐友耕掷去。

唐友耕见亮闪闪的巨斧劈头飞来，吃了一惊，慌忙后退。那斧不偏不倚，正好落在他脚下，击得碎石乱迸、火花四溅。他惊呼一声：“好大力气！”揩去冷汗，指着韦普成叫道：“好，本镇就成全你做断头将军吧！”

一排枪炮，十余名太平军中弹倒下，有的落入河中，被狂涛卷去；有的躺倒筏上。韦普成毫不畏缩，摇橹往前直撞。

第一阵硝烟尚未散尽，第二排枪又响了。再一批兄弟抱恨牺牲，筏上只剩下七个人。

石达开心中像火烧油煎，再次命令：“鸣角！召唤韦普成快回来！”

可是，已经来不及了。当亲兵举起牛角时，一个巨浪涌来，将韦普成和六名兄弟全部卷下木筏。石达开转动“千里镜”，在滔滔浊浪中搜寻韦普成。这时，又一个浪涛，将韦普成掷入河底，再也没有浮起来……

“千里镜”从石达开手中落下，掉在崖上，镜片砸得粉碎。他在喉咙里轻轻哽咽两声，把头垂在胸前，向葬身河底的数千英魂默哀……

四千兄弟，为开创太平一统的人间天国，为推翻两百年来对百姓敲骨吸髓的清妖王朝，饮恨在这汹涌的激流中，他们的死是何等悲壮！何等惊心动魄！哀痛之余，石达开感慨地想起李清照“生当作人杰，死亦为鬼雄”的诗句来。韦普成等四千兄弟不正是死作鬼雄么？他们为天国捐躯的英雄气概，将千古流传。

他猛地抬起头，悲愤地吟诵屈原的《国殇》：

……
带长剑兮挟秦弓，
首身离兮心不惩。
诚既勇兮又以武，
终刚强兮不可凌。
身既死兮神以灵，
子魂魄兮为鬼雄！

三

常言道：兵败如山倒，这话不假。

大渡河、松林河两路强渡均告失败，南路邹其明部也被击退。如果说强渡是为了冲出重围所做的最后一次尝试，那么，现在的战斗，只是为了免于全军覆灭的最后拼搏了。

清军的战斗部署井井有条，深得要领：总兵唐友耕、知府蔡步钟部在全歼韦普成部太平军后，继续用洋炮向大渡河南岸猛烈轰击，从后路严重地威胁着太平军；清军副将谢国泰部、土司王应元的彝丁在击退曾仕和部后，乘胜渡过松林河，攻陷紫打地，从东边步步进逼，游击王松林部清军；土司岭承恩部彝兵，自马鞍山、新场向南挺进；参将杨应刚、越雋同知周歧源部，紧紧扼住老鸦漩上的凉桥，截断了太平军的唯一退路。太平军被压缩在紫打地以东、大渡河以南，几里长的一条狭长地段上。

石达开与马、潘二王娘立于一株古桧树下，目不转睛地观察战局的变化。三百名机动部队立在他身后，刀出鞘、箭上弦，随时准备出击。刺鼻的硝烟味和浓重的血腥味，在整个战场上弥漫。枪炮声、鼓角声、喊杀声混成一片，震耳欲聋。

这时，紫打地大营已告失守，杀声渐近。石达开向西凝望，心里盘算着：要不要将三百名精锐壮士用上，援救曾仕和？忽见几名兄弟抬着一副门板迎面而来，门板上，正躺着身受重伤的曾仕和。他心头一紧，迎上去，做了一个手势，命抬门板的兄弟们停步，随后，俯下身子看望。

曾仕和身中六弹，鲜血浸透了战袍，幸亏未击中要害，才未丧命。见了翼王，他微微抬起头，苍白的脸上充满着悲愤："翼王，强渡未成，又丢失了紫打地老营，我对不起你，你处置我吧！"

石达开安慰他说："仕和，胜负乃兵家常事，何况你也尽了力，说什么处置？兄弟们伤亡情况如何？还能支撑多久？"

"伤亡过半。不过，兄弟们会拼到最后一息。翼王，你快从老鸦漩突围吧！"

石达开不置可否地苦笑。现在突围是不现实的，也不做这个打算。曾仕和的话使他多少放心了，决定不将三百名精锐壮士投入西路。最使他担心的，还是南路的战事。

"快将曾宰辅送到黄中丞那里去吧！"虽然他知道黄再忠的担子已经很重，但除此没有别的办法可想了。待将曾仕和抬下去后，他把目光转到南边战场。

邹其明所部，大多是川、黔、滇招收的新兵，也有一部分是川南义军张四皇帝的旧部，军纪较差，战斗力弱，意志不坚定。战斗一打响，在敌人疯狂的进攻面前，邹其明首先动摇，转身便逃。张四皇帝旧部跟着溃退，全线顿时瓦解。一部分将士虽然顽强抵抗，也因群龙无首，不能有效打击敌人。

见此情形，一位卒长非常气愤，带领几名战士，赶上邹其明，质问："一枪未响，一矢未发，胜负未分，邹将军为何先逃？"

对于今天的决战，邹其明完全没有信心。断粮半月，饥肠辘辘，连张弓举刀之力也不足，还谈得上与敌人拼搏？他只想将部队向翼王靠拢，一旦韦普成部强渡成功，便可抢先登筏，到北岸填饱肚子。他沉下脸喝道："军机要务，本检点自有主张。你小小一个卒长，也懂得指挥三军么？"

说完，向奔驰而来的敌人看了一眼，仓皇后退。卒长忍住气，又赶到他前头，哭谏道："舍身成仁，为天国尽忠，在此一战。邹将军，你可不能误了翼王的军机啊！"

此时，清军、彝丁已冲近，鼓角喧天，气势夺人。邹其明害怕，急忙逃走。卒长咚地跪下去，抱住他的腿，痛哭道："邹将军，两千兄弟全听你指挥，将军退一步，士卒溃千里啊！"

邹其明面对这位下级军官的恳求，颇有些愧然，正犹豫不决时，一块海碗大小的飞石从马鞍山上呼啸着向他砸来，快如闪电。他要想躲避，已来不及了，飞石呼的一声，从他耳边擦过。

这是越巂厅一带彝民的绝技，名曰"长臂锤"，模拟竹弩的原理，用大树桠和毛竹制成，弹射巨石，数百步内绝无虚发。

邹其明惊出一身冷汗，一脚将卒长踢倒，拔腿就逃。主将溃逃，三军丧胆。顷刻之间，南路太平军已土崩瓦解。卒长愤极，一跃而起，挥刀扑向号叫而来的清兵和彝丁。部分战士被他的英勇行为所感动，返身迎敌，战场上竟出现了短暂的相持局面。

当刘王娘奉命率领娘子军、童子军赶来时，这位卒长和将士们已全部壮烈牺牲。如退潮般溃败的邹其明部残军，反将刘王娘所率部队冲乱了。面对险恶的局势，她当机立断，斩了一个姓皮的指挥官。然后，横刀逼住邹其明，怒吼道："大丈夫当马革裹尸。邹检点，七尺男儿，胆气还不如妇孺么？快随我杀妖军。"

邹其明畏葸地耸耸肩膀，勉强握刀转身，手足不断颤抖。这位以前无

数次在浴血奋战中冲锋陷阵的勇士，如今对前途丧失信心，因而害怕、怯懦、绝望了。精神的崩溃，能使英雄变成懦夫，苍鹰变为燕雀。

清军和彝丁很快消灭了少数英勇抵抗的太平军，在喧天的鼙鼓声中，排山倒海似的冲来。刘王娘竖起剑眉，在邹其明肩上猛击一掌："杀上去!"

邹其明向前冲了两步，突然看见敌阵中竖起了一面白旗，旗上"投降免死"四个黑字，足有斗大。旗下一位身穿道服，骑着大马的人正是张遂谋。接着，几名过去与张遂谋有交情的将领，脱离队伍，飞快奔到招降旗下。见此情景，邹其明想起远在江南的母亲、妻儿，求生的欲望突然主宰了一切。投降，只有投降才能保住这条性命，回乡与家人团聚。他打定了主意，拔腿直往招降旗奔去。刘王娘见他叛变投敌，毫不犹豫地追上去，一剑刺穿他的胸膛。

在生死的最后关头，勇士和懦夫，竟如此泾渭分明。原来跟随邹其明溃退的兄弟，大部分投入战斗，另一些则蜷缩在招降旗下。

刘嫚和她的兄弟姐妹们，没有辜负翼王的期望。他们咬住了敌人，苦斗了足足一个时辰，可惜韦普成部抢渡失败，没有达到预期的目的。但是，这批抱着必死决心的妇女儿童，顽强地拼搏，给予清妖军以严重的打击后，多数英勇地牺牲了。刘王娘且战且退，距石达开指挥处，不过十来丈远了。不断有流弹、箭矢飞到石达开身旁。马王娘忍耐不住了，拍着玉狮的背脊，问道："出击吧，翼王。看，刘嫚妹仔精力已竭，万分危急了。"

石达开顺着她指的方向，看见刘王娘正与两名清将苦战，持久的战斗耗尽了她的体力，只见她的刀法乱了，露出明显的败势。但石达开仍然一动不动，不到最关键的时刻，绝不能将这支生力军投入战斗。否则，无法掩护全军安全撤退。

西路太平军也在溃退，眼看谢国泰、王应元部敌军，即将与王松林、岭承恩部会合。马王娘再次催促他说："若两部妖军会合，这三百生力军就无法出奇制胜了。出击吧！翼王。"

石达开还是没有任何表示，愤怒的眼光在南路敌群中搜寻。他相信，组织这次战斗的敌军首脑，很快就要露面了。多年来，他第一次看见敌人的攻势如此凌厉，指挥如此井井有条。他很想见一见这位敌酋。擒贼先擒王，只有出其不意地直取敌军的指挥者，才能使敌军产生混乱。

“投降免死”的白旗，始终在战场上最显眼的地方招展。突然，一队清兵簇拥着一乘轿子，出现在阵后。接着，轿子停下来，轿中钻出一个身穿蟒袍，外套锦鸡补服，头戴起花珊瑚顶戴的官员。他的身后，跟着几位骑在马上的战将。

石达开认识，他正是与自己打了多年交道的手下败将——四川布政使刘蓉。他冷笑一声，命令三百生力军做好准备。老马夫将一匹战马拉到了他的身旁。

刘蓉上了马，与几名战将并辔来到“免死旗”下，谈笑风生地指点着。那神态，傲然而自信。石达开正要上前，忽见“免死旗”边的一位将领，正是自己过去的爱将张遂谋，仿佛全身的血液一下子冲到头顶，眼睛顿时变得血红。他很自然地将张遂谋与“神相王”联系在一起，心中的疑团一下子解开了：为什么清军如此迅速地掌握了他的动向？为什么敌人对他的用兵了若指掌？为什么敌人的部署如此周密？原来竟是叛逆张遂谋在为清军出谋献策。他取下弓箭，想射死可恶的叛徒，凭他的箭法，是绝对有把握的。但是，他又将弓箭搁下。射暗箭，太不光明正大，他要堂堂正正地与他交锋，亲手用剑刺穿他的胸膛！

军中仅存的两匹战马——玉狮和赤骥，引吭长鸣，不断地以蹄刨地，想冲入硝烟弥漫的战场。石达开不再犹豫，纵身跨上赤骥，马王娘骑着玉狮，闪电般冲了出去。他有力地一挥手，三百勇士跟着他，像猛虎下山似的扑向刘蓉和张遂谋，真有挟雷霆俱至的声威。

一直在马鞍山上用“千里镜”观战的刘蓉，见太平军抢渡失败，步步退却，一蹶不振，以为生擒石达开之时已到。于是，亲临前敌，万料不到石达开竟杀出这支奇兵！清军及彝丁在苦斗中勉强占了上风，但已是强弩之末，精力殆尽了。突然遇到生力军的冲击，阵势立即大乱。刘蓉毕竟久经沙场，即命亲兵上前，专杀溃退的士卒，先稳住阵脚，再伺机反扑，扭转战局。

马王娘产后失调，身体虚弱，但满腔悲愤化成了无穷的力量，她跃马横刀，以迅雷不及掩耳之势，杀开一条血路，直向刘蓉、张遂谋冲去……

刘王娘部见翼王亲率生力军冲入敌阵，士气大振。她见马王娘独自杀入重围，吃了一惊，用尽平生力量，连斩两名清将，夺过马匹，风驰电掣般跟随马王娘冲过去。

刘蓉的一名亲将见她俩来势凶猛，立即拍马出阵。马王娘迎上前，舞动双刀拦住厮杀。清军游击王松林自恃武艺高强，策马杀回，保护主帅，与刘王娘交锋。两军一齐呐喊助威，金鼓齐鸣，杀声震天。

凭着一股锐气，马王娘的双刀，舞得像两道电光，绕着身子盘旋，虎虎生风。清将不是对手，被马王娘一刀砍于马下。正好这时西路清军杀到，谢国泰赶来与马王娘交锋。太平军将士也在翼王的指挥下，以一当十，步步进逼。

马王娘奋力战退谢国泰，飞马直取张遂谋。虽然，她明知不是他的对手，但凭着凛然正气，无所畏惧。

战斗开始以后，张遂谋一直不动声色地搜寻翼王。川督骆秉章再三下令，一定要生擒石达开。而清军诸将，没有谁是翼王的对手。如此混战，石达开不是破围而去，便是饮刃自尽，要生擒他，比登天还难。当石达开出现在战场上，纵横驰骋，所到处敌人无不望风披靡。英勇剽悍，丝毫不减当年。张遂谋没有翼王那种光明正大的气质，悄悄拉开弦，准备将正与一名清将拼杀的石达开射伤。

张遂谋也有百步穿杨的本事。这一箭瞄得很准，刚欲放出，马王娘已杀到面前，逼得他不能不弃弓迎战。论运筹帷幄，他是“三折肱”的好手；论弓马武艺，他有力敌万夫的本事；论玩弄权术，他更是诡诈难测。他是一个既能成大业，也能坏大事的人物。

很显然，马王娘不是他的对手。张遂谋舞动银枪，如蛟起龙腾，令人眼花缭乱。刘蓉看呆了，心里暗赞：“带兵十载，何尝见过如此武艺，如此人物！”

开始，马王娘还能勉强招架，但究竟饥疲了，又连战二将，此时头昏手软，节节败退。刘王娘刚击败王松林，又来了个谢国泰，被二将紧紧缠住，欲救不能。其余将领、士卒，也各有对手纠缠，无法脱身援助。

翼王的目标太大了，他驰向哪里，敌人便里三层、外三层地围住哪里，阻挡他直取刘蓉、张遂谋。他的长矛、战袍，已被鲜血染红，赤骥的蹄下，敌人的尸体堆积如山。他正与三名敌将苦斗，忽听潘王娘焦急地喊道："兄弟们，快救马王娘！"

他吃了一惊，纵马跳出圈外，只见马王娘被张遂谋一枪刺中左肋，身体晃了几下，几乎坠下马来。玉狮知主人受重伤，带着她落荒而去。张遂谋紧追不舍。石达开大怒，催动赤骥，去救妻子。三名清将一齐逼上来。石达开大喝一声，猛扑上去，先刺死一名清将。第二名清将举枪刺来，石达开闪过，顺势抓住枪杆。清将竭尽全力，想将枪夺回，无奈石达开力大无穷，右手攥定，休想动得分毫。第三名清将趁机举刀从侧面砍来，石达开左手举矛挡开，接着掷矛出手，不偏不倚，正扎进对方的心窝。第二名清将吓得魂飞魄散，弃枪而逃。石达开疾驰赶上，一枪将他刺下马来。

他乘胜杀开一条血路，直扑张遂谋。张遂谋正追赶马王娘，听得身后蹄声，回头见石达开追来，见势不妙，连忙回马横枪施礼："翼王别来无恙，请受小将一拜，以表十余年君臣之恩。"

"休得饶舌！"石达开愤然骂了一句，举枪猛刺。张遂谋以枪相挡，只觉重有千钧，力不可支。接着，石达开一连几下，只刺他的上三路，他左挡右拦，几个回合，杀得他招架不住，方欲转身逃跑。石达开大喝一声，拔出降魔剑。张遂谋见一道青光，直向头顶劈来，来不及躲避，连巾带发被削个精光，吓得张遂谋魂飞魄散，坠下马来。石达开冷笑一声，高高举起剑，凝聚着千仇万恨，猛劈下去……

刘蓉远远看见，心都凉透了。死一个反复小人，他并不可惜。可惜的是，眼看功告垂成，却毁于一旦。他叹了口气，失望地闭上了眼睛。

就在这瞬间，岭承恩在附近山头上，用长臂锤射出一块飞石，不偏不倚，正击中石达开的坐骑头上，赤骥一声悲鸣，倒了下去。

张遂谋绝处逢生，飞快地逃走。

清军见石达开落马，高呼："生擒石逆！""不要放走了石达开！"从四面八方杀来。

石达开一跃立起，割下剑鞘，愤然掷之于地，对张遂谋和清军官兵放开喉咙大叫道："不灭清妖，不杀张逆，此剑永不入鞘！"

这时，马王娘已从玉狮背上倒下，躺在潘王娘的臂里，奄奄一息了。玉狮悲哀地引颈长啸，尥了尥蹄子，屈腿跪下，伸出舌头，在马王娘脸上轻轻舔几下，似乎在催促主人上背，再去与敌军拼杀……

在这危急的关头，石达开急忙冲过去，要将马王娘抱上马。

马王娘轻轻推开他的手，深情而又坚决地说："翼王，不要管我。你赶快突围还来得及。你要尽一切努力，把这支人马带出去。切莫为妾一人，误了你的大事……"

泪水模糊了石达开的眼睛，他抬头看去，战场上的局势又开始逆转。生力军毕竟只有三百，人数太少，又是空腹迎战，不能持久。清军一阵混乱之后，又稳住局面。这一次突然袭击，已使敌人胆战心惊，再苦战下去，必然全军覆灭。他果断地命令："下令收军！"

亲兵吹响号角，战场上苦斗的太平军将士，纷纷向帅旗靠拢。马王娘见翼王不肯上马，心中焦急，伸手拉着潘王娘，说："好妹妹，我该去了。今后，只有你和刘嫚在翼王的身边。朝饥暮寒，夏暖冬凉，要多多照应。只要能护翼王出围，我在九泉之下也……"

潘王娘轻轻捂住她的嘴，动情地说："不，好姐姐，你不能死，我们离不开你！快上马吧，翼王和我们会护卫你突出重围。"

马王娘苦笑一下，忽然把什么东西放入口中。潘王娘一惊，连忙去夺，但已太晚，她早将一包毒药咽了下去。潘王娘紧紧地搂着马王娘，千呼万唤，千呼万唤……

石达开将马王娘的遗体横在马背上，手持长枪亲自断后，与黄再忠部会合。数万敌军竟呆若木鸡，再不敢追击。

四

天上没有星星，没有月亮，河里没有航灯，没有渔火。夜墨一般漆黑。湿漉漉的河风带着浓重的血腥味，闷得人透不过气来！

七千余名饥饿、疲惫的太平军，拥挤在老鸦漩的森林里，几乎听不到

一点儿声息。四野是死一般的沉寂，只有浊浪排空的大渡河，怒吼着，呼啸着，仿佛在唱一首无休无止的哀歌……

石达开腰悬无鞘之剑，带着杜鹃和两名贴身亲兵，时而低头沉思，时而仰首悲叹，在寂静的黑暗里踯躅。亲兵手中的灯笼闪着亮光，像一点飘浮在夜空中的萤火。

不知从什么地方，传来杜鹃鸟的啼叫："行不得也，哥哥！""行不得也，哥哥！"似很远，又似很近；似分明，又似朦胧，撩拨得人心纷乱。石达开像一头受了伤的雄狮，默默地舔着心灵的创伤，沉痛而愤怒。

最后的决战失败，突围也几乎不可能了。娇妻服毒，爱将殉难，万余兄弟为天国大业升了天。石达开有生以来第一次感到绝望，感到失败的羞愧与耻辱。他心里如针刺刀剜，似烈火炙灼！面对严酷的现实，他必须当机立断，做出果断的抉择。无论对死者，对幸存者，他都负有不可推卸的责任。

他沉重地低下头。昨日惊心动魄的每一个战斗场面，像走马灯似的闪现在脑海里。老实说，要不是极度的饥饿使兄弟们几乎丧失了战斗力，就是二十万、三十万清军也休想占领紫打地。这一仗，牺牲了近万名兄弟，也杀死了近万名敌人，算是平局。但是，敌我力量的对比越来越悬殊了。从下午撤退到这里之后，幸存的七千兄弟中，饿死和重伤致死的已达三百名。以后每天死亡还会成倍地增加。而敌军却从四面八方向这里云集，几天后，兵力可能增加到十余万。何况，太平军的七千兄弟中，彩号占了一半以上，要再组织一次突围，简直是不可能了。

眼前对石达开来说，只有两条路：要么，和清军拼死一斗，直到最后一个兄弟倒在血泊中；要么，效法没有骨气的懦夫们，屈膝投降。此外，没有别的路可走了。而这两条路，都是他不愿意走的。他不愿在尸骨遍地的大渡河畔，再增加七千英魂；也不愿低下高贵的头颅，腼颜投降。于是，他想到了死，以死殉天国，谢天王。这是楚霸王项羽在绝境中所走过的路。

一个勇冠三军的大丈夫，由于自己的失误，几乎使全军覆灭，他无颜再见江东父老。眼前，他的处境和当年的西楚霸王多么相似啊！他有负于天国，有负于死去的太平军兄弟。他想步项羽的后尘，“生当作人杰，死亦为鬼雄”。是非功过，让后人去褒贬吧。

这个念头使他的心平静多了。不是么，敌人要得到的，无非是这一颗曾经使他们胆战心惊的“逆首”；得到他，也许会放七千兄弟一条生路哩。

他面对茫茫苍天，长长地叹了一声，右手慢慢地移到那无鞘的剑柄上……

“看，翼王。”杜鹃突然一声惊叫。

石达开把眼光从天际移回来，顺着杜鹃的手向河边看去，一群黑魆魆的人影仿佛正抬着什么，艰难地向前移动，那么缓慢，那么沉重。他的心猛地往下沉，手也不自觉地离开了剑柄……

大约是灯笼的亮光引起了他们的注意，人影停了一会，突然拐过弯，在离他二十丈外的河边停下。石达开感动地眨了眨眼睛，悄无声息地向他们走去。

河边杂乱的草丛中，一字儿放着六具死尸，仰着面，遗容憔悴而愤怒，仿佛在含恨向苍天呼唤。十余名兄弟跪在他们身边，面对无垠苍穹祈祷：“兄弟啊！愿你们超升天堂。上帝啊！他们是为了天国大业而壮烈牺牲的，快将他们接到你的身边，永享天福吧！”

缥缈的天堂，虚无的上帝，也许就存在于生者心间。石达开沉重地低下头，喃喃祝愿：“愿你们在天堂安息，我的兄弟！”

兄弟们这才发现翼王，纷纷站起，向他伸出瘦骨嶙峋的手，愤然喊道：“突围吧，翼王，趁还有一口气在！”

“突围不成，也跟清妖拼个鱼死网破！”

“不能束手待毙啊！翼王。”

对于眼前的处境，石达开比谁都清楚。弓弦断了，箭矢尽了，火药完了，刀矛断了，粮食一粒不剩，战马也杀光了，将士们饿得连拉弓挥刀的气力也没了。前面，是波浪滔天、难以飞越的大渡河；后方，是凶悍狠毒、十倍于我的清军，要想脱险，已经晚了。

这支过去无坚不摧的太平军，即使在如此险恶的环境，也没有气馁，昨天的大战就是明证。清军赢得的是付出惨重代价的胜利。

石达开的眼光扫过每一张沾满血迹和尘土的面孔，这些年来跟随他出生入死、喋血奋战的兄弟，多么像大义凛然、视死如归的“田横五百士”。他心里感到内疚，面对躺在荒草上的壮士们，自悔道：“我对不起生者，更对不起死者。”

“不！”兄弟们差不多是在哭喊，“不！翼王，是我们对不起你，没能杀出紫打地，飞越大渡河……”

兄弟们一片赤诚的肺腑之言，感动了石达开。他爱兵如子，将士们也敬他如父兄。这鱼水般融洽的感情，是他十余年来对部下关怀的结晶，也是将士们对他衷心的报答。正因为如此，七千兄弟才会在如此困境中，团结不散。他感到，效楚霸王一死以报天国，谢天下，只不过是寻求个人良心的安慰，并不能挽救这七千兄弟的生命。

“哪怕付出天大的代价，我也要让你们活下去！”石达开喊出了发自肺腑的心声。

石达开想继续说什么，喉头哽住了。他慢慢平静下来，含着热泪与亲兵抬起一具战士的尸体，抛进浪涛中。排空的浊浪，湍急的旋涡，埋葬了六位不屈的英魂。大渡河的浪涛声，像一曲悲壮的挽歌……

五

兄弟们含着泪走了。

石达开仿佛从一场噩梦中惊醒。自己可以将生死置之度外，难道可以对七千兄弟的生命视若等闲？就是死，也必须先为他们求得一条生路，才能死得坦然、死而无憾。

要为七千兄弟谋条生路，首先应当让他们活下去。眼前，必须设法弄一点吃的。他再一次想起全军剩下的唯一的战马——玉狮。几天前，他曾因它已经衰老无用，不能再上战场奔逐，动过杀它的念头。但终因兄弟们苦苦劝阻，自己也不忍心，才留了下来。昨日，紫打地大战，幸亏有了它，否则自己说不定早已做沙场鬼雄了。

也许再不会有一场大战了，也许不会再骑上玉狮驰骋沙场了。七千余人吃一匹马虽然太少，但也算尽到最后一点心意吧……

他断然吩咐亲兵："立即将大伯、阿弼叫来，要大伯将玉狮牵来。"

亲兵明白他的意思，几乎哭起来："翼王啊！这玉狮……"

石达开打断他的话，手一挥："救命要紧，快去吧！"

大伯等尚未来到，就听得一阵马的嘶叫。这嘶叫声那么熟悉，那么令人振奋，石达开禁不住一阵哆嗦。玉狮像一道电光，劈开夜幕，疾驰而来，大伯和阿弼跟在它的后面。

奔到石达开面前时，玉狮摇尾尥蹄，又蹦又跳，时而去亲他的脸，时而去舔他的手，竟如孩子在慈父面前忸怩撒娇。那又天真又亲昵的模样儿，使石达开动情了，搂着它的脖子，禁不住凄然泪下。

石达开尚未出山时，就为了玉狮惹出一场风波，后得洪秀全帮助，方才免了天大的官司。出于对洪秀全的感激，也由于志同道合，石达开不但加入了拜上帝会，投身于太平天国的伟大事业，还将玉狮赠予洪秀全。以后，当天国西征军遇到凶悍的湘军，节节败退的危急关头，石达开受命于败军之际，率军西征，天王又将玉狮回赠给他。从此，石达开骑着它驰骋沙场，力挽狂澜，立下了不朽功勋。应该说，石达开夺得了多少胜利的桂冠，玉狮就应该分享多少荣誉。它和他的一生血肉相连，不可分割。

天国内讧的悲剧，至今想起来仍令人心惊！内讧之后，自己力挽狂澜于既倒，耿耿忠心，反遭猜忌，几乎又演出第二场豆萁相煎的悲剧。离开天国六年来，石达开对天王犹有余怨，但此刻抚着玉狮，回忆往事，竟产生了对天王的眷念与负疚之情。玉狮，正是君臣之间风云际遇的见证啊！石达开怎么能忍心杀它呢？

但是，那些死于饥饿的兄弟，那些奄奄待毙的枯瘦的面孔，老在他眼前晃来晃去。七千兄弟的生命，毕竟比一己的荣辱更重。他终于下了决心，伸出颤抖的手，慢慢将无鞘之剑解下，又默默地递给阿弼。

老马夫明白了，扑地跪下哀求："不能宰玉狮啊！翼王。且不说它几次救了你，立过大功，就看在它随你多年的情分上，看在天王的情分上，也不该宰它啊！翼王，我敢担保，七千兄弟宁死也没有谁肯吃一口玉狮的肉！”

“大伯，这是最后一点可吃的东西了。也许，我再不能骑着它上阵……”

“不！”老马夫紧紧抱着翼王的腿，激情地说道，“用我这把老骨头熬锅汤，兴许还能救活几个兄弟。宰了玉狮，你怎么带领兄弟们突围？翼王，要知道，你一人系三军的安危啊！”

石达开不忍再看老马夫一眼，转过脸，将剑硬塞在阿弼手中，含泪道：“服从命令是天国兄弟必须遵守的纪律，阿弼，动手吧！”

阿弼握着剑，像捏着一团灼热的火。但军令如山，他无可奈何地握剑走向玉狮，一步，两步……突然，他狠狠地将剑掷地，跪下哭喊道：“翼王，我不能宰它！我违犯了你的命令，你就将我正法吧！是你将我从刑场上救下来的，我这条命是你赐给的。杀吧，翼王，只要你能骑着玉狮突围，小将会含笑九泉……”

石达开还能说什么呢？他猛地咬紧牙关，拾起剑，横下心，向玉狮大步走去。

老马夫心都凉了。突然，他急中生智，从地上一跃而起，奔到玉狮面前，抓住缰绳说：“翼王，为救兄弟们，就宰了它吧！但让它在死前痛痛快快地奔一程，它是千里驹啊！”

说完，不待石达开点头，老马夫翻上马背，一扬鞭，玉狮像箭一般朝前奔驰而去，消失在密林里……

“回去吧！翼王。”阿弼破涕为笑，从地上爬起，“为救玉狮，大伯不会回来了。”

石达开心里波翻浪滚，这不正是兄弟们对他的一片深情么？他抹去眼角的泪，命阿弼去休息，带着杜鹃等在静寂凄凉的黑夜里徘徊……

饥饿和疲劳使他的箭伤又发作了，鲜血浸透白色裹伤布，一滴一滴往下流。石达开感到钻心疼痛，一阵头昏目眩，几乎跌倒。他紧紧地抱住身边的小树，冷汗浸透了他的衣衫。一股寒气，冷飕飕迎面扑来，令人毛发俱竖。

杜鹃又急又疼，忙搀扶住他说：“翼王，回去歇息吧！”

石达开点点头，拖着千钧重的步子，在黑暗中踽踽而行。

“行不得也，哥哥！行不得也，哥哥！”杜鹃声声，在荒谷间哀啼……

第五章　草　书

一

走了十多丈远，石达开突然停下步，警惕地注视着江心。多年的战斗生活，锻炼出他在黑夜里能够洞察一切的眼力。果然，一叶扁舟冲波剪浪，向南岸驶来。它熟练而准确地避开凶险的旋涡、恶浪，又巧妙地利用激流的力量，轻捷得像只飞燕，一看就知道船老大是个好手。不大一会儿，扁舟已接近岸边。接着，他那双能在鼓角喧天、蹄声如潮中明辨一支利箭声的耳朵，听见了小舟上有人在唱歌。起初，这歌声听不真切，似有若无，蝉翼般轻盈地掠过河谷，掠过林梢，随风卷入汹涌起伏的云潮。小舟越来越近，歌声也越来越分明。石达开听清楚了，这是一位哲人在歌唱。

叶离枝，雁离群，
千秋大错铁铸成。
大渡碧血蜀山恨，
万叠惊涛葬英魂。

凝重的歌声，暮钟般撞击着沉沉夜色，仿佛天地间的一切都随之震颤起来。石达开的心也在震颤，使他苦恼的饥饿、疲劳、悲愤、创伤都被淡忘了。每一句歌，每一个字，都是对他的鞭笞、针砭。短短二十七字，准确地总结了他的后半生，使他悔愧交加、痛心疾首！不是么，自从离开了天国，他就像一片脱枝枯叶，离群孤雁。啊！聚九州之铁，铸成今日的大错，只落得血染大渡、恨遗洣江！

悔么？恨么？怪谁？怨谁？负疚之情，自咎之愧，把他的心啃得鲜血淋漓！

随波起伏的扁舟倏地靠了岸，暗淡的灯笼光亮中，他看见一位银须白发的老人，扶着木桨，半仰着头，深陷的眼睛俨如两口黑咕隆咚的枯井，凝望着夜空。盈尺白须，在河风中向上飘起，遮去了半个面孔。

这熟悉的身姿，杜鹃一眼就认了出来。她兴奋地喊了一声："阿爸！"奔到河边，接住老人抛过来的缆绳，熟练地拴在一株老树根上。

"老伯！"石达开也认出他来，激情地踏上跳板，走到老人面前就要下拜。

老人一手抚着杜鹃蓬乱的头发，一手将石达开扶住，道："翼王，礼重了！"

石达开悔恨交加地说："老伯，我对不起蜀中义士，对不起四万余兄弟，对不起你啊！"

"过去的事，不必再提了。"老人深沉的目光，在石达开脸上扫来扫去，有同情，有责备，还有一点伤感，"翼王，下一步做何打算呢？"

石达开没有回答，默默地低下头。

"胜败乃兵家常事，何必灰心丧气呢？"老人豁达地说，"唐日荣受清军压迫，将北退陕西；李复猷尚在贵州桐梓与清妖鏖战，一时不能脱身，前来解围。老朽倒有一策能解燃眉之急，只不知翼王采纳否？"

石达开心里产生了一丝希望："请老伯指点迷津。"

"'江东子弟多才俊，卷土重来未可知'啊。"[①] 老艺人往西一指，"翼王，只要你离此牢笼，包你登高一呼，从者万千，自有卷土重来之日。上船吧，我乘夜载你脱险。"

"百战疲劳壮士哀，中原一败势难回。江东子弟今虽在，肯与君王卷土来？"[②] 石达开戚然吟道。

"不然。"老艺人说，"蜀中义军虽已失败，但仁人志士，仍暗中等待

① 杜牧：《题乌江亭》。

② 王安石：《乌江亭》。

翼王。老朽探得一支太平天兵，张翼王旗号，正在打箭炉厅与胡中和部清军周旋。”

就像将溺者突然见到一只救生的小船，石达开的眼睛蓦地亮如天上的曙星：“那是谁的部队？”

“不清楚。”

既然唐日荣部将入陕，李复猷部尚在黔，哪里还有一支太平军呢？他迷惘了。

“机不可失。翼王，快启程吧！”

“慢。我独自走了，这七千兄弟呢？”

“翼王，你好糊涂啊！”老艺人猛地一跺脚，小舟随波晃动，“只要天国大业能继续下去，七千兄弟纵然殉难，也会含笑九泉。”

事业和义气再一次在石达开心里激烈交锋。仁义，仍然主宰着他的心。正因为讲义气，他团结了许多好兄弟，取得过辉煌的成就，也因为义气，他丧失了许多本来可以挽回危局的机会，一步步陷入困境。事业和义气在良心的天平上，轻重是如此悬殊！他不能抛弃生死与共的七千兄弟，只身出险。

他摇摇头，坚决地说：“‘凭君莫话封侯事，一将功成万骨枯。’老伯，达开宁死，也不愿以七千兄弟的生命换取王侯的高位。对于他们，我是有罪的。一息尚存，当为他们寻找活下去的途径。成，与之同生；败，与之共亡。只求无愧于心，生死在所不计！”

不知出于感动，还是出于失望，老艺人沉重地闭上满是皱纹的眼皮，老泪沿颊缓缓流下。

“既然翼王不愿独生，小妹愿担风冒险，到打箭炉厅请救兵。”杜鹃说。

“水深流急，能去得么？”石达开再度产生了希望。

“去得。小妹随父从小在江边打鱼，见惯了惊涛骇浪。”杜鹃挺起胸脯说。

“往返打箭炉厅需要多少时日？”

“七天。”老人回答，仍闭着眼。

石达开无限惆怅地摇头。

“那——给五天时间吧！”杜鹃急忙说道，“翼王，只要你再坚持五天，小妹一定回来。”

“就算清妖不来进攻，再过三两日，兄弟们早已饿死了。”

“那……”杜鹃也没了主意。

老人这才睁开眼睛，重重地一击桨：“翼王愿与七千兄弟共死，老朽愿代杜鹃一行，到打箭炉厅请救兵。”

“只怕远水救不了近火。”石达开凄然摇头。

“谋事在人，成事在天，尽力而为吧！”

既然打箭炉厅如此遥远，请救兵只能是一句空话。石达开心想：韦普成已殉国，再不能让杜鹃在这里赴难。对，应该让她脱险。他故意点点头，说道：“老伯骨力虽健，究竟上了年纪。风恶浪险，山遥路远，不如让杜鹃同往，以便照料老伯。”

老艺人发出一阵古怪的大笑，指着杜鹃说：“翼王当年之约，可曾忘记？”

“老伯，你——现在还提那旧话？”

“为什么不该提？”

翼王负疚地低下了头：“老伯，普成他——以身殉国了！”

老艺人没有答话，接过女儿手中的灯笼，引翼王、杜鹃钻进低矮的舱中。

万万没有想到，韦普成竟没有死，他昏沉沉地躺在舱板上，浓密蓬乱的虬髯，覆盖着毛茸茸的胸脯，活像一头睡狮。由于饥饿和疲劳，两颊深深地凹陷下去了。

见爱将得救，石达开固然很高兴，但眼看他变得如此虚弱，不免又产生了感伤之情。他默默地望着韦普成，然后，将酸涩的眼光移到舱外……

杜鹃与普成生死重逢，犹如断魂再续，数不清的悲喜，春潮般向她袭来，她忘记了少女的矜持与羞涩，忘记了翼王、父亲就在身旁，叫了一声：“普成！”一下扑倒在他身上，呜咽抽泣……

老艺人激动得雪白的胡须不停地颤抖：“不瞒翼王说，老朽仅此一女，慎于择婿，故当年未曾面许这门婚事。只因对普成秉性不甚了解，欲待翼王入川之后，亲自观其言行，然后定夺。昨日，老朽藏于彼岸芦苇丛中，亲见其忠勇义烈，算得个勇烈的大丈夫。这门婚事如成，女儿可谓嫁得其人，老朽也算择得其当。盼翼王谨守旧约，促成他们早日完婚吧！”老艺人明知道已处绝境，求生无路，却偏偏要将爱女嫁给一个濒临死亡的人，这是何等心胸、何等见识，又是何等感人啊！

石达开思考一会，拿定了主意，问道：“未知杜鹃妹仔意下如何？”

老艺人笑道：“翼王，可不要小瞧我杜鹃哩。她虽是未出阁的黄花女子，但深明大义，刚烈孝义。当年虽未议定婚嫁，杜鹃早已以心相许了。她足足等了普成三年，不正是为了今日么？还望普成不要负了她的心才好。”

石达开又问道：“设若我等不能脱险，普成为天国尽忠，岂不误了杜鹃妹仔么？”

“韦将军为天国尽忠，小妹就为他尽节，义无反顾！”杜鹃猛地抬起头，一对水汪汪的眼睛紧紧盯住石达开，语调那么坚定，“嫁英雄一日，胜嫁庸人一世；小妹宁随义士血染沙场，不愿与俗夫相伴白头。决心已下，绝不后悔。”

韦普成在昏沉之中，听见众人说话，还道是在睡梦之中。杜鹃这几句掷地有声的话语，他听明白了，勉强睁开眼睛，挣扎着起来，激动地用手捂住脸，泪珠儿从指缝流出，顺着络腮胡子往下滴。

“不成，老伯、翼王，这事万万不成！”韦普成突然把手掌从脸上挪开，动情地大声叫道，“也许明日小将便不在人世间，怎能害杜鹃妹仔？老伯、杜鹃，你们快送翼王走吧！”

石达开心潮起伏，赞叹道：“好，好！既如此，我就代普成做个主吧！仓促之间，不用拘礼仪啦。拜过老伯，便一同离开这里。或回天京辅佐天王，或隐姓埋名，耕织为生，总之不可忘了报清妖之仇。”

“不。翼王！”韦普成急得满面通红，叫道，“如果娶了杜鹃，就必须离开你和兄弟们，独自偷生，小将情愿一辈子不讨老婆。”

“普成说话虽粗，道理却正。”杜鹃对他报之一笑，但笑声里包含着掩饰不住的惆怅，“小妹听说天国危难，安庆失守，英王陈玉成殉难。清妖顺江东下，包围了天京，天朝的江西、安徽版图大部沦陷，苏福省赖忠王李秀成苦苦支撑①，也日渐衰危。回天京恐已太晚，无补于事。既已造反，也断无再做大清顺民之理。一死尽忠，上以报天国，下以报翼王。”

“好！”两滴泪珠从老艺人深陷的眼里滚出，挂在腮上，闪着莹莹亮光，“有这样的骨气，难得，难得啊！不愧是我的好女儿，好女婿。”说完，仰天发出一阵说不清是悲是喜、是乐是疼的大笑。

感动之余，石达开感到羞愧。这么好的将士，不该尽一切力量使他们活下去吗？而自己却想一死了之，以卸脱自己的责任。他命亲兵上岸折了几根枯枝，亲自在灯笼上点燃，插在船头代替香烛，为普成、杜鹃俩主持新婚典礼。两人对天拜过上帝，又对翼王、老艺人拜了三拜。

大礼毕，老艺人嘱咐女儿一番，便拱手告辞了。

“翼王，并非老朽不愿与你共生死。”老艺人洒泪说，“女儿新婚，自然不能就离贤婿。老朽代杜鹃一行，至打箭炉厅请救兵，望翼王保重。如能请得救兵，脱三军于险，自然大好；若援救不及，老朽当以三寸不烂之舌，将翼王一生功过编成书，到处传说，以唤醒后人。”

“大伯保重！多多保重！”石达开等含泪告别。老艺人毅然拿起桨，驾起扁舟逆流而去。

石达开惆怅若失地注视着老人远去的身影，直到小舟消失在无边的黑暗里。

二

韦普成与杜鹃成亲的消息一传开，将士们开始感到吃惊，继而终于明白这婚礼包含着何等深沉的意义。凡是勉强能走动的，都怀着近乎悲壮的情愫汇聚在林边旷地上。在清军的包围中，在死神的威胁下，结婚，这是何等壮烈的行为。如果谁认为它只是无聊的儿戏，谁就不配做这支英雄部

① 忠王李秀成攻取苏州及江苏大部，洪秀全在那里建苏福省。

队的战士。

艰难的处境，并不妨碍他们布置一个像样的新房，设一席别开生面的筵席，像模像样地打扮新郎和新娘。兄弟们砍来些树枝，搭起一座小小的窝棚，又采来芳香的野花，把洞房布置得花团锦簇。巧手慧心的姑娘们，将朵朵红、黄、紫、白的野花，缀成一幅五彩缤纷的帘幔。另一些兄弟用折断了的矛、戟，挑来些鹅儿草、剪刀草之类的野菜，用黄再忠部侥幸保存下来的几口小铁锅熬好。绿中带黑的野菜汤，决不下于杏花村的名酒佳酿，黑中带绿的野草“饭”，也不啻于皇家盛筵上的珍馐佳肴。

宾客们枯瘦如柴，血迹斑斑的脸上，堆满笑容。虽然笑中含着苦味，却是发自内心的。

“新郎官。”一位广西的老兄弟，端着碗苦涩的野菜汤，叫道，“兄弟我敬你一杯美酒，真是杯地地道道的桂林三花酒哩。”

韦普成捧碗一饮而尽，煞有介事地咂咂嘴唇：“好香，桂林三花酒也不如它醇洌。”逗得满座宾客大笑起来。

“新娘子。”一位在浙江入营的女兵将野菜汤递到杜鹃面前，含泪道，“阿拉姐妹勿吃辣的，干小妹的这杯绍兴黄酒，好吗？”

杜鹃像男子般豪爽地一饮而尽，引得宾客们一阵喝彩、鼓掌。

一位刚从紫打地从军的少年，奇迹般地端出一碗肉汤。饥饿的人们嗅觉特别敏感，大家都被肉汤的香味引诱得满口生津、饥肠辘辘。所有的眼睛似乎都落在那碗里。但是，谁也不会想去分尝一口，只是把香味和唾液一齐咽到肚里。

也许，这一碗肉汤能使少年的生命延续一天两天，但为了圣洁的爱，他毫无难色地将它献了出来。他走到普成、杜鹃面前，颤抖地将碗递过去，说：“我正饿得心慌，活该这野兔子倒霉，撞在我手里。本来……不，普成哥，杜鹃姐，喝吧，喝了才有气力杀……杀……”

他已经没有力气说完最后一个字了，软绵绵地倒下去了。

死亡在军队中本是司空见惯，不足为奇的。但少年的死，却使大家的心分外压抑，韦普成急忙将饿昏倒的少年抱在怀里，杜鹃用兔肉汤喂他……

宾客陆续散尽，“洞房”里只剩下杜鹃和普成。他们严肃地相互对视，严肃中却包含蚕丝般缠绵的柔情和温馨。

看着渐渐熄灭下去的松明残焰，杜鹃苍白的脸上，蓦地升起了两片红霞。她理了理头发，落落大方地拉着他的手，钻进野花缀成的帘幔中。虽然死亡的阴影已经罩在他们的头顶，但饮干这一杯生活的醇酒，却是顺理成章的事。明天的死别，不过是今天欢乐的自然延续；今天的欢乐，又是明天为正义的事业断头洒血的力量。清军能砍掉他们的头颅，死神能夺去他们的生命，可是，没有谁能够剥夺他们爱的权利……

“啪”，松明知趣地响一声，熄了。一缕淡淡的青烟，透过窝棚浓密的树叶，袅袅升起，飘散在山峦、河谷之间。

爱神和死神在老鸦漩的丛林里联翩降临。奔腾的大渡河，正鸣奏着爱和生命的进行曲……

三

离开新婚的“筵席”，饥饿和疲劳使石达开感到头昏目眩，支撑不住，便命亲兵带路，一步步摸回老营去。走不多远，猛听得一声吆喝，几支松明将林边的一角照得通明。火光中，许多人影挤在一团，似乎发生了什么事。他忘了疲劳与饥饿，向人群走去。近了，他清楚地看见阿弼正对一位身材矮小、神态文静的人，嘲讽地说：“难得你不忘旧友，冒险前来参加普成的婚礼。看见么？太平天兵有如此的气派！”

对方回答什么，石达开没有听清。只见阿弼盛怒了，挥臂挽袖地大骂：“他妈的，你这卖主求荣、为虎作伥、狗屁不如的畜生，不知自惭形秽，远远躲开，还有脸面来见翼王。好！老天有眼，你自投罗网，抽你的筋，剥你的皮，千刀万剐，也解不了老子和七千兄弟心头之恨！”

对方像一块冰凌兀立着，一动不动，冷静地回答：“不必动怒，你这位兄弟（因阿弼投军时，他已离开太平军，故不相识），带我见过翼王，讲明来意，是杀是剐，任凭翼王发落，我绝不会皱一下眉头。”

"啊，是他!"石达开突然看见张遂谋，十分惊诧，他握住剑柄，雪亮的眼睛射出两道寒光，一边走，一边头也不回地吩咐亲兵："命阿弼立即将张遂谋带到老营!"

所谓老营，只不过是一座荒凉破败、勉强可以遮风雨的古庙。它坐落在一个高出林海的光秃秃的小山头上。从这里可以听见北面大渡河的怒吼，也可以隐约看见东南面老鸦漩上凉桥的灯光——周歧源、杨应刚和王松林等部清军在那里扎营扼守，以堵断石达开部唯一可以突围的通道。

石达开满脸杀气，怒冲冲地回到老营前，只见值班警卫老营的四名兄弟半卧在庙前的石阶上，刀枪弃置身旁，他心中越发地不快。石达开很重视军纪，对部下约束极严，衣冠不整、刀矛不利都是绝不允许的，何况今日，他既有丧妻之疼，又有失败之愤，加上乍见仇人，怒火陡涨，环境恶劣，使他的性格变得很暴躁。不由分说，他在吃力地挣扎着爬起来向他致意的兄弟脸上，重重地打了一掌，还想狠狠训斥几句，可话到唇边，再也吐不出来。

被打的兄弟赤裸的胸脯上，血淋淋的刀伤尚未包扎，深陷的眼里闪着委屈的泪光。鲜血从鼻孔里流出，顺着胡须往下滴。另外三名卫士互相搀扶着站起来，低头站在他的身后，像做错事的孩子。饥饿、流血、极度的疲劳，能责备他们么?

石达开一阵自愧，动情地将被打的卫士拉到胸前，撩起黄袍，替他揩去鼻血，长长地叹了一口气，问："二位王娘在营里么?"

卫士感动得珠泪滚流，一边拼命扭过头，不让鼻血污了翼王的黄袍，一边抽泣着，答道："潘王娘在营里，刘王娘和郎中给曾宰辅、黄中丞和挂彩的兄弟们换药去了。"

他点点头，命四名卫土去休息，又传来营里的两名女亲兵，代他们值勤，独自进了庙门。

殿里一灯如豆，幽光闪烁，潘王娘正在灯下为孩子们缝补衣服。一针针，一线线，倾注着母爱之心。她那专心致志的神态，很叫石达开感动。明知巢覆卵破的时辰近在眼前，她却好像全不在意。见丈夫回来了，她强忍住夺眶欲出的泪，破颜一笑。

石达开急忙吩咐道："快拣两套好衣裙给杜鹃送去，她今夜和普成成亲，礼虽轻些，情义重啊！"

她又喜又悲，觉得这婚礼十分悲壮，拣起两套自己喜爱的衣裳走了。石达开轻轻撩起补丁重叠的纱帐，纱帐里四个儿子——长子定基，七岁，是他的结发妻子黄倩文的遗孤；次子定忠，五岁，刘王娘所生；三子定义，三岁，是潘王娘所生；马王娘遗下的四子定信，还没有满月——正酣甜入睡哩。除了定信盖了一床用他的旧袍改的小被外，三个孩子全裸着身子，脸色苍白，突出的胸肋一根根清晰可辨；瘦得像螳臂的小腿和胳膊，调皮地胡乱伸开，互相叠压着。

他情不自禁地抽搐了一下，举烛凑近床前。在这些纯洁无瑕的小生命面前，一切都被忘之脑后了。孩子们天真无邪，一团稚气，拨动了他心中的父爱之弦。平日，因忙于军务，他很少给儿子们以父爱。现在，他应该在最后的日子里弥补。他想亲一亲他们惨白的小脸蛋，刚弯下腰去，定基在睡梦里甜蜜地一笑。石达开又是一阵哆嗦，这笑容，和含恨死去的妻子倩文的笑，竟是一样的可爱！他好像在定基的身上，看见了倩文的复生。过去的温馨，一下子全涌上心头。

他慢慢直起腰来，伤情地想：他梦见了什么？梦见了慈祥的上帝？纯洁的天使？还是死去的母亲？

猛地，一个不祥的念头闪过脑际：也许，这是无辜的孩子们做的最后一场梦了。谁知道明天、后天，他们还能不能活在人世间？还能不能再做一次迷离扑朔的梦？为什么像定信这样刚刚降生的孩子，也要失去生的权利？他心里怎能不产生天大的遗恨啊！

他黯然伤神了，深情地看了儿子们一眼，将帐子轻轻放下，走回案头，将纷乱如麻的思绪，收回到严峻残酷的现实中来。

石达开清楚张遂谋在这个时候出现，其目的是不言而喻的：劝降。同治皇帝（其实是慈禧太后，同治只不过是一个乳臭未干的小孩子）几次圣旨朱批，要骆秉章等"生致石逆"。骆秉章等也一直做着将石达开活捉、"献俘阙下"以扬名天下的美梦。石达开轻蔑地哼了一声，把腰间无鞘宝剑解下，搁在案上，对着它出神。直到今天，他还为昨日没能杀死这个无耻的叛徒悔恨。现在，雪耻前恨的机会到了。

“两国相争，不斩来使”，这本是几千年来敌对双方无不奉行的、不成文的“君子协定”。很讲义气的石达开自然奉为信条。但对于张遂谋，可以不限此例。他本来就是自己的部将，而又这么狠毒地坑害几万曾经与他一同奋战过的兄弟。他只能算作天国的叛臣，不能视为敌国的使者。石达开决定像处决任何一个叛贼那样处决他。

他不愿就“劝降”一事与张遂谋多费唇舌，他要让张遂谋看看天国的战士是怎样面对死神的，他要用一个天国战士的堂堂正气，使卖主求荣的张遂谋看看自己的卑劣和渺小。一股凛然浩气从石达开胸中腾起，他抓起一支秃了锋的羊毫，在案头的砚中蘸饱，走到壁前，用衣袖掸去灰尘，奋笔直书：

大军乏食乞谁籴？

纵死涐江定不降！

这诗原是十天前石达开两次作书，请土司王应元让路、买粮遭到拒绝后，愤然题的十首诗中的两句。现在书之于壁，作为对张遂谋无声的回答。

刚写完最后一个字，阿弼旋风般奔进营来，向他报告：“叛贼张遂谋带到！”

石达开突然感到一种复仇的快意，哈哈大笑，掷下笔，头也不回地命令：“把他押上来！”

四

张遂谋冒险来见石达开，无异身入虎穴，凶多吉少，他当然十分清楚。下午，刘蓉亲自来到凉桥，和众将商定生擒石达开的方略。昨天的战争虽然赢得“胜利”，但这是什么样的胜利啊！尸横紫打地，血染大渡河，付出的代价多惨重啊！至今士卒们仍谈虎色变，不敢再与太平军交手。再要进攻，必须付出更为惨重的牺牲。若不能生擒石达开，让他在战场上“授首”，或者饿死了，如何向皇上交差？皇上的旨意是要“生致石逆”，然后明刑正典，以彰国宪。而要生擒“石逆”，绝不是一件容易事，刘蓉无策，众将束手。张遂谋却自告奋勇，来到太平军营里。他自信能把握住石达开的脾气，只要灵机应变，不但能逢凶化吉，还能立不世之功。

张遂谋被推进营来，见石达开用背对着他，他也不声不响地站立着，微微冷笑。

阿弼在他肩上一掌，炸雷般喝道：“跪下！”

“哈哈！”张遂谋的笑声平静得像没有涟漪的深潭，“张某不再是翼王手下的元宰，而是大清的使臣；翼王也不再是我的主公，而是敌国的统帅。既非君臣，断无跪拜之理。”

张遂谋的镇静使石达开十分惊讶，他慢慢转过身来，头一摆，示意阿弼退出去。

张遂谋这才不卑不亢地向翼王一揖。

石达开没有答礼，一动不动地傲然兀立，用严酷的眼光逼视张遂谋。由于过分激动，他宽阔的胸脯微微起伏，消瘦的面颊显得更加苍白了。

张遂谋将挂在胸前的细黄辫子甩到身后，抖了抖雪白的马蹄袖，毫不畏缩地抬头迎接石达开剑芒般锋利的目光。

双方对峙着，不作一语。

这是两个强者的对峙，两个雄杰的对峙！

张遂谋决心后发制人，以不变应万变。他四十余岁了，比石达开长十三岁，加之青年时期坎坷流离，闯荡江湖，历尽人间沧桑。生活的磨炼，使他习惯了在逆境中顽强奋斗，也就学会了随机应变的本领，因而城府更深。

无声的沉默，激起了石达开的愤怒，他终于忍耐不住，往壁上一指，厉声说：“张遂谋，我知道你的来意。看吧！”

十四个刚劲有力的大字，墨汁尚未干透，烛光照着，反射出耀眼的亮光。

这笔字，张遂谋当然熟悉。它和石达开的性格高度和谐、统一，行笔迅疾如电，性格刚强似铁，风骨潇洒内敛。他淡淡一笑，算是回答。

石达开继续用眼光逼视着他，冷冷地说：“张遂谋，十余年的恩怨，且不必提了，今日，还想陷我于不忠不义之境么？要石某断头易，投降难！”

幽幽烛影下，张遂谋的双眼，像两口可怕的陷阱。他把眼光从诗句上挪开，落在石达开脸上，微微俯了俯身，语调不急不缓地说：“相随十余载，岂不知翼王有铮铮铁骨？小将断不敢前来劝降，以辱翼王英名。只是翼王爱兵如子，难道忍心看着七千兄弟做沙场冤魂、异乡饿鬼么？小将与翼王早已恩断义绝，不敢代为谋划。但，不能不为七千兄弟谋求一条生路。”

“住口！”石达开一声喝断，“我数万兄弟性命，都断送在谁人手中？”

张遂谋以掌抚胸，垂下眼睑：“我。”

石达开逼近一步，眼光像锋利的剑芒：“对数万曾经与你生死与共的兄弟，你毫不手软，现在，却怜悯起七千饥疲待毙的将士了。你说你是菩萨，还是魔鬼？”

“小将是魔鬼，也是菩萨。”张遂谋毫不羞愧，坦然回答，“上天生我，原是为了干一番轰轰烈烈的伟业的。当初，为了辅佐翼王夺取天下，杀百万清军我不眨眼；如今，为了创自己的伟业，杀数万太平军，我也不会眨眼。眼下，翼王手下濒临绝境的区区七千人，对小将来说，杀之无益，留之亦无害。既无害，何不留之？为创伟业，宁为魔鬼；伟业既定，便做菩萨。”

石达开一边听，一边鄙夷地冷笑，下意识地拿起案头无鞘的长剑，将它弯曲成半圆形，又猛地放开，剑端不停地颤动着，发出铮铮然久久不绝的响声。这柄剑，是洪秀全、冯云山在他入拜上帝会时所赠，名曰“降魔剑”。十余年来，石达开挥舞着它纵横半个天下，不知用它斩了多少敌将、多少赃官、多少叛逆！待张遂谋说完，石达开用指头在剑上一弹：“昨日，本王在战场上所立的誓言，你可曾听见了？”

“翼王誓言，重于九鼎，小将岂敢忘怀？”

“那么，我只消一举手，你的抱负、你的伟业都将成为泡影。”

张遂谋睨视了降魔剑一眼，仍然纹丝不动：“翼王是光明磊落的大丈夫，战场上刀枪相对时，你会堂堂正正地杀死小将，现在，你绝不会杀一个手无寸铁的对手而示怯。何况，能将纵横十余载、所向无敌的翼王逼入绝境，小将的大业已告成功，可以死而无憾了。”

石达开深知，张遂谋绝非贪生怕死的懦夫，“死而无憾”这句话，亦非故作镇静。但自己是被“逼入绝境”的，未免言过其实了。

“若非河水暴涨，我早已夺取成都了。此天欲亡我，非尔等之功！”石达开反驳说。

“虽系天意，也在人为。”此时，只有直刺对手痛处，才能达到目的。张遂谋冷冷地一笑，“小将听说太平军于暴雨前已经半渡，又令北岸的韦普成等撤回，此乃翼王平生用兵的第一大错。中了小将的反间计，杀死王培溢，自绝民助，这是第二大错。否则，不唯小将束手无策，全川官兵，亦必土崩瓦解。翼王一时之误，葬送全军，岂能无憾么？”

这一针见血的指责，对石达开无异于当头棒喝。真是一着失误，全盘皆输。如果当时听黄再忠之谏，不撤回半渡人马，有韦普成坚守北岸，待水势稍退后，渡过全军，也不至于落得今日的惨败！以前，他一直把这次失误看成是“天意”，归咎于突然而来的暴雨。现在看来，只不过是寻求良心自慰的遁词而已。数万兄弟虽死于张遂谋的诡计和清军的屠刀之下，其根本，却在于自己指挥的失误，特别是过分地轻信了土司王应元和误杀了王培溢老汉，才陷于今天的绝境。他更感到有负于阵亡的将士，也更觉得有责任让侥幸未死的七千兄弟活下去。

面对现实，对张遂谋的满腔仇恨，也渐渐消了。他猛地将剑掷于地上，从肺腑里发出一声负疚的叹息：“是我无谋，害了全军，还有何脸面立于世间！张遂谋，说吧，你准备如何让七千兄弟活下去？”

第一个回合得胜了。张遂谋获得了主动权，以后的事情，自然会迎刃而解了。他从内心发出一阵胜利的呼喊，脸上却不露声色，毕恭毕敬地对石达开俯首道：“翼王才智过人，圣上早有旨意，何须小将多说？”

石达开一怔，继而明白了他的意思，仰天发出一阵撕心裂肺的大笑：

"哈哈！好个圣上旨意，用石某之头，换取我七千兄弟的性命。痛快！说得痛快！"

这突然的大笑，竟使张遂谋失去了平静。此来的目的，不正是要用旧主的头颅，以换取追求半生的桂冠么？可是，这笑声里，蕴含着怎样的感情啊！惨烈而又坦然，鄙夷而又怜悯，伤痛而又无畏；有对死神的藐视，也有对生命的眷恋……许许多多截然对立的情愫，交织成一股高傲的、惊心动魄的巨大力量！

张遂谋不由自主地想到方才亲眼见到的，韦普成结婚时战士们乐观的情绪。他早已脱离这个战斗的集体，对他们特有的思想感情渐渐陌生，不能理解了。石达开的笑声，使他终于懂得，或者说重新记起这支军队的意志，是任何力量也摧不垮的；这些英勇的战士，在任何情况下也不会悲观绝望的。他不能不感到羞愧，一股股冷汗，沿着背脊往下流……

于是，另一种感情——或许可以叫作尚未完全泯灭的良知吧——不可抗拒地潜入他僵硬的心中。一瞬间，十余年来翼王对他的信赖、倚重、友情、恩惠……竟如汹涌的浪涛向他袭来。野心和良知，卑鄙和正义，善和恶，在他心里激烈搏斗，他每一根神经都在痛苦地战栗。

石达开也陷入深深的矛盾中，在投降和战死这两条道路之外，张遂谋为他指出了第三条他从未想过的路：舍命保全三军。他并不怕死，而且早将生死置之度外了。俗话说："无志空活百岁。"他虽然只活了三十三个年头，却已当了十二年翼王。十二年来，他指挥百万雄师，夺取过几百座城池，杀死了几千名赃官，歼灭了上百万敌军，打过无数大胜仗，建树了使敌人闻风丧胆的威名，赢得了"石敢当"的称号。他没有白活三十三年，他的战绩，可以和历史上的任何一个英雄媲美。这么一想，石达开觉得死而无憾了。

随即，他又从另一个角度想开去。自己追随洪秀全起义的最终目的，就是推翻两百年来对百姓敲骨吸髓的大清王朝，创建"无处不均匀，无处不饱暖"的太平一统的人间天国。他和天国的军民将士竭尽忠诚，喋血奋斗，曾经取得过辉煌的胜利，夺得了半壁河山。眼看着实现理想的日子一天天近了，却终因同室操戈、自相残杀，而使垂成之功付诸东流。后来，又因洪秀全猜忌他，不得不与之分道扬镳、各自为战。结果，天国不振，自己将亡，只落得两败俱伤，能不令人感叹么？何况，一世英名，竟遭到如此结局，空使仁人志士为之扼腕叹息，他岂能不感到天大的遗憾么？

石达开不能不想到晚节问题。千古英雄，不成功，便成仁。他的结局应该是血战到最后一息，以死殉天国和天王，绝不允许有半分犹豫和迟疑。尽管他对天王有满腹怨气，但洪秀全毕竟是他的“主”，毕竟是天国的首领和旗帜。当石达开因畏谗避祸，远离天国、天王时，同样遥奉天王为正朔，同样把自己看作是天国的“臣”，不敢，也不想于太平天国之外别树一帜。现在，如按张遂谋的意思，放下武器，放弃拼死一战的决心，虽然是为了保全七千患难与共的兄弟，也不能说于晚节无亏，实是问心有愧！

必须忠于天国，忠于天王，忠于自己为之奋斗了十多年的事业，决不能在生命的最后一息，玷污了自己的良心与名誉！石达开突然冷笑一声，厉声喊道：“来人！”

阿弼应声而入，大步抢上前，霍地抽出剑，架在张遂谋的脖子上，愤恨地喝道：“跪下，畜生！”

张遂谋站立不动，闭上眼睛。不过，他已失去方才那种从容不迫、泰然自若的气概。

猛然间，七千张奄奄待毙的面孔，七千双饥饿苍白的眼睛，一一闪现在石达开的脑海里。这些兄弟凭着铲除人世不平、创建太平天国的理想，聚集在他的旗帜下，与清军进行过无数次殊死搏斗，负过伤，流过血，立下了不朽功勋。现在，却由于自己的失误，使他们陷入了死亡的绝境。他们已经完全丧失战斗力，纵然全军拼死一战，也不可能给清军多少打击了。七千具尸体横陈沙场，七千腔热血染红荒野，这固然悲壮，但值得吗？“义”——在一生中许多次使他犯下过失的“义”——在他心中抬头了。牺牲自己，保全七千兄弟的生命，不也是一种赎罪之举吗？他决心让七千兄弟活下去，为天国留下一把复仇的火。斧钺交加，身首分裂，与七千兄弟的生命相比，又算得了什么呢？这样的义举，无论从道义上、实际上，都比率领他们作临死一搏，更能使自己的良心得到安慰。于是，他做了个坚决的手势，命令愤愤不平的阿弼退了出去。

那么，与他伉俪情深的妻子刘氏与潘氏呢？四个天真无邪的孩子呢？饮恨而亡的妻子马氏的尸骨还未寒哩！用一己的生命赎罪并不足惜，还须再加上妻儿七条生命，代价太沉重了！

他再一次撩开纱帐，四个孩子深深的酒窝里，正盛满醉人的笑意哩。当他们像无邪的天使一样，插上幻想的翅膀在梦境里翱翔的时候，死神的阴影已罩在他们的头顶了……

他不能不流出两行伤感之泪。

跟随石达开十多年来，张遂谋还是第一次看见他流了泪。他不由自主地往前挪了一步，在孩子们面前剧烈颤抖了。

神圣的天真和纯洁，是一面审查良知的镜子。他在这“镜子”面前照见了自己的卑劣。

石达开毕竟不是优柔寡断的人，他抹去眼泪，放下纱帐，毅然回到案头：“张遂谋，把笔捡起来！”

张遂谋茫然失措地从地上拾起笔，双手递上，就像他几年前为翼王准备笔墨一样。

石达开提笔正要书写什么，刘王娘、潘王娘手搀手回来了。看见张遂谋，潘王娘理了理蓬乱的头发，鄙夷地对他斜睨一眼，在丈夫身后站定。刘王娘怒形于色，对着被弃置在地上的无鞘之剑发愣：卑贱的叛徒就在面前，丈夫为什么忘记了自己立下的誓言？

“小将向二位王娘请安！”张遂谋满脸通红，一躬到地。

潘王娘扭过头，不屑理睬他。刘王娘大步走到丈夫身后，冷笑道：“哼！快后退些，我受不了你的熏天血腥气。”

一支七寸羊毫，此刻仿佛有千钧之重，石达开拿着它，久久不能落下。踌躇再三，方下了决心，咬紧牙，奋笔疾书：

求荣而事二主，忠臣不为；舍命以全三军，义士必作。大丈夫生既不能开疆报国，奚爱一生；死若可以安民全军，何惜一死？

刘王娘自幼卖艺为生，勇敢善战，却识不得许多字。见翼王写这些，她疑惑了：丈夫是在写遗书么？为什么当着张遂谋写这些话？潘王娘出生于寒士之家，颇有文才，被翼王的凛然大义感动，忽闪着秋水一样透明的眼睛，既悲伤，又感叹："翼王！你……"

翼王不答，颤抖的手继续往下写：

达闻阁下信义昭著，如能依书附奏清主，宏施大度，胞与为怀，宥我将士，赦免杀戮，则达愿一人而自刎，全三军以投安。

每写一个字，心里就一阵绞痛。为三军活命，他不能不写上这些带有乞求口气的字眼。而乞求，哪怕是最微不足道的一点儿乞求，对他说来，都是最大的耻辱。

够了！他的眼睛闪出熠熠光焰，笔锋一转：

然达舍身果得安全吾军，捐躯犹可对吾主，虽斧钺之交加，死亦无伤，任身首之分裂，义亦无辱。

这一下，刘王娘终于明白了：丈夫是为保三军，决心舍命！一时间，敬佩、伤感、悲痛、惊疑……种种情愫，一齐涌上心头。她与潘王娘难过地相互依偎着哭泣起来。

张遂谋的脸却变得惨白了。

正气和凛然大义，是审查良知的另一面镜子。他在这"镜子"里照见了自己的污浊！

他从没有在威力面前屈服，也没有在刀剑下低头。可是，在孩子们无邪的睡梦中，在翼王的堂堂正气前，竟觉得自己是泰山下的一粒尘沙，林莽中的一片败叶，汪洋里的一滴污水，是何等的渺小啊！他不敢再看翼王和王娘，把头深深地垂在胸前。

"看着！"石达开一声严厉的命令，张遂谋只得勉强抬起头。只见翼王手不停笔，运肘如飞，继续写下去：

惟是阁下为清大臣，肩蜀重任。志果能推诚纳众，心实以信服人，不啬诈虞，能依请约，即冀飞缄先复，以免贻误。否则，阁下迟以有待，我军久驻无粮，昔日三千之师，犹足略地争城；况数万之众，岂能束手待毙乎！专此奉闻，不尽欲言。

最后几句，简直是对四川总督骆秉章的威胁了。可谓虎死不倒威。潘王娘自幼饱读史书，在那些汗牛充栋的投降书、请命书中，哪有如此强烈的语调、如此傲然的风骨啊！她忍住泪，感动地赞叹道："翼王，这哪里是请命书，分明是一首《正气歌》啊！"

石达开写完，将笔掷下，取出了信筒装上，再封上火漆，递给张遂谋："张遂谋，如今你可算真正'成功'了，用我的头颅，去换取新主的欢心；用兄弟的碧血，去染红自己的朱顶！你该满足了吧？快将此信交给骆秉章、刘蓉，邀功请赏去吧！"

张遂谋的精神已经完全崩溃，在高大魁伟的石达开面前，他觉得自己变成了一个侏儒。这封书信传至千载之后，谁能不对石达开肃然起敬，对自己嗤之以鼻呢？当天国的旗帜被后人拭去积尘，史家的铁笔就会把他的名字列入耻辱的"贰臣传"里，连老百姓也会在渔暇樵罢拉扯闲话时，把他列入秦桧、朱温等奸贼之列，被人万代唾骂哩。

这就是自己昧着良心，不择手段所建树的"伟业"？这就是自己卖主求荣，不顾忠奸廉耻所得到的"成功"吗？张遂谋的脸如死灰一样苍白，双手哆嗦，耷拉下眼皮，不敢去接翼王递来的书信。

如果说，张遂谋方才的镇静和矜持还能使石达开敬重、谅解的话，现在，他的软弱和卑怯，只能使石达开愤恨、鄙夷："垂成之功，竟不敢取！张遂谋，可知你连做魔鬼的胆量也没有，懦夫！"

张遂谋仍然痴立不动。他在正义面前发抖了。第一个回合他取得了"胜利"，而第二个回合，却输得一败涂地。

石达开怜悯地看他一眼，以居高临下的俯视态度说："去吧！去告诉骆秉章、刘蓉，要他们迅速派人前来会商书中事宜。我军粮草早绝，再不能延误时日了。"

张遂谋喊了一声："翼王！"再也说不出别的话。他突然跪倒在地，对石达开，刘、潘二王娘拜了三拜，方才接过信，踉跄出门。

第六章　潘　珏

一

夜静风寒。石达开夫妇三人默然相对，一种微带凄凉的情愫，在他们胸中震荡，谁也不说一句话。这种沉默，比捶胸顿足的恸哭更撼人心肺。

摇曳的烛光把他们的身影投射在断壁上，悠悠晃晃。窗外，微风吹着密林，发出低微的沙沙声。夜枭惨切地哀啼，一声声，刺得人心颤。只有滔滔的大渡河，依旧奔腾着、咆哮着，冲击崖岸，愤怒地奔涌向前！

石达开的眼光慢慢落在墙壁上，方才写下的诗句刺得他的心发烫。不能在沙场上洒尽最后一滴血，对于一个真正的勇士，也许是最大的不幸。当然，投到清营后，仍可在公堂上痛骂仇敌，刑场上慷慨就义，但天国的大业始终未能实现。他轻轻吁口气，觉得原来郁塞在胸中的那股浩然正气，已泄掉一半。

刘、潘二王娘轻微的叹息声，他听得分明，她们在为他后悔，也为他遗憾。而自己难道就一点也没有悔恨么？他生怕这句诗会动摇“舍命保三军”的决心，会鼓动他去选择更悲壮的归宿。他转身拾起弃在地上的剑，用袖拂去尘土，出神地看着剑锋的寒光。他记起十六年前，在家乡广西贵县赐谷村参加拜上帝会时，洪秀全、冯云山为他和张遂谋、林凤翔及他的族兄石祥祯、石凤魁，行罢入会洗礼，他曾举着这柄剑起誓：“二百年奇耻，亟待洗湔。达开与众兄弟满腔热血，当为灭清大业而洒……”一桩桩往事，犹在目前；雄心未泯，剑锋仍利。但冯云山、林凤翔、石祥祯都已牺牲，石凤魁也因丢失了武昌，被东王杨秀清所杀。英杰风流云散，山河仍未一统，而拜上帝会的大业，已濒临失败……心中一阵伤痛，他怨恨地

仰天一啸，用手指在剑上弹了弹，自言自语道："难道这剑永无入鞘之日么?"

刘王娘双目注视着丈夫，咬牙切齿地问："你是说张遂谋么?"

"哼，无耻叛逆，何足挂齿?"石达开愤然挥剑，将案桌削去一角，抚着剑锋，透过窗棂，直视窗外风啸云涌的夜空，一字一顿地说："不！'楚虽三户，亡秦必楚。'我虽然死了，只要七千兄弟能活下去，只要天国的正气不灭，这剑，终会有入鞘之日！倘如此，我死而瞑目了。"

潘王娘默默点头，倚着刘王娘，在丈夫对面坐下，含泪打量他英俊的面庞，这张面孔上的每一条皱纹，每一个细微的感情变化，她都是非常熟悉、了解的。而这个曾经给过她幸福和希望的人，和她共同生活了不平凡的七个年头的人，却要与她永别了。也许三天五天，不，也许就在明天，就不能再看见他了。在这最后的时刻，她要仔细地端详他……生离死别，对于潘珏这样多情多才的女人，是特别感伤的。

几只很大的蝙蝠在高高的屋梁上穿梭飞着，仿佛在编织逝去的梦境。"吱吱"的叫声更增添了荒野古庙的凄楚，神秘。

很远的地方，不知是谁在唱家乡小调：

江南好，
最好是扬州。
史公祠前梅花瘦，
茱萸湾头白鹅狂，
烟迷平山堂。

江南好，
最好是扬州。
瘦西湖畔烟柳绿，
钓鱼台上桂花黄，
风动满城香。
……

她的思绪，被歌声引入烟迷水阔、繁花似锦的故乡……

潘珏是扬州人氏，父亲潘师古是个落魄文人，性格刚直不阿，明于事理。太平天国癸好三年二月二十七日，太平军林凤翔、李开芳部攻克扬州，潘师古率全家加入太平军。潘珏被编入女军后二军，当了一名“太平圣兵”。后二军帅是一位年轻姑娘刘嫚。她虽只有二十来岁，名字也秀气，可已是一位勇冠三军的女将了。不久，女营后二军调回天京，担任城防部队，潘珏随刘嫚来到京城，并提升为卒长。

她自幼随父读书，经史典籍无不涉猎，故能深明大义。对历代的成败兴亡、治乱盛衰的道理，皆领悟于心。在戍守之暇，她常根据耳闻目睹，冷静地分析天朝大事，心里充满了不安。对天国的事业，她是倾心的；但轰轰烈烈的声势后面，隐伏着危机，又不能不为之担忧。

诸王的情况，她时有所闻，大约是因为出身书香门第，对文武兼备的翼王最为敬仰。特别是西征战场的节节胜利，她对翼王可说到了崇拜的地步。这一点，刘嫚和她的看法完全一致。当然，她和刘嫚都没有想到后来竟会成为翼王的妻子。

为了招揽知书识礼的人才，天京城里每年进行四次科举考试。天王生日开天试，八月初十开东试，六月二十开北试，二月初一开翼试，各试同开女科。所录取的人才均归各王使用。刘嫚认为潘珏有文才，劝她应试。她也久有此心，于天国丙辰六年二月初一，参加了翼试，赫然高中，调到翼王府任女承宣。她日夜盼望能见到翼王，但当时石达开正率军西征江西、湖北，竟未曾有一面之缘，常以为憾。她在府中勤勤恳恳，颇得翼王娘黄倩文赏识，加上两人都喜赋诗弹琴，情趣相投，很快成了莫逆之交。特别是黄王娘临褥时，府中大小事务，悉数交她主持，表现出非凡的才干。

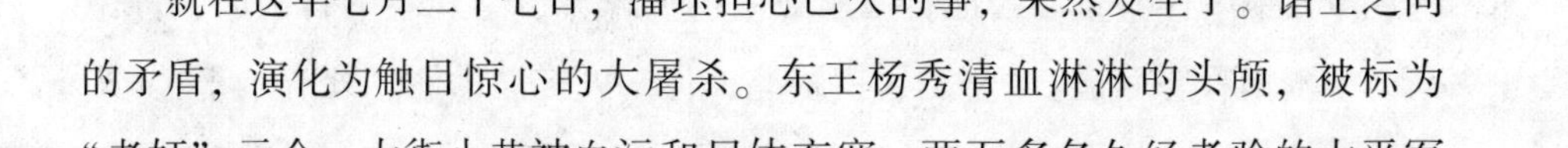

就在这年七月二十七日，潘珏担心已久的事，果然发生了。诸王之间的矛盾，演化为触目惊心的大屠杀。东王杨秀清血淋淋的头颅，被标为“老奸”示众，大街小巷被血污和尸体充塞，两万多名久经考验的太平军骨干，死在自己“兄弟”的屠刀下。天京城里的空气异常紧张、沉闷、令人窒息。而潘珏和所有天国的忠诚战士，在这惨痛的教训中，猛然醒悟，逐渐成熟了。

上帝至高无上的威望，在军民心目中一落千丈。如果上帝真的无处不在、无所不能，真的公平正直、明察秋毫，为什么听任他的儿子们同室操戈、互相残杀？如果这场屠杀竟是他安排的，那么，这样的上帝还值得万民信仰、膜拜吗？

谁来制止这场还在继续进行的屠杀？上帝靠不住了。至于天王洪秀全，几天前数千东王旧部，就是被他的一纸诏书骗到天王府前，看北王韦昌辉、燕王秦日纲“受杖”，被突然解除武装，束手受戮的。全体军民都希望远在武昌洪山督师的翼王石达开，回京收拾残局。潘珏、刘嫚等更是日夜等待着，盼望着。

翼王回来了。刘嫚把这消息告诉了潘珏，潘又奔告王娘黄倩文。黄倩文又高兴，又担心，派潘珏等几名亲信四处探听消息。

处在风声鹤唳、一日数惊的天京城沸腾了，无数双眼睛跟随着翼王的足迹。他们看见石达开匆匆地进了天王府，又忧郁地出来，看见他焦急地奔进北王府，又愤怒地离开。单凭他的表情，人们就能猜出事情的结局了。军民们自觉地聚集在一起，随时准备帮助他。

当石达开手握剑柄，与张遂谋、曾锦谦怒气冲冲地从戒备森严的北王府出来，潘珏第一次看见他那英俊伟岸的仪容。不知为什么，她心里轻轻一动，两朵红云蓦地升上两颊。这是一个感情丰富的少女，乍见自己崇敬的男人时，常常会有的羞涩表情。

虽然天气晴朗，晚霞绚丽，但天京城里的阴霾压在人们心里。看来，翼王不但没有能制止这一场灾难，反而激起了另一场杀戮……紧张得喘不过气来，她举起马鞭，准备回翼王府去向黄王娘报告。

石达开一面策马向翼王府走去，一面仔细看着大道两侧示众的首级，脸色像青铜一样凝重。当他看见东殿尚书侯谦芳、李寿春的首级时，停下马，举鞭指着怒斥道：“东王骄横跋扈，你二人推波助澜，死有余辜！”当他看见补天侯李俊良的首级时，急忙下马，拱手拜了三拜，低头致哀……

履险临危，处之泰然。潘珏很感动，竟忘了使命，紧跟在翼王的身后。她深深感到，翼王心里明白，洞悉忠奸，同是“东杨余党”的骨干，善恶是非，在他心中是何等的泾渭分明！翼王此刻对他们的态度，便是对其忠奸善恶的最有权威的论定。被指责的，遗臭万年；受褒扬的，含笑九泉……

正走着，已升为女检点的刘嫚迎面驰来，看见潘珏，驱马上前，附耳道："北王下令全城戒严，要对翼王下毒手。请翼王速至小南门，我帮助他脱险。"

情况紧急，潘珏连回答一声也来不及，赶上翼王等人，气喘吁吁地说："快出城吧！翼王，北王要下毒手了。"

"你是谁？"石达开警惕地打量她。

"翼殿承宣潘珏。"

石达开的脸上，添了一层严霜，向天王府的方向投去悲愤的目光。

"欲定祸乱，只能靠剑与血。"张遂谋坚决地说，"大厦将倾，独木难支。翼王留在天京，既不能劝说天王回心转意，又不能立斩北王之首，徒冒断头之险，于事何补？不如速回安庆，调集人马，陈兵相谏，迫使天王除掉韦、秦二人，以拯救天国。凭数十万精兵猛将，料北王不敢轻易对宝眷下毒手。"

"挽救天国安危，刻不容缓，哪里还顾得上家眷啊！"石达开决断地说，"立刻出城，发兵靖难！"

潘珏见翼王拿定主意，往南一指道："请翼王速至小南门，有人接应出城。"

石达开向她点头致谢，正要驱马南行，曾锦谦跳下马，分别向石、张二人一揖道："遂谋兄，护翼王出城，重担在肩，多加小心。小弟愿留城内，卫翼王宝眷。翼王保重！保重！"

潘珏看见石达开、张遂谋连连点头，眼里泪珠闪动。她感动了，一种强烈的责任感油然而生：为了天国存亡，必须尽一切力量保卫翼王。她跟在石达开身后，向南门驰去。

韦昌辉已经动手了。"不要放走石达开"的喊声此起彼落，响彻天京城里的大街小巷。

潘珏急得心都要跳出胸膛了，石达开却从容不迫，指着路边一具绑在

木桩上、血肉模糊的尸体，问道：“这死者是谁？”

“自己性命难保，还有心管这闲事！”潘珏焦躁地想，口头却不能不回答：“天官又副丞相曾钊扬，因劝北王勿再自相残杀，被绑在木桩上用大炮轰死。”

“快走吧，翼王！”张遂谋催促道。

“如此忠烈，岂可不拜！”石达开下马拜了三拜，方从容上马，继续南行。在场的将士、百姓，无不被他的正义感所感动，紧紧地簇拥着他，护卫着翼王。

北王府的兵马倾巢出动，凶神恶煞地来往奔突。大街小道岗哨密布，到处都在击鼓鸣锣，天京城里的气氛比杀杨秀清时更紧张。石达开等不得不挥剑杀开一条血路，直奔小南门。

韦昌辉的主要帮凶、亲手刺死东王杨秀清的刽子手许宗扬，正好带领一队士兵来到小南门。见了翼王等人，一声号叫，蜂拥上前。刘嫚见事态危急，当即命令娘子军拦住厮杀。天京军民早已满腔怒火，顷刻，爆发为冲天烈焰，不顾生死，帮助娘子军战斗。

天京城里的百姓觉醒了，起来反抗了。潘珏激动得热泪盈眶。突然，她看见许宗扬趁乱转身逃跑，连忙取下弓箭，将他射倒。军民们赶上去，一阵乱刀，砍为肉泥。

全歼许宗扬这支军队后，刘嫚亲自用绳索将石达开、张遂谋吊下城去。

潘珏见翼王等已平安脱险，不敢迟延，飞马驰回翼王府。她回来得太迟了，翼王府已被韦昌辉的爪牙围得水泄不通。曾锦谦遍体鳞伤，躺在血泊中，利剑仍紧紧地握在手里。他的身旁，横七竖八地摆着十余具北王府士兵的尸体。为保卫翼王的眷属，他英勇地奋战到最后一息。

翼王府大门前，有数十名北党守卫着。府内官员、杂役，只许进，不准出，戒备森严，令人胆寒。潘珏来到翼王府大门前，昂然走进去，两名北党跟在后面监视她。

“快请七弟相见，共商善后。”走到客厅前，她听见韦昌辉在说。

“翼王正在冲凉，请稍候片刻。”

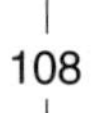

她知道，黄倩文这么回答，是为了拖延时间，让丈夫脱险。潘珏镇定地跨进门去。

“你是谁？”韦昌辉回头看见潘珏，冷森森地问道。

“翼殿承宣潘珏。”她掠了掠散乱的长发，不卑不亢地抬起头来回答。

“翼王呢？”韦昌辉装出一副笑脸问道。

“翼王已从小南门缒城而去。”

她看见黄王娘脸上露出欣慰的笑容，而韦昌辉的面色，蓦地变得死一般铁青。

“你胡说！”燕王秦日纲粗暴地大喝。

她没有回答，只是不屑地耸了耸鼻子。

韦昌辉简直不能想象，在他一手控制的天京城里，石达开竟会插上翅膀，飞出城去！他镇静下来，似信非信地瞪她一眼，厉声问道：“这可是实情？”

“若有半句假话，任凭北王千刀万剐。”

韦昌辉这才相信了，恶狠狠地吩咐：“燕王，速点一千精兵出城追赶。”

“禀北王……”燕王秦日纲有点胆怯了。

“抓不住石达开，我唯你是问。快去！”

一千精兵，竟害怕两个人，可见手握生杀大权的未必是强者。黄倩文看着燕王的背影，觉得他一下子矮了三寸，忍不住轻蔑地大笑道：“韦贼，翼王一旦出城，纵有十万精兵，也休想捉住他。哈哈！你们的末日快到了。”

韦昌辉阴险地一笑，一步步向黄王娘逼近。

黄倩文挺起胸脯，傲然昂首。桂姝和长、次翼嗣君紧紧贴着她。

此情此景像千万支利箭钻进潘珏的心里，她愤怒到了极点。好几次横下心，准备以颈血溅韦孽。但一想到黄王娘未及满月的幼子，复又冷静下来，强忍下胸中的怒火。

她突然想起赵氏孤儿的故事——为救忠臣的遗孤，公孙杵臼问程婴：“立孤与死难，二者孰难？”程婴说：“死易，立孤难耳。”结果，公孙杵臼慷慨一死，万人景仰；程婴假意奉迎屠岸贾，忍辱含垢，让世人整整骂了十五年！这故事启发了她：无论遭受多少屈辱，也要咬牙励志，为翼王保存下一脉遗孤！

她深情地看着黄倩文，心中默默地说：“王娘，你为翼王殉节，我为翼王抚孤，你择其易，我选其难吧。”

韦昌辉一边冷笑，一边向倩文逼近。逼到面前，韦昌辉突然抽出利剑，劈倒黄倩文。倩文临死还躺在血泊里大骂：“韦贼，你欠下天国的血债，翼王和兄弟们会向你讨还的！”

韦昌辉完全丧失了人性，正举剑要杀伏尸痛哭的两位翼嗣君，桂姝挺身拦住，怒喝道：“孩子何罪？不许杀害他们。”

“不许？谁不许？”韦昌辉大笑道。

“我不许！上帝不许！”桂姝将孩子们藏在身后，以胸膛迎接韦昌辉带血的剑。她一手捂住血流如注的伤口倒下，一手仍紧紧地搂住孩子……

潘珏和在场的几名翼殿女官不忍目睹惨状，捂住眼睛，吞声啜泣。

韦昌辉兽性大发，亲手将翼王的长子刺死，又将次子摔死在墙下……

画皮既已撕开，韦昌辉索性大开杀戒。他伸手托着一名女官的下巴，问：“要死，要活？快说！”

“愿死！”女官毫不畏惧地回答。

“我成全你吧！”韦昌辉将手一摆，两名爪牙立即扑上前，将她拖了出去。

“你呢？”韦昌辉走到第二名翼殿女官面前，托着她的下巴问。

“宁可一死，不愿从逆！”

她又被刽子手们抓走了。

第三名、第四名……没有谁屈膝求生。

潘珏一次又一次地向被拖出去的女官们注目致敬，而韦昌辉的面孔却越绷越紧。难道竟没一人屈服在自己的淫威下？他不甘心地走到潘珏面前，托起她的下巴。大约是发现了她惊人的美，蛇一般贪婪的眼光，将她的全身上下扫了个遍：“妹仔，你愿为石逆而死，还是归顺本王，享一世荣华富贵？”

这眼光使潘珏感到屈辱、愤怒，像吞进了一只苍蝇一样，令人恶心。她在心里回答：“为了翼王，为了正义，粉身碎骨而不悔！”可是，一死虽痛快，于天国、于翼王又有何益？于是，强装笑容，对深恶痛绝的仇敌敛衽一拜：“北王大权在握，威及天下，小妹敢不低头俯首？”

翼王府里也有软骨头，韦昌辉仰首发出一阵阴险的笑声。

“你这卖主求荣，猪狗不如的叛贼！”一名翼殿女官倒竖柳眉，伸手在她脸上重重打了一掌，大骂，“姓潘的，待翼王除尽奸贼时，看你还有何脸面活在世间！”

另一名翼殿女官扑上去，在她脸上乱撕，口里贱人、奴才地大骂。潘珏没有还手，也没有躲闪，任拳头打在脸上、身上。女伴的误解和辱骂，真正使她伤心，她多么想放声痛哭，将满腔委屈倾吐出来。可是，为了营救石定基，她不能哭，也不敢吭一声。

“住手！”韦昌辉勃然大怒，命爪牙们将女官统统拉出斩首。回头又对潘珏一笑，“你倒是明白人。左右，将潘珏带回府去！”

“且慢。殿下，容妹子收拾好东西再去。”

“做了我的夫人，还愁缺穿少戴么？”

“先父所遗，虽一铢一锱，亦不敢弃之。”她冷静地回答。

她跑进内屋，在倩文床上抱起睡得很熟的定基，轻轻地吻了吻，打开箱子，取出一块白布包好，又在他身上放几件衣服，正要关箱子，忽见亮闪闪一副南珠钿子，这是黄王娘的陪嫁之物，倩文曾多次请她鉴赏。应该为翼王保留下这珍贵的遗物，她将钿子揣在怀里，提着白布包袱出门。

来到韦昌辉面前，她指指手中包袱，对他装出媚笑，然而心里却颤抖着，生怕定基会哭出来。杀红了眼的韦昌辉得意忘形，根本无暇细思，在她脸上轻轻摸了一下，放肆地大笑：“究竟石达开无缘，这绝世美人，还是本王福大。左右，快将王娘潘珏送回府，莫惊了她。其余兄弟给我搜查，不许一人漏网。”

潘珏觉得受了天大的侮辱，恨不能有个地洞钻下去；或者有一把剑，将奸雄碎尸万段。她觉得自己与程婴的处境如出一辙，此刻，才真正懂得“死易耳，立孤难也”这句话的意义。

“谢北王。”她涨红了脸，匆匆走出翼王府。两个韦氏走卒，一左一右紧紧跟着。

杀东王杨秀清时，百姓是沉默的，甚至觉得罪有应得——因为有天王的手诏。而乱杀东党，又使百姓清醒了。现在，韦昌辉竟杀绝了军民敬爱的翼王全家百口，他们还能够沉默吗？天京城内，百姓咒骂、谴责之声随处可闻。但他们赤手空拳，还没有力量来制止暴力。

有了脱身的绝好机会，潘珏毫不犹豫，一下子混入人流，向最拥挤的地方钻。两名走卒着了慌，一面呼喊，一面追赶，盯住她不放。正危急时，一队人马从前赶来，骑在马上的是一位二十余岁、英姿飒爽的女将。潘珏喜出望外，迎着她疾奔过去。

这位女将，正是天王洪秀全的亲妹妹、西王萧朝贵的遗孀洪宣娇。听说韦昌辉包围了翼王府，她率兵赶来，想制止这场血腥的屠杀。

潘珏向她投去一个求援的眼光，她立即命女兵将潘珏送回西王府去，自己继续往前赶。可是，她来得太晚了，仅仅救下了奄奄一息的桂姝……

百姓心中有一把衡量忠奸善恶的尺子，分毫不会差误，当事实的真相还未大白于天下，天京的军民绝不能原谅这个“卖主求荣”的“贱妇”的。“潘珏”两字，成了一切邪恶的同义词，为人们所不齿……

洪宣娇将她和石定基密藏起来，甚至对伤势渐愈的桂姝也守口如瓶。除了洪宣娇，谁也不理解她的委屈和良苦用心。

在万人唾骂中，潘珏只能朝夕以眼泪洗面。韦昌辉知道她“骗”去了翼王幼子，派人暗中缉拿她；天京城里的军民不能原谅她。她把仇恨和委屈转化为对定基的爱，用她的全部精力，精心哺育失去了母亲的石定基。

爱屋及乌，这也许是人之常情。她敬仰翼王，因而爱定基；她爱定基，更怀念翼王，她的感情在这样的循环反复中，升华为一种圣洁的、深沉的相思……

洪宣娇给她带来关于石达开的消息：燕王秦日纲没有追上石达开，却袭击了驻在西梁山的一支翼王的军队。天王出了赏格，买翼王的头。翼王到了安庆，率十万大军靖难，正向天京而来，并致书天王，要求交出韦昌辉、秦日纲及其党羽的首级，被天王拒绝了。韦昌辉负隅顽抗，到处搜捕

“翼党”，弄得天怒人怨。他炸毁了聚宝门外宝塔山上的大报恩寺塔，作为抵抗翼王大军的阵地。韦昌辉正在阴谋活动，要谋害洪秀全，夺取至高无上的“天王”位。无论什么消息，潘珏都很关心，并为之振奋、担忧、高兴……她和天京百姓一样，盼望翼王义师早日来到。

军民的忍耐是有限度的，韦昌辉、秦日纲的倒行逆施，激起了天京军民的极大愤怒，满朝文武向天王请愿，要求诛杀韦、秦二人，迎翼王回京辅政。同时，韦、秦的阴谋活动，直接威胁天王的安危。洪秀全这才醒悟了，一声令下，压抑了两个多月的官兵臣民奋袂而起，一举诛了韦昌辉、秦日纲和两百多名逆党，结束了历时两个多月的恐怖与灾难。潘珏欣喜若狂。她比历史上的程婴幸运，程婴为救赵氏孤儿，忍辱含垢十五年，而她仅委屈一个多月，洗雪的日子便到了。

这天，洪宣娇捧着一段黄绸进来，笑盈盈地说：“韦孽之头已送至宁国府，翼王即将由宁国府回天京。天京军民公议，推翼王为‘义王’，天王已认可。快绣一面‘义王’旗吧！”

“义王。对，义王！”潘珏觉得这个“义”字，正是对他人品的最准确的评价，也只有他才当之无愧。她接过黄绸和五彩丝线，激动地抱在胸前。

洪宣娇像看透了她的心，笑道：“翼王义薄云天，而你不顾屈辱，救下定基，也当得一个‘义’字。这面旗，只有由你绣出，其含意才更加深刻。”

这几句双关的话，使她的脸红了。

翼王石达开回到天京之后，出乎意料地拒绝了“义王”的称号，也拒绝接受这面旗子。这固然使潘珏感到小小的不快，但这位二十六岁的统帅，不求名利、虚怀若谷的品质，使她的崇敬之情更增长十倍！

家破人亡，不可能不给石达开巨大的悲痛。他以惊人的毅力克制住自己的感情，日理万机，废寝忘食。最使天京军民感动的，是他绝不私仇公报，对韦氏党羽，宽大不究。韦昌辉杀绝了他一家老幼，而韦父源玠、弟韦俊，他都以诚相待，仍然重用。为此，他在天国臣民中赢得了更高的威望，也深得潘珏的爱慕。

石达开辅政视事不久，一天，众文武议事毕，洪宣娇带着刘嫚、潘珏一同来到翼王府，拜见石达开（潘珏这才知道，刘嫚也被洪宣娇秘密保护下来）。她一出现，立即引起了轩然大波，百官无不对她嗤之以鼻，甚至百般辱骂。石达开仿佛什么都没有听见，笑吟吟地下堂亲迎，并吩咐为三人设座。

潘珏方才坐下，不少官员立即站起，以表示不屑与其为伍。洪宣娇、刘嫚都为她抱屈，她却高昂着头，神色坦然。她相信，不白之冤，今日应当得到洗雪，应当昂着头做人。

她的傲然态度更加引起了百官的愤怒，有两位忍耐不住，当场指责她“卖主求荣”、“勾结韦昌辉杀害翼王全家”等等。众官一唱百和，纷纷要求杀她以正法纪。石达开默默地听着，一言不发，待大家的怒气都泄完了，才笑道：“诸君息怒，若非刘嫚、潘珏二位妹仔仗义相救，达开早为韦奸刀下冤鬼了。君子怀人之德，小人记人之过。无论其有无过失，都非达开所愿闻。诸君能容一时迷蒙而助韦为逆者，为何不能容一弱女子耶？”

这番话反勾起潘珏的伤心处，泪湿胸襟，翼王并没有真正了解她啊！

洪宣娇气愤难平，冷笑道：“好一个‘怀人之德’的君子！翼王，小妹倒要请教，潘珏妹仔之过何在？仅仅是救你一命之德么？”

石达开愕然了。

“诸君。”洪宣娇转向百官，愤激地说，“韦奸横行肆虐时，请问在座诸公，有几个不屈服于他的淫威之下？又怎能责备一个有功的女人？”

百官目瞪口呆，面面相觑。

石达开素来十分尊敬洪宣娇，听她话中有话，连忙避席一拜，说道：“小弟失误之处，还望阿姐指点。”

洪宣娇命随从将定基抱来，递给潘珏。

潘珏默默地抱着定基，一步步跨上丹墀，走到翼王面前，双手递上，说：“拼一己之荣辱，蒙不白之冤屈，为翼王留下这点骨肉，小妹心已尽，就此告别。”说完，她头也不回地走了。

不需要更多的解释了。石达开抱着幸存的儿子，满怀敬意地目送她走出翼王府。

后来，经过洪宣娇的撮合，刘嫚、潘珏均成为石达开的妻子。当然，绝不是因为救子之恩，而是在严酷的斗争中，石达开认准了二人的才识和品德，产生了爱慕之情。

形势变化令人痛心。石达开宵衣旰食，力挽狂澜，反而遭到洪秀全的猜忌，甚至图谋杀害。石达开不能自安，如囚笼中之鸟。无论是深谋远虑的张遂谋，还是深识大体的洪宣娇，都劝石达开避祸离京，以免骨肉相残。内讧悲剧给潘珏带来的创伤太深了。一旦内讧再起，不管是天王杀害丈夫，还是丈夫废黜天王，都是她所不愿见的，她完全支持丈夫离京远征的行动。

通过几年痛苦的思索，她看清了，离京的后果，无论对天王、对丈夫，都带来了损害。但是，她是一个顺从的妻子，只能婉转地表示自己的意思。丈夫也因心中的怨恨太深，拒不回京，终于一步步地走入了绝境……

二

潘珏从回忆中清醒过来，那些美好的、甜蜜的往事，一去不复返了。现在，面临的是令人肝肠寸断的生死诀别。在相处的短短七年中，她发现了丈夫身上许多以前没有认识到的长处和短处。

刘嫚毕竟是一个颇具雄风的巾帼英雄，无暇去回忆往事。她从丈夫手中接过利剑，下意识地将它弯曲成半圆，自言自语道："难道不能再组织一次突围？难道这支大军就从此烟消火灭么？我绝不甘心啊！"

"不甘心，是不甘心！"石达开沉默片刻，说，"夫人，眼下兄弟们连拉弓挥刀的气力都没有了，要想突出铁壁重围，比登天还难啊！个人的生死荣辱，比起七千兄弟的性命，算得什么？我不忍看着他们一个个去送死，为了保全三军，不得不出此下策啊！"

潘珏心如刀剜，暗暗啜泣。

石达开深沉地说："大丈夫时穷节乃见。用我的头换得三军活命，未

必不是为天国留下复仇之人。夫人，只要活下去的兄弟中，有人继承天国的大业，只要他们不忘对清妖的深仇大恨，我就含笑九泉了。”

刘嫚默默地点了一下头。

一股壮烈的情怀从石达开胸中油然升起，他相信，虽然自己为之奋战十余年的事业失败了，虽然自己的生命即将结束，但是，天国的火种已播入千千万万人的心中，他们会前仆后继，斗争下去。天王洪秀全理想中的太平一统的人间天国，终有一天会在中华出现。霎时，文天祥的《过零丁洋》涌到唇边：

人生自古谁无死，
留取丹心照汗青。

他抚着案，微微仰头，想吟诵一遍抒怀，可这十四个字哽在喉头，吐不出口来。当他想起文天祥危难兴师，力竭被擒，至死不屈的气节时，深深感到自己有愧于古人，有愧于天国。

他颓然坐下，在案头狠狠地一击：“一失足成千古恨，夫人，我好悔啊！”

是啊，应该悔。潘王娘觉得虽然丈夫这些年大节无亏，但犯下了许多错误。错误究竟在哪里呢？她似乎明白，又似乎不明白。

“悔什么，翼王？”她问。

石达开痛心疾首地说：“一悔当初不该负气离京，对不起天王；二悔当初没有和彭大顺一道回师天京，我对不起天国；三悔当初没有杀掉张遂谋，留下今日之祸患，我对不起死难的兄弟。”

潘珏点点头，又摇摇头。她觉得这三悔好像对，又好像不大对。为什么天国轰轰烈烈的事业会功败垂成呢？为什么威名震四海，建立了赫赫丰功的丈夫会走上绝路呢？其中的教训，难道是这“三悔”能概括得了的吗？

生离死别就在眼前，她心乱如麻，再也不能深思下去了。丈夫临终之悔，已够使她伤心的了。她猛然抬头，从肺腑里喊出：“你总算明白了，我的翼王！”

“明白了，但悔之晚矣！”石达开仰天长叹。

“是太晚了，太晚了啊！”刘嫚顿足道。

石达开仍在深入思索。这“三悔”只是“果”，导致三悔的“因”又何在呢？事情突然临头，他还不能从天国这个整体去思考自己失败的原因。这些，需要长期痛苦的思索，才能真正透彻了解。他闭上眼睛，痛心地说道：“反躬自省，一生之失，皆在一个‘气’字。离京西征，是负气；拒不回京，是赌气；放了遂谋，是义气。最后，害人害己。古人说，酒、色、财、气为君子之累，小人之好。扪心自问，酒、色、财，非我之好，唯独一个‘气’字，竟未能免，岂不可叹！正因如此，用个人之性命，为天国留下一把复仇之火，也算是悔罪之举吧！”

刘、潘二位王娘更深切地理解丈夫为什么决定“舍命保全三军”，感动得互相依偎在一起。这个决定，在“气节”二字上是有失的，但在人品道德上，又是难得的、高尚的、可敬的。在不能两全的情况下，她们认为，丈夫的这个选择是很自然的。如果不做这样的选择，那就不是丈夫的本色了。

潘珏目不转睛地看着丈夫，动情地说：“翼王慷慨赴难，妻子岂能独生？翼王，我们先你而死，绝不受清妖之辱。”

这话说得恳切、坦然。死是她们必然的选择。石达开心里，像压着一座雪山，冻得五脏六腑冰凉。他可以从容就义，但要他目睹妻子儿女的死，就不那么坦然了。

刘嫚没读过那么多诗书，也很少考虑身后的名节。丈夫舍命保全三军，她能理解，作为一个统帅，临危时，做如此抉择是无可非议的。但在沙场驰骋十余个春秋的她，为什么要用杀敌人的剑，在丈夫面前割断自己的脖子？一息尚存，就该挥舞三尺青锋拼死一搏！

“哇！哇！”出世还不满三十天的定信啼哭起来，给本来就十分沉重的气氛，再添了一层压抑的情调。潘珏抱起他轻轻摇着，本能地哼起催眠曲，可定信仍然啼哭不止。看着他瘦得只剩一层皮的小脸蛋，她含泪叹道：“唉，哪怕有一汤匙米汤，也能让他多活两个时辰……偏偏马王娘她，她……”

儿子的哭声像千万只手，在石达开心中乱抓。他沉痛地将脸埋在手掌之中。

潘珏略显呆滞的眼光，慢慢从定信的脸上，移到熟睡的其余三个孩子身上，叹道：“上帝，上帝！我们死不足惧，可孩子们有何罪过，也要死于非命？”

石达开猛地将手挪开，一字一泪地说：“破巢之下，安有完卵？与其让他们死在清妖的屠刀下，不如随你俩一同自尽。”

刘嫚霍地站起，咬着牙，一字一顿地说道：“不能让石家香火就此断绝啊！翼王。”

“谁能救他们呢？”

“我！”她挺起胸脯，果断地回答。

“你？”

“我。让清妖斩尽杀绝，我不甘心。”刘嫚跪在丈夫面前，说，“请翼王放心，绝非我贪生怕死，不愿殉国。我将尽一切力量，为石家留下一个根苗，日后也好报这血海深仇！”

“夫人，能如此，我死也瞑目了。”石达开将她扶起，说，“但如何逃出这天罗地网呢？”

刘嫚深思熟虑地说：“清妖纵有十面重围，总禁不得鱼跃鸢飞。只要胆大心细，夜间从荒山野岭间，寻小道而行，就不会被清妖发现。”

事到如今，何妨一试？石达开点头道：“好，你带娃仔们去吧！”

刘嫚摇头道：“凭为妻之力，只能带一子，也只能养一子。欲救其余诸子，非妻之力所能办到。”

石达开心想：四个儿子带谁去好？因为不忘发妻倩文，他特别钟爱定基，但刘嫚岂肯任自己亲生儿子留下等死？他不能提这个要求，便执着她的手说：“趁天尚未明，带定忠去吧！需多少人护你逃出险境？”

“人多容易被清妖发现，只要一个帮手足矣。”刘嫚依恋不舍地看了亲生儿子定忠一眼，坚决地说：“让定忠留下，我带定义去吧！”

刘嫚不为亲生儿子求生路，而要带走自己的儿子，潘珏感动得热泪纵横。她再一次想起那句古话："死难易，立孤难耳。"刘王娘勇敢地肩负起立孤之难，正是考虑到她不长于武艺。前次，她为翼王立过孤，现在，就为翼王死难吧。她把定信放回床上，抽泣道："不，姐姐，还是带定忠去吧！定义他……他和我死在一起……"

"如若非带定忠不可，我情愿陪翼王同死。"刘嫚的语气如斧劈刀砍一样坚定。

定信太小，已奄奄一息，纵然带出，也不易拉扯大。潘珏看着定基，眼睛一亮："带定基去吧，他是倩文姐姐的骨肉啊！"

黄倩文是她俩共同尊敬的，刘嫚欣然点了点头，将睡梦中的石定基抱在怀里。

石达开眨了眨湿润的眼睛，命亲兵将阿弼叫来。石达开一边亲自给定基穿衣服，一边说："阿弼，带着兵器，抄小路将刘王娘和定基送走。出险之后，你不必回来了……"

阿弼一愣："不，翼王，送主母与嗣君千岁出险后，我回来保卫你。"

"也许，我不再需要你保卫了。"石达开道，"再说，刘王娘是女流，要将定基抚大不易，缓急间助她一臂。定基长大成人后，叫他莫忘今日之仇，立志反清，做顶天立地男儿汉。"

尽管阿弼决心与翼王共生死，但想起了托孤之重，不再坚持，慨然道："翼王重托，阿弼虽肝脑涂地而不敢忘。刘王娘，什么时候动身？"

"这就走。"刘王娘热泪盈眶，望着丈夫，"翼王，还有什么嘱咐？"

石达开将那柄无鞘之剑递给她："记住，清妖不灭，张逆不死，此剑不能入鞘。"

刘嫚含泪受剑，哽咽难语。石达开又拿出那把铁伞，递到阿弼手里："带上它，你会时时想起我。大清灭亡之日，莫忘了用它在我的坟头祭奠……"

刘嫚、阿弼告别翼王、潘珏，携带定基依依出营。走到门口时，刘嫚又回头看望孩子们。突然，她抑制不住炽热的母爱，又奔回来，扑在定忠身上亲着、吻着，滂沱热泪洒在儿子赤裸的胸膛上……

刘嫚等走后，破庙里似乎一下子变得空荡荡的。三个儿子不知道这一场令人肝肠寸断的生离死别，依然在睡梦中带着苍凉的笑意。

潘珏终于忍不住，失声痛哭："就让我俩死在一起吧！翼王，你的英名将万古流芳，永世长存！"

"英名？长存？"石达开轻轻摇摇头，一步步往外走去，倚在门框上，抬头看着溟濛的夜空，自言自语道："后人会如何议论我呢？"

第七章 投 江

一

无论这一夜多么漫长，天，终于亮了。

太平军的重要将领得到通知，到古庙中参加军事会议，连曾仕和、黄再忠也带伤前来。

会议地址在庙中大殿。此刻，翼王与潘珏还在后殿里。

潘珏翻出一套簇新的绵甲，对着镜子，默然地穿着起来，石达开茫然不解地看着她。

马、刘二王娘勇冠三军，常常亲自带兵冲锋陷阵。因此，军中每有重要的会议，她们必然参加。潘珏却不然，她是一个温柔的妻子，以女性特有的细心无微不至地照料丈夫，不让他为家事和孩子操心。有时，她也协助草拟一些军中文书。

身在军伍中，自然不能不准备一套绵甲。但她上阵厮杀的机会是不多的，故绵甲仍然簇新。结好了最后一根丝绦，又扎好黄巾，她才离开镜子，一本正经地问道："翼王，如此装束，行么？"

石达开上下打量，好像第一次与她相识。她的面孔黄瘦，形容憔悴，但一股凛然之气闪烁眉宇。穿上戎装，越发显得妩媚中见俊俏，刚毅中见温柔，比她平日着红装、舒长袖之时，更加纤秾合度、仪态万方。

"好，有三分英雄气概。"石达开赞不绝口，虽然心中多少有些怅恻。

潘珏满意了。"有三分英雄气概"这句话，是她此刻所企望的最高褒奖了。丈夫是顶天立地的男儿，妻子也该有几分英雄气概，哪怕只有三分，她也满足了。她款款上前，执着丈夫的手，贴在脸儿上，撒娇地说：

“翼王，我跟随你七年了，还从未与诸将同堂议事。你常说，倩文姐姐是每次都参与军机的；马、刘二位姐姐也每战必俱。我今天要第一次，也是最后一次与众将军一起议事。”

听见“最后”二字，石达开倍觉感伤，负疚地说：“是呀！七年来，我却没有真正认识你。今天，在我心中，你就是倩文，倩文就是你，你俩已经浑然一体了。好，你今天第一次，也是最后一次与诸将一堂议事吧！”

潘珏笑了。笑容中既含着辛酸，又含着甜蜜。

当他们肩并肩步入大殿——会议厅时，全体将领一齐站了起来，与其说这是对翼王的礼仪，毋宁说是对潘王娘致敬。“松柏之贞，不称其方春之欣，而称其临霜之郁。”全体将领第一次发现她是一株在霜雪前更显葱郁的松柏。从前，会议上不见她出一谋，战场上不见她发一矢。误陷绝境后，她却以慈母般的爱，关心每一个兄弟、姐妹，维系着时刻都可能涣散的军心，她把自己分内的最后一口米饭喂了彩号，把儿子分内的最后一块马肉送给了老弱。

参加会议的十几员太平军的重要将领，几乎每人都挂了彩，满身血迹斑斑、伤痕累累，有的干脆让血肉模糊的伤口裸露着。没有谁的衣甲是整齐的。但他们的意志是坚强的，情绪是激昂的，神色是镇定的。一个个视死如归，随时准备以身殉国的精神，令人肃然起敬。他们知道这是一次不平常的会议。也许，翼王会号召他们做最后的拼搏，直到七千腔热血浸透沙场。没有谁胆怯，没有谁悲哀，对于一个军人，这样的归宿是光荣的，他们没有别的选择，因此，接到通知时，都用极短的时间，尽可能将他们砍缺了的武器磨得锋利些。

翼王和王娘就座后，他们也纷纷坐下。十余只手紧握兵器，十余双眼睛一眨不眨地盯着石达开，只要一声令下，他们便会奋袂而起！

翼王的表情异常严肃，他没有像往常那样做一番战斗动员，或者谈几句暖心的家常话。他下意识地用手指轻敲案头，似乎在思索最能充分表达他思想的最准确的语言。大家专注地等待着。

然而，大家等待到的，竟是这么一句出乎预料的话：“清军层层将我军围困，所求为何？”

“想消灭我们。”曾仕和回答。

“清妖想喝我们七千兄弟的热血。”韦普成不假思索地叫道。

黄再忠抚着美髯，一言不发，眉头轻轻皱起，似乎在揣度翼王的心思。

“是，也不是。”石达开说着，站了起来，“消灭天国，自然是清妖朝廷之愿，却不是骆秉章、刘蓉辈力所能及。骆、刘所求的，不过是石某的头颅。”

“翼王?!”所有的将领都瞪大了眼睛。

“妖军想生擒我，以邀不世之赏，为救诸君和七千兄弟，达开又何惜一死?”

就像拉满的弓突然断了弦，将领们拼死一搏的斗志一下子垮了。本来决心一死，现在，翼王却要让他们活下去，并且以他的牺牲作为代价！虽处绝境，仍要争取出路，但又不愿以翼王的生命为代价。于是，各种各样的侥幸心产生了。首先，心思灵活的宰辅曾仕和提出一策：“何不呈表假降，效明末十三家车厢峡诓陈奇瑜之故技①，一旦脱险，重树义旗。”

有不少将领附和这个意见，纷纷叫好。

黄再忠却泼出一瓢冷水：“此计万万不可行。骆、刘二妖头非陈奇瑜可比，我亦失十三家当时之势。若行此策，必然坑害七千兄弟。”

另一位额头被弹子击伤、仍流血水的周姓宰辅，又提了个建议：“清妖到处插免死旗，招诱我军投降。小将愿带三百兄弟到王松林营假降，翼王自率大军攻凉桥，里应外合，未必不能突破重围。”

也有人赞同。而黄再忠却劈头再浇冷水：“初被围之时，此计也许可行。现在晚了。那时候，两军实力相近、旗鼓相当，召我一卒降，减我一分力，也动摇不了我军心。如今，我军已处绝对劣势，长围以待我毙，乃清妖上策。故他们不再热心招降。何况，纵然清妖中计，我也无力突围了。”

① 明崇祯七年，高迎祥、李自成等部义军由河南、湖广进逼四川，被山西、陕西、河南、湖广、四川五省总督陈奇瑜困于车厢峡。李自成以计贿赂陈奇瑜左右，伪装请降，得以出险，复叛之，声势大震。陈因此被革职。

“黄中丞之意究竟如何？”另一将领问。

“不变初衷，战到最后一口气、最后一个人。”黄再忠一字一顿，铿锵有力。

“对，杀一个够本，杀两个赚一双，决不让他娘的清妖占便宜。”韦普成挥拳大叫。

各种侥幸的想法都被否定了。将领们的斗志重又鼓起，一致主张用尽最后的力量拼死一战。

部将们越是气涌如山、大义凛然，石达开越是自愧，越觉得有责任让他们活下去。他双手抱拳，对众将一一拱手，庄重地说：“达开未能与诸君共定巴蜀，反陷三军于绝境，无颜以对天国，无颜以对诸君。如今，唯有舍命保全三军，独自赴死以谢天下。”

“翼王，何须如此颓丧？”黄再忠说，“大丈夫一死重天下，高风亮节，与日月同辉，何必计较一时之成败利钝？七千兄弟必与小将同心协力，随翼王共赴沙场，死而不悔！”

“男儿断头等闲事。翼王赴难，我等岂能偷生？请翼王罢此念，亲执桴鼓，励志杀妖。不成功，便成仁，方不愧一世英名。”周宰辅激动地说。

“天国大业，万古流芳，乃吾辈所求。”石达开黯然改容，说，“然扪心自省，明知舍己能保全三军，敢避死以图侥幸？为求身后之名，令三军共死，又岂能自安？达开决心已下，望诸君谅之。诸君皆有王佐之才，惜未得其主，此番得了活命，或入川与义军会合，或返天京为天国尽忠，则达开虽死犹存矣！”

众将见他决心赴死，志不可夺，感动得唏嘘饮泣。

石达开似乎还想说些什么，卫士忽然来报：清军参将杨应刚、游击王松林携带粮草、铁锅等食物前来“犒师”，并迎翼王前往清营商谈。

事到临头，一直盘旋在潘珏心里的顾虑不能不吐了。她看着远远走来的清军马队说：“翼王，只怕骆秉章、刘蓉二人既得你，复又杀戮七千兄弟。”

黄再忠接着说：“翼王，清妖多诈，须多加提防啊！万不可以君子之心，度小人之腹。否则，无异于与虎谋皮。”

“这，我早已考虑周全了。”石达开提高嗓音说，“诸君，振作精神，让清使见识见识天国将士威武不屈的英雄气概。”说完，他以目暗示潘珏，一齐退到后殿更衣。

杨应刚、王松林小心翼翼地从站立营前的两排太平军战士中间穿过，进入大殿。无论他俩事前听说处于绝境的太平军“狼狈”到何等地步，但眼前所见的情形，比预想得严重十倍！他们不能相信，如此瘦弱的身躯，如此破烂的衣甲，如此残缺的兵器，若是官兵处于同样的情形下，早就溃不成军了。而这些“长毛”，却在前天给了他们那么沉重的打击，进行了那么顽强的抵抗。他们更没料到事到如今，太平军将领们还会如此高傲，如此睥睨一切！他们甚至觉得，不是石达开有求于他们，倒像是他们有求于他。

当翼王偕王娘进营时，已换上天国的朝服。头戴朝帽，上绣双龙单凤，扇形的帽檐两边各绣一蝶，内绣单凤、牡丹，身着一龙单凤黄袍。这套朝服朝帽，还是翼王在天京时制的，已经旧了。他走到座位前，傲然入座，严峻的目光隐含锋芒，不怒而威，有一种令人钦服的须眉气概。

在军伍中、官场上混了多年的杨应刚，一望而知翼王和他的部将们绝不是用威力可以压服的，必须改变来之前所考虑采用的方法和态度，才能将他“接”回清营。颇有些豪爽性格的王松林，却觉得尽管石达开已穷途末路，但仍具有王者之威，不由得肃然起敬。

杨应刚尽量做到不卑不亢，抱拳道：“石将军……”

刚叫得三字，便被韦普成喝断：“什么将军！参见翼王！”

这怒喝声像闷雷，震得古庙嗡嗡响。

“好一员虎将！”王松林在心里赞道。

杨应刚见石达开炯炯有神的眼光扫过来，不由得打了个寒噤。看来，连“不卑不亢”的态度也会激怒对方。他心想：大丈夫能屈能伸，只要能达到目的，不妨先退让一步。于是，他忍气吞声地跪下，行叩见礼：“参见翼王！”

石达开手一挥，命他和王松林站起。

“翼王英名满天下。十余年叱咤风云，所向无敌。”杨应刚字斟句酌地说："在下听说骆中堂曾赞翼王'英鸷绝伦，如凤麟之稀世一见'。刘藩台亦钦佩之至，恨不能一晤为快。今翼王虽处困境，乃天数使然，非战之罪也。"

黄再忠猝然一声冷笑："一派花言巧语！骆秉章、刘蓉之意究竟如何？快讲！"

"将军误会。小将所言，确是出自肺腑。"杨应刚对黄再忠一笑，又转向石达开，"藩台刘大人慕翼王英名，特派小将前来，请翼王至成都一晤，一则慰总督、藩台大人渴想，二则洽谈为贵军让路事宜。"

潘珏冷眼相看，揶揄道："如此说来，刘蓉倒是个思贤若渴、忠厚慈悲之人了。"

杨应刚听出潘氏的话外之音，忙辩解道："诚然，大清与天国你死我活，不共戴天；翼王与中堂、藩台各为其主，互为仇雠。但骆、刘二位大人久闻翼王有归隐林泉之意，愿尽力成全。只要翼王解甲归田，二位大人甘以头颅担保翼王安度晚年，绝不食言。"

石达开仰天发出一阵大笑："哈哈，骆秉章、刘蓉好大气魄，敢保我这'逆首'！"

杨应刚、王松林一时语塞，不知如何对答。曾仕和目视韦普成，普成会意，挽起袖子，劈胸揪住杨应刚，剑锋直指他的咽喉："骆秉章、刘蓉的诡计，如何瞒得住人！老子捅了你两头蠢驴，再与他二人决战！"

杨应刚挣扎不得，发誓道："上有天，下有地，小将但有半分欺诈翼王之处，死在万箭之下。"

这是一个骗局，彼此心中都十分明白。石达开之所以不点破，是想争取更实在的保证。杨应刚装腔作势，花言巧语，使王松林感到厌烦。双方交战之时，用诈和运谋不但是允许的、必要的，而且谁用得好、用得巧，谁就能取得胜利。现在，石达开表示愿意舍命保全三军，那么，堂堂正正放了七千太平军，再带走石达开就完了，何必说这么多言不由衷的废话？他毕竟少几年阅历，缺一番磨炼，直杠杠地说："翼王真想救三军，就随我们去吧！结果如何，自有骆中堂、刘藩台做主。若要杀我们，就痛快些。今日敢于来此，就是提着头来的。"

“这话痛快。”石达开正色说，“杨将军，你的誓言不值半分！本王十余年来，攻城不下百座，杀官何止万千？莫说区区骆秉章、刘蓉，就是曾国藩，也不敢说一个‘保’字。石某早将生死置之度外了，刀锯斧钺，甘愿受之，哪里还贪什么晚年，作什么林泉之思？一句话，骆、刘二人得我之头后，将如何发落我手下之七千兄弟？”

杨应刚连忙躬身答道：“只要翼王释了兵权，定让兄弟们解甲归农，绝不害一人之命。”

“有何保证？”石达开追问道。

杨应刚从韦普成手中挣出，指着门外：“为表诚意，小将随身带来粮草一百石，以解兄弟们眼下饥渴，路凭四千五百张，让兄弟们上路回乡。”

潘王娘言疾色厉地质问道：“七千兄弟，四千五百张路凭，够吗？”

杨应刚狡狯地一笑：“待翼王与二位大人谈妥之后，其余路凭随即补上。”

黄再忠说：“翼王乃三军之首，不宜驾临清营。本中丞愿随二位将军前往，与骆、刘二人洽谈让路事宜。如何？”

“这个——末将不敢做主。”

石达开站了起来，坦然地说：“没有本王之头，他二人怎好交差？二位将军，先将路凭呈上，本王即随你们上路。”

“这——”杨应刚犹豫了。他没吐出的话意是很明白的，遣散了四千余人，你不随我同去，我怎么办？王松林却感于翼王坦荡磊落，拍着胸脯说：“翼王本是刚烈君子，必不至于弄诈。杨参将，不妨先给路凭为据，末将愿从中作保。”

杨应刚交出路凭，与王松林退出大营，去做“迎”石达开赴成都的准备。

石达开从路凭中抽出两张揣在怀里，将其余的亲手分给众将：“各营叫伙夫立即造饭，然后将分得路凭的兄弟尽快遣散，彩号及女兵优先发给路凭。事不宜迟，大家快做准备吧！”

众将拿着路凭，含泪出门。黄再忠、韦普成和周宰辅却将路凭交给了副将，自己留了下来。曾仕和走到门口，犹豫片刻，又折回翼王身边。

石达开明白他们的意思，眨了眨微微润湿的眼睛："在这生死抉择之际，或持路凭求得生路，或随我去清营赴死，任凭诸君定夺。"

"愿随翼王赴难。"四人跪下齐声回答。

石达开轻轻叹了一口气，说："既如此，曾宰辅、黄中丞随我赴清营，周宰辅留下管带未得路凭的两千余兄弟。至于韦丞相——"他从怀里抽出那两张路凭，递到韦普成面前："你与杜鹃昨夜新婚，万没有就死之理。你俩远走高飞吧！否则，我对不起杜老伯啊！"

韦晋成推开石达开的手，伏地哀求道："不，翼王！我和杜鹃商量过啦，我们愿与翼王同生共死！"

石达开沉默许久，说："好，让我们一起为天国赴难。王娘，快做准备，送我上路吧！"

二

老鸦漩以西、大渡河以南的狭长地带，临时垒起数十座石灶。灶上支着杨应刚送来的大锅。半个多月以来粒米未沾唇的太平军兄弟们，正忙着熬稀饭。潮湿的劈柴很难引燃，浓烟从灶孔里冒出来，与锅里蒸腾的水气搅在一起，盘旋弥漫，缓缓升上天空，融入泼墨般的阴云，简直分不清哪是烟、哪是云了。

除了重伤不能动弹的彩号，所有的太平军战士都走出密林，来到河边旷地，疲乏不堪地躺着、坐着，互相依偎、搀扶，目不转睛地盯着那几十口热气腾腾的大锅。俗话说："千死敢当，一饥难忍。"这些身经百战的勇士，就像熬干了油的灯，生命的火花快熄灭了。

稀饭终于熟了，一阵阵粥香飘来，勾起了人们的食欲，倍觉辘辘饥肠、枵腹难熬！他们艰难地爬起来，团团围住石灶，枯瘦的手举着土钵、瓦罐，迫不及待地伸向伙夫。

这毕竟是一支有铁的纪律的队伍，没有翼王的号令，谁也不敢将勺子往锅里舀。

石达开与潘珏缓缓走来，曾仕和、黄再忠、韦普成、周宰辅和他们的夫人簇拥在左右。几名亲兵抱着定忠、定义、定信跟在最后。

数千双眼睛全都盯住石达开。

“跪下，向上帝祷告!”曾仕和大声命令。饭前向上帝祷告，这个仪式，从太平天国起义的第一天起，就明令要严格执行。

“不，免了。”石达开摇手制止大家下跪。在他的心中，本来就不相信天上确实存在一个无所不能、无所不知的“上帝”。十多年来，他认真执行天王规定的每一项宗教仪式，在他看来，这不过是一种习惯，或者是维系人心的一种手段而已。几千双期待的眼睛说明，兄弟们多么希望喝到一口甘露般的稀饭。

“开饭!”他命令。

伙夫将一勺勺稀饭舀进土钵、瓦罐里。先得到的，一边往外挤，一边呼噜噜吹着、喝着。后面的也尽力往前钻，想早些领到自己的一份。石达开没有整顿这乱糟糟的秩序，不知是欣慰还是辛酸地一笑，与众将来到一个专门为将领们准备的灶前。这里，除了一锅稀饭外，还有少许肉、鱼和一大坛酒。

石达开命亲兵将鱼、肉给重彩号送去，从伙夫手中接过勺子，亲自一碗碗盛满，双手捧到众将的手里。最后，他盛了两碗，一碗递给潘珏，自己端一碗，高高地举过头顶，向全体将士说：“喝吧！兄弟们，喝了好上路啊!”

“喝吧！翼王，保重身体啊!”七千兄弟也将碗、钵举在空中，激情地喊道。

“等一等，兄弟们!”黄再忠看着碗中粥，禁不住热泪滂沱。泪眼模糊中，他觉得碗中盛的不是雪白的稀饭，而是殷红的碧血……不是吗？这是翼王付出生命的代价换来的啊！一阵辛酸，他狠狠地将碗砸掉，哭喊道：“血！兄弟们，我们是在喝翼王的血啊!”

“是翼王的血，翼王的血!”韦普成猛地将碗抛进大渡河里，捂住脸，蹲在地上痛哭起来。

这喊声、哭声，使潘珏肝肠寸断。一阵头昏目眩，双手无力垂下，将粥倾了一地……

曾仕和额上绷着白布，血从布中渗出，凝成紫红色的血斑。他双手端着碗，一直痴立不动，自觉头昏欲吐，整个身子像散了架。这时，能喝一口粥，哪怕就一口，那该多好……但是，他克制了自己，举起碗来。

石达开连忙拦住："曾宰辅，喝吧！昨日负了重伤，流了那么多血……"

曾仕和向碗里看了一眼，苍白的脸上现出一丝苦笑，摇摇头，将土碗在身旁的一块石头上砸得粉碎。

七千兄弟都愣了，捧着土钵、瓦罐，忘了再喝，泪眼汪汪地看着翼王。今天上午，他们接到命令：吃饱饭后，连夜持路凭离开老鸦漩。谁都没有想到，他们获得的生路，却是翼王用自己的生命换来的。

一名战士终于省悟，悲愤地倾掉粥，大声高叫："宁愿饿死，也不食清妖之粥！"

"对，宁愿饿死，也不失太平军的骨气！"七千将士全都明白了，纷纷砸碗倾粥，掀锅拆灶。

七千兄弟情愿忍受饥饿，也不肯丧失天国的正气，这是何等凛然的风骨啊！石达开热泪盈眶，举在半空的碗掉了下来……

韦普成止住哭泣，站起来，推开身旁含泪抚慰他的妻子杜鹃，走到酒坛边，拔去塞子，抱起坛，将酒尽数倾光，然后将坛反扣在地上。刺鼻的酒味，四溢飘香。他皱皱眉头，拣来两根手腕粗的树枝，盘脚在坛边坐下，脱去上衣，露出赤裸的胸膛。

阴风悲旋，浓云压顶，涛声雷动，山林呜咽……几片败叶被大风卷起，在半空飘舞，时而升起，时而降落。有一片翩翩而下，沾在韦普成泪湿淋漓的浓髯上，犹自晃动不已。

几千双眼睛一直盯着韦普成。杜鹃深情地看了他一眼，解开肩头的红色斗篷，披在丈夫赤裸的身上。腥风卷着斗篷，呼啦啦响，就像一面战旗在飘扬。

韦普成猛地举起毛茸茸的双臂，以树枝代鼓槌，一边有节奏地捶击酒坛，一边放开暗哑的嗓子，引吭高歌：

风萧萧兮易水寒，

壮士一去兮不复还！

虽然数日来粒米未食，他的歌声仍然那么愤激洪亮。悲壮的歌声竟压过风啸、涛鸣，在群山河谷之间回荡……一曲未终，他自己已是泪流满面、悲恸欲绝了。

数千兄弟姐妹都被感动得珠滚泪流，七手八脚，纷纷把锅、钵、罐等翻过来，或以掌叩击，或用刀柄、矛杆代替鼓槌，面对苍天放声高歌：

风萧萧兮易水寒，

壮士一去兮不复还！

歌声犹如山崩地裂，霹雳惊雷一般。这时，一阵急促的马蹄声由西而来。接着，一声咴咴的马啸，掠过阴沉沉的天空，万山回应。石达开含泪抬起头，眼里陡然射出兴奋的光芒。玉狮的嘶鸣声，在他心里激起了强烈的眷念之情。

老马夫骑着玉狮疾驰来到达开面前，翻身下马，递上缰绳，颤抖地说："翼王，我将它送回来了。你，你不再宰它了吧？"

石达开动情地搂着玉狮的脖子，玉狮依恋地用腮贴着主人的脸，又尥蹄，又嘶叫，好像有说不出的情意。

"不，我不宰它了。"石达开喃喃地说，"可是，我也永远不能再骑它了……"

听了这话，老马夫一愣，立即转脸望着黄再忠，黄再忠哽咽地说："翼王为保全七千兄弟，就要亲赴妖营了。"

"翼王，你好糊涂啊！"老马夫跪下来，抱住石达开的脚，老泪纵横。

石达开从怀中摸出为普成夫妇留的路凭，取一张递给老马夫："大伯，你走吧。我一生功过是非，你就是见证人啊！走吧，带着玉狮一起动身……"

老马夫不接路凭，跪着转向潘珏："王娘，你不能让翼王到清营去啊！

清营是虎穴，是狼窝……”

七千兄弟一齐下跪，齐声恳求：“翼王，留下吧！天国可以没有我们，但不能没有你啊！”

“不。”石达开沉痛地说，“我有负于天国，有负于天王，有负于死难的兄弟，我无颜再见江东父老！为了天国大业，得到了路凭的弟兄，赶快走吧！寻死是无谓的啊……”

正说着，石达开见清将杨应刚、王松林带着一队人马，似乎还有轿子、马匹，从东南边凉桥方向远远而来。他便把下面的话咽下，将嘴一努，黄再忠、韦普成立即向他们迎去。

老马夫一阵痉挛，从翼王手中接过路凭，撕得粉碎。碎片纷纷扬扬，飘落在荒草里。不少将士决心与翼王同死，也将路凭撕碎，以表示义无反顾。

石达开噙着泪说：“天国需要你们，万不可跟我一错再错。弟兄们让路吧！我该去了，快让路吧！”

将士们匍匐在地，哭声震天。

潘珏这时反倒平静了，走在石达开前面，为他引路，劝开跪着的将士们，含泪说：“让翼王去吧！让他回到上帝身边去吧！清妖能杀翼王，灭不了天国浩然正气。快让路吧！我的兄弟，我的姐妹。”

跪着的男、女将士轻轻挪动身子，为他们让出一条路——一条通向死亡的路！

三

一切布置妥当，刘蓉像卸下了千钧重担，带着张遂谋，日夜兼程，马不停蹄地赶回成都，去与骆秉章商量善后事宜。临行，他命杨应刚、王松林火速将石达开弄到手，以免夜长梦多，发生意外。于是，二人急忙备了马匹、轿子，带了数十名清兵，前来“迎接”石达开。

刚接近太平军驻地，黄、韦二人便上前去，一左一右挟持着，不许他们上前。

“难道事情发生了变化?”杨应刚一惊，“二位将军，天色不早，请翼王动身吧！骆中堂、刘藩台正恭候翼王早日驾临哩。”

“少废话!”韦普成喝道，“翼王有公事，莫说骆秉章、刘蓉两个瘟官，便是你大清皇帝妖头，也得等着。”

杨应刚不敢再作声，只好命清兵停下等待。远远看见石达开与太平军将士告别的情景，心中百思不得其解：“石逆究竟用了些什么手段，能赢得部下如此爱戴?”王松林心里暗叹，将才！将才!

好容易等到石达开挥泪向将士们告别，从容而来，杨应刚连忙迎上：“翼王，时间不早了，请上轿。”面对比自己高出一个头的翼王，他感到自愧和卑微。

石达开矜持地挥了挥手：“去，那边候着，待我与王娘告别。”

杨、王二人诺诺连声，退到一边去。

石达开左手牵着定忠，右手抱起定义，潘珏抱着定信和一张七弦琴，并肩缓缓地登上岸边的小山。老马夫拉着玉狮，在小山下默立。

这座小山，高出水面十余丈，临江一边壁陡，背江一面较平缓。山顶平坦，可容百余人。

石达开将定忠、定义放下，从妻子手中接过定信，亲吻几下，举目远眺，四顾苍茫。潘珏置好古琴，从怀里掏出一柄小梳和一面小圆镜，精心地梳妆起来。

会议结束后，她便卸去绵甲，换了件茜红色长裙，裙上绣着鸿鹄戏莲图案，长裙里，罩一条果绿洒金裤。其风度格调，更觉妩媚娇艳。

她解开束发的红绸，一头漆黑油亮的长发披在肩上。她缓缓地梳着，将头发分成许多小束，然后一齐卷在头顶，结成个美丽的“怀人髻”，再插上簪钿。梳妆罢，她对镜子反复审视，觉得可以了，才将镜子放下，略带娇憨地问道：“翼王，我美吗?”

石达开将嘴靠在定信的脸蛋上，目光专注地看着妻子。半晌，方痴情地叹道：“此花只宜天上栽，岂向人间斗芳妍？夫人，七年来我竟没有留意到你惊人之美!”

女人是无不爱美的。女人的美，是为心爱的人而存在的。能得到心爱的人的欣赏和赞誉，对于女人们，是一种极大的安慰和享受。

潘珏满足地一笑，但满足中又饱含辛酸。

“以前，军务倥偬，百事纷纭，你为天国的大事劳心，哪有工夫留意女人的美色？如今，你为天国鞠躬尽瘁，就要回到上帝身边去了。在这最后的时刻，你可以问心无愧地尽情欣赏妻子的姿色。看吧，翼王，尽情地看吧。‘女为悦己者容’，我的心，只属于你一人；我的美，也只属于你一人。看吧，我就穿着这身衣服，留下这分容颜，在天堂等你……”

她的声音里，好像有泪涛在淙淙流淌。

五岁的石定忠还不懂得生离死别的绵绵长恨，更不懂得海枯石烂的切骨深情。听见“天堂”二字，连忙凑过来，挤在父母之间，用小手抚着达开的美髯，天真地问：“父王，上帝那儿好玩么？天堂里有没有小鸟？有没有鱼儿？有没有白生生的米饭？有没有香喷喷的马肉？”

每一个字都像一支利箭，每一个字都刺痛母亲的心。她猛地用手捂住了脸……

石达开紧紧搂着儿子，下意识地望着苍天：“上帝的天国里什么都有，也什么都没有。定忠，那是凡人的灵魂归依安息之所。”

“父王，你带我去，带我去！”

石达开心旌摇动，字字是泪：“是的，我会带你去，就要带你去的。”

定忠心满意足地走开，拉着定义去玩耍。潘珏倚在他肩头，抹去眼泪，含情脉脉地说：“翼王，剩给我们的时间已经不多了，你就要为天国尽忠，我也要为你尽节，在这诀别之时，我抚一曲为你送行吧！”

石达开点点头，靠近妻子，将定信放在膝上，面对奔涌不息的大渡河出神。

潘珏正身端坐，伸出素手，又怅然停下，叹道：“可惜没有一炷龙涎香，否则，在香烟缭绕中，我会重温起七年旧梦……”

她再也说不下去了，闭上眼睛，两手一抚，从弦上滚出悲凉的琴音……

暮云低垂，山风呜咽。天地相接之处，有一只孤傲的鹰在云海里奋飞……

急促、雄浑的旋律像起伏的波涛，声裂金石，情动鬼神。石达开的思绪，被琴声带回遥远的往事之中……

他记起了那个极其庄严的时刻：第一面“太平天国”的杏黄旗，在金田村犀牛岭上呼啦啦飘扬，他和天王、东王、西王、北王，还有南王冯云山坐在将台上，检阅两万多男女将士。他和天国的事业，从那一天开始。之后，数十万太平军在他的指挥下，从武汉东下，舳舻千里，旌旗蔽空，连克名城重镇，直捣虎踞龙盘的南京城，建立起强大鼎盛的太平天国。

他记起了那个令人振奋的时刻：在湖口，面对数倍于己的清军，他多方设计麻痹敌人，然后，肢解湘军水师，并在一天夜里，与豫王胡以晃和罗大纲等率部乘轻舟冲入湘军水营，焚烧敌舰，俘曾国藩的座船，迫使他投水寻死，获得了空前的大捷……

这些美好的记忆是令人振奋的，他曾经有过一段可以彪炳史册的丰功伟绩。但一切都过去了。雄姿英发，指挥百万雄师，气吞山河的英雄气概，被后来许许多多的过失抵消了。他深切地体会到，自己的成功失败，是与天国的命运紧紧联系在一起的，两者的分合，是天国兴衰的关键，也是自己失败的根本原因。他终于明白了，天国少不了他，他也离不开天国。

两滴莹莹悲泪从潘珏眼里流出来，顺颊滴在琴弦上。她惨然叹口气，十只灵巧的手指，在弦上轻抚慢揉，旋律像幽谷中的清泉，深沉、哀婉。她心里纷乱如麻，竟不自觉地遥想起渺茫的幽冥来：在那一个即将去的世界，是否与尘世一样有风雨晴晦？是否一样有离合悲欢？她凝视着丈夫，痴情地唱：

此去黄泉如归航，

云渺渺，路茫茫。

万般相思为君狂。

风寒东墙，
月冷西厢，
衾单念石郎。

歌声轻柔得像一缕游丝，似有若无，袅袅不绝，寄托着这位多才少妇的如海深情。它像洪涛巨浪一般冲击着石达开的心，使他心旌动摇、五内俱焚！

啊！业坠家毁，妻逝子灭，身首相离……人世间的一切苦难和不幸，都降于他的一身。他虽有钢筋铁骨、丈夫气概，此时也不能不涕膺汗背、肝裂肠断，而最使他疾首痛心的，却是毁十年之功于一旦的遗恨！

石达开仰天发出一声鹰鸣似的长啸……

也许歌声太低沉，太感伤了，潘珏被丈夫不屈的啸声感动，头一扬，远眺天际，慷慨悲歌：

莫将成败论兴亡，
山自青，流自长。
是非付与渔樵唱。
弦歌易水，
骚赋汨江，
纵死侠骨香！

石达开一边点头，一边深情地望着妻子。自古生离死别最断人肝肠，但一个年轻女子，在死神面前却唱出了如此豁达、如此高亢的歌！他抚着妻子的背脊，赞叹道："夫人，'纵死侠骨香'，只有你才当之无愧啊！"

潘珏凄怆地一笑，眼睛盯着浊浪滔天的大渡河，继续唱道：

江南一枕旧梦长，
杏初开，菊又黄。
天若有情须断肠。

愧含西蜀，

恨遗泷江。

一死报天王。

歌声琴韵中，夕阳从乌云缝中钻出，洒下万道金光。山崖变得殷红，河水变得殷红，阴云变得殷红，绿树变得殷红。达开、潘珏也仿佛融入了这无垠的红色之中……

孩子们不知死之将至，也不理解父母的心，仍以他们天真无邪的童心，探索尘寰的乐趣，定忠从蛛网上救下一只斑斓的蝴蝶，又将布下罗网的蜘蛛弄死；定义拱起屁股专心致志地玩着蚂蚁；定信大约因为喝了几口粥，在父亲怀里绽开了迷人的笑脸……

当最后一缕琴韵消失在林际树梢，天地仿佛突然寂静了。石达开与潘珏紧紧地依偎着，极目天宇，他们于无声中达到了心灵的默契。

天际隐隐滚过一声轻雷，乌云四合，重新将夕阳锁住，暮色更浓了。

潘珏像从长长的梦中苏醒，站起来，面对一天阴霾，低声说："我该去了，你也该去了。"

"是的。你该去了，我也该去了。"石达开也站了起来，平静地重复妻子的话。

潘珏整整被风吹乱的鬓发，戴好簪钿头饰，又用手抚平衣裙上的每一条皱纹。

"别了，翼王！"她无限依恋地说。她遥望东方，与生她养她的故乡、与日思夜念的天国告别："别了，天王！别了，天国！别了，故乡的家园！"最后，又转身对小山下的七千将士点头轻呼："别了，我的兄弟！别了，我的姐妹！"

老马夫在小山下早已泣不成声。这时，他明白那个感天动地的时刻已到，牵着玉狮，吃力地登上山顶，把缰绳递给潘珏，语调坚定地说："王娘，它是千里马啊，跟随翼王十余载，你就骑着它上路吧！"

潘珏点点头，纵身跨上马背，从丈夫手中接过定义、定信，紧紧搂在胸前，不住地亲吻。石达开抱起定忠，含泪放在马屁股上。

七千将士的心，紧张得都要跳出了胸膛。

“王娘！”韦普成突然发出一声撕心裂肺的吼叫，向小山顶奔去。

“王娘！”一向稳重的黄再忠再也沉不住气了，向江边疾奔。

“王娘！王娘！”数千将士从悲痛中惊醒，呼唤着向她奔去。

“王娘！王娘！”悲惨的呼唤声在千山万壑间回荡，比拍岸的惊涛、震耳的雷鸣更响亮！

一股股冷汗从杨应刚的背心往下流，他不理解，一个“女贼”为什么会有如此的胆气？为什么这样视死如归？王松林沉重地低下头，向她致以军人的敬意。

石达开对天空的那只孤鹰看了一眼，慢慢举起鞭，闭上眼睛，咬紧嘴唇，心一横，向玉狮抽去。玉狮奋起鬣毛，一声长啸，腾空而起，冲向河心。当玉狮刚起蹄时，潘珏轻轻地一掀，定忠跌落地上，大声痛哭。

石达开明白：她要留下刘王娘的儿子。她不愿刘嫚有失子的哀痛……

石达开将定忠抱起，举在半空中，想要掷下河去，可双手不停地抖着。他毕竟是慈父啊！

“翼王！”老马夫扑地跪倒，膝行上前，抱住石达开的双腿，放声大哭。

“苍天呀，苍天！”石达开仰天长啸，两臂无力地滑下……他将定忠贴在胸前，两眼在汹涌澎湃的波涛中搜寻，他要最后看一眼爱子娇妻……

大渡河波涛滚滚，流向远方。水面，除了一缕白色的鬣毛外，再也看不见娇妻爱子的身影……

韦普成先奔到翼王身边，曾仕和、黄再忠、周宰辅和许多将士也先后登上小山顶。其余将士挤在岸边，向潘王娘默哀。

“让一让，请让一让！”杜鹃一边喊，一边大步登上山顶。黄再忠的妻子宁氏、曾仕和的妻子燕氏，跟在她的身后。将士们为她们让开一条路。登上山顶，她们无语跪下，庄严地向奔涌不息的大渡河水拜了三拜。

杜鹃脉脉含情地走到丈夫身边，掏出一把小小的角梳，仔细梳着他被泪水沾湿了的蓬乱的胡须。没有惨愁的道别，没有缠绵的情话，她只有新婚离别，人天永隔的幽怨和遗恨。

韦普成端详着她，安慰道："你要保重啊！杜鹃。来日方长，好好替自己安排吧。上帝啊，上帝！为什么我们的姻缘来得这么晚？为什么不让我们早日相逢？"

"不晚，不能算晚。普成，我不是做了你的妻子了吗？"杜鹃虽然镇静，话语却哽咽了。"一夜夫妻，名分已定，我已知足了。君为国义，我为君贞。普成，我要先你一步去了。你跟着翼王，不能丝毫大意，生与之共生，死与之共亡，留一腔正气在天地之间……"

韦普成郑重地点头说："只要一息尚存，绝不离翼王一步。去吧，杜鹃，我的好妻子，你放心去吧！九泉之下等着我。"

杜鹃破颜一笑，转身向翼王拜别，庄重地走到岸边，对河水喊道："潘王娘啊，小妹跟你来了！"

一个旋涡，吞噬了她美丽的容颜……

宁氏为黄再忠补好衣衫上的最后一个破洞，燕氏为曾仕和包扎好身上的创伤，然后，别过翼王、丈夫，手拉手跃入波涛之中。

刹那间，天昏地暗，风惨云愁，寒鸦哀啼，哭声震野。数百名宁死不屈的兄弟姐妹，高呼着："宁愿葬身大河，不愿忍辱偷生。王娘，等着我们吧！"毫不犹豫地跳进湍急的激流。

老马夫愤然向天呼号："上帝啊，上帝！看见了吗？我们在受怎么样的煎熬啊！你为什么不开口？为什么不说话呀！"

黄再忠一把将纵身往河里跳的老马夫拉住："大伯，你不能死。我与仕和、普成都将随翼王为天国赴难，谁来收翼王的忠骨？"

老马夫收住脚，呜咽道："好，我不死。王娘，待我埋葬了翼王的忠骨，再追随你们于九泉之下。就是在阴曹地府里，我也要喂好玉狮。"

面对这感天动地的悲壮情景，石达开没有流泪，他的泪已流干了。他排开人群，来到方才妻子抚琴之处，坐下来，对着琴出神。猛然，他想起昨夜老艺人唱的那首歌。歌中每一个字、每一句词，都像一架衡量功过是非的天平，锱铢无误，分毫不差。他在这天平上，估量出自己山一样重、海一样深的错误。那首歌，有痛心的惋惜，有委婉的责备。可此刻，竟如利剑一般直刺他的灵魂深处。他身不由己地一阵阵战栗。他一挥手，疾雨惊雷般的旋律从弦上迸出，冲入云霄，地陷天崩：

叶落枝，雁离群，
千秋大错铁铸成。
大渡碧血蜀山恨，
万叠惊涛葬英魂。

他借这首歌无情地鞭笞着自己，也在为自己唱挽歌。

歌毕，他举琴掷下激流中，抱起定忠，毅然大踏步走下小山。

谁也没有注意到，阿沙正坐在邻近的一座小山上，看着这惊心动魄的一幕悲剧。王培淦老汉被杀，他一怒之下带着同胞们叛离翼王，而他们的家园，已在清兵坚壁清野时被焚，无家可归了。他们怀着双重的仇恨，隐蔽在丛林里，利用一切有利时机，袭击清军或太平军。此刻，他被太平军视死如归、气壮山河的精神感动，终于省悟：翼王杀王培淦大爷，不过是一时的误会，中了清军的离间计。而自己的所作所为，却给太平军造成很大的损失，事实上成了清军和土司的帮凶。后悔已来不及了，他痛苦地揪着自己的头发，独自跪下，遥望着向翼王忏悔。

当他看见翼王镇静、无畏地向清军走去时，再也控制不住心中的悲痛，打了个呼哨，带领隐蔽在树林中的几十名男女彝民，飞也似的奔下山来。

看见阿沙，黄再忠、韦普成本能地拔出刀。石达开喝住他们，向彝民们迎上去。

奔到石达开面前，男女彝民丢了兵器，一个个环绕着他跪下。阿沙泪流满面，伤心地哭道："翼王，我们对不起你。"

"不，我对不起彝家，对不起王培淦大爷。"石达开将他扶起，情深意长地说，"回去吧，阿沙。这血的教训，要永远记住啊！"

杨应刚、王松林被一连串惊心动魄的壮举，吓得肝胆俱裂、呆若木鸡。当石达开抱着儿子，一步步昂首挺胸而来，王松林惶惑地低下头。杨应刚心虚胆怯地迎上去一揖："翼王！"

石达开高傲地扬起头，大笑道："杨将军，带路！我恭贺你，你为主子立了大功，可以用我的头，换取高官厚禄了。"

杨应刚不敢正视翼王炯炯有神的目光，指着空轿连连弯腰，嗫嚅地说："请，翼王！请上大轿。"

石达开抱着定忠，从容地上轿。王松林悄悄地揉了揉湿润的眼睛，叫道："起轿！"

"慢！"石达开在轿里威严地命令，"韦丞相，撑起黄盖！"

"翼王，这……这恐怕有些不妥吧！"杨应刚迟疑不决地劝阻道。

韦普成不由分说，撑起了翼王的黄盖，大声命令："起轿！"

八名清军抬起轿子，曾仕和、黄再忠骑上马，一左一右，不离寸步。韦普成尽力将黄盖举得高些，更高些。

杨应刚、王松林抹去额上的冷汗，狼狈地骑着马，跟在后面。

石达开听见身后阵阵呜咽，他撩起轿帘向后张望，只见数千人匍匐在地，黑压压一片。千万双泪光闪烁的眼睛，像碧海的波光，像蓝天的繁星……

他默默地向他们点头致意，缓缓地放下帘子。一首悲壮的歌伴随着他：

风萧萧兮易水寒，
壮士一去兮不复还！

第八章　断　琴

一

夜色浓黯，山道崎岖。石达开等一行人到达凉桥清军大营时，已交亥时了。距凉桥二里许，越巂同知周歧源亲率王应元、岭承恩及十余名清将，秉烛恭迎于道旁。

大轿停下来，杨应刚下马到轿前恭候："请翼王下轿。"

王松林连忙揭开轿帘，扶翼王出轿，石达开对"迎候"道旁的人群看了一眼，冷冷地问："藩台刘大人呢？快请来相见。"

"刘大人已回成都，与骆中堂会商迎接翼王事宜，命下官代尽地主之谊。"周歧源字斟句酌地说，笑吟吟地搀着石达开的手，说了声："请，翼王！"慢步走过凉桥。

从他的话中，石达开明白了：他将被送往成都受审，也许，就在那里就义。他没有丝毫悔意，只担心尚未离开绝境的两千余兄弟，是否能平安脱险？

他同周歧源默默无语地一起来到凉桥清营。

军营里收拾得很整洁，茶几上茶壶、茶盏俱全，茶几四周木凳整齐地排列着。靠墙壁铺着四张木床，垫褥洁白，清清爽爽。三支手臂粗的大烛，照得营帐通明。

周歧源命营里的几名兵弁一齐退出。杨应刚等均在门前止步。

"请坐，翼王，三位将军。"周歧源笑容可掬地挥挥手，"不必客气，请用茶。"

石达开等相视一笑，坐下品茶，等待下面的好戏。周歧源方才坐下，就向营外呼喊："来人！"

四名理发匠带着剃刀，应声而入，整齐地在石达开面前跪下说："请翼王及诸位将军剃发。"

石达开侃然答道："肌肤须发受之父母，华夏本色，岂可轻易剪掉？"

理发匠悄然退出。周岐源摇头苦笑，又叫："来人！"

四名兵弁捧着满族衣冠进营，跪道："请翼王及诸位将军更衣。"

石达开忍不住仰天大笑："发既不剃，岂能更衣？汉家威仪，早已沦丧，达开不畏断头颅洒热血，正欲还我华装。还不退下！"

兵弁退下，周岐源满面通红。刘蓉临去时交代他：一定要劝石达开投降。剃发更衣，不过是对翼王的一次试探。试探失败了，他不甘心，装出一副宽宏大量的模样，把身子靠近石达开，说："下官有一句忠言，未知翼王肯纳否？"

"既是'忠言'，请教。"

"金陵局势，料翼王早已得知。"周岐源抖抖马蹄袖，抚着辫子，故弄玄虚地绕着圈子，"安庆为曾大帅攻破，陈玉成被擒斩首；金陵被围将近一年，指日可破；苏、浙、皖、赣诸省名城重镇，相继攻克。天国大势，如江河日下，风烛瓦霜。翼王之才，千古卓绝，想必知大厦将颓，非一木可支，国之将亡，非一人可挽。常言道：'识时务者为俊杰。'大丈夫当能审时度势，应顺潮流，不可逆天而动，遗憾千载。忠奸成败，只在一念之差，还望翼王三思。"

这番劝降的话说得相当委婉，石达开抚髯一笑："以成败论英雄，向为智者所不取。至于忠与奸，确乎只在一念之差。洪承畴、吴三桂之流，与史可法、郑成功、张煌言等人孰忠孰奸，贩夫牧子亦能辨识，何况司马乎？达开乃炎黄子孙，一生以民族大义为重。头可以断，气节不能屈。痴骙冥顽，自愧不如衮衮诸公识时务，为富贵二字，脱汉冠，着满服，剃须发，留长辫，尊满人为君父，遇鞑靼叩响头。皎皎此心，可以质天日，对祖宗。富贵如浮云，青绮如敝屣，非达开所求也。"

每一个字，都像一根刺，使周岐源无言可对。虽然爱新觉罗氏入主中华已两百年，民族意识淡漠了，但他也读过《扬州十日》、《嘉定三屠》这些记载着民族耻辱的手稿、刊本，何尝不知道清王朝的残暴统治？他再无颜振振有词地摇唇鼓舌，起身道："翼王心志高洁，令人敬佩。日后之事，好自抉择吧！"

杨应刚、王松林候在营前，翼王大义凛然的话，他们句句听得真切。久居官场的杨应刚虽然不无感动，但一心想的是个人的荣禄，盘算如何争取押解石达开到成都去的美差，以得到更多的奖赏。而王松林却感到翼王身上，有一股巨大的不可抗拒的感召力，震撼着他的心。

"贼"、"匪"，从坐在金銮宝殿上的皇上，到王松林的顶头上司杨应刚，无一不以这些污秽的字眼，加在石达开的头上。从前，王松林不理解他们，认为不过是打家劫舍的蟊贼草寇。这几天，他才算真正地认识他们。如果说，近一月来的大战，使他不能不佩服他们坚韧不拔、不屈不挠的精神。那么，从谈判桌上，翼王和他的部将所表现的凛然正气，以及从潘王娘携子投江所表现出的视死如归，像雷霆般震撼他的心灵。他低下头，心中甚至产生了一种犯罪感。明明要诱擒翼王，却诓骗说请他"洽谈让路事宜"。而自己，竟充当了不光彩的角色。最使他感动不已的，是翼王也明知是骗局，却为了保全三军，甘愿从容赴难！普天下的贼匪哪有如此光明磊落的呢?!

见周歧源准备离去，石达开叫住他："且慢。请周司马遵约行事，立即将两千五百张路凭送去，让兄弟们上路。"

"这……"周歧源沉吟半晌，说，"路凭须盖藩台大人关防大印，方可生效。下官立即遣使飞驰成都，请刘大人赶回办理。"

骗局！光天化日下的又一个骗局。

石达开以冷笑来表示他的愤怒和谴责。显然，对他们的欺骗已有所警觉。

王松林心中暗想：如果命令他押解石达开到成都的话，宁可丢了前程，也要放翼王远走高飞。可是，结果却使他失望。

周歧源说道："请翼王及诸位将军早些安歇。明日清早，即让杨应刚将军护送诸君上路，赶赴成都。至于贵军未及遣散的两千兄弟，由王松林将军代为照料。"

话音未落，忽然一阵炮响。一位幕僚惊惶失色地奔来，将周岐源请出营，低声说："唐总镇闻知司马及杨、王二将军已将石逆弄到手，甚不服气，陈兵江北，以大炮威胁，并遣使来传话，说击溃发匪，擒得石逆，是他们立的大功，要求交出石逆，由他亲自押解成都。唐总镇横蛮，气势汹汹，请司马定夺。"

听说唐友耕前来争功，周岐源先是一怒，继而想道：唐友耕兵力很强，又得骆、刘等宠信，难与争锋。正在左右为难时，另一幕友又来禀报，杨应刚听唐友耕要贪功自居，愤怒之下，已率部至江边，欲与唐交手。双方剑拔弩张，一触即发。周岐源再不敢怠慢，匆匆而去，为唐、杨二人调停。

为了争功，竟闹出这样的丑剧。王松林既愤慨，又灰心。他不愿卷入这一场卑劣的斗争，立即率部到老鸦漩以西，准备将太平军余部收编到自己部下。

近两日发生在大渡河南岸的一连串事情，唐友耕未知其详，对"招降"事宜，更一无所知。连日大胜，使他有些飘飘然，估计太平军无力再战，便邀了蔡步钟在绵巴湾大营前畅饮。

大渡河北的陡岸上，清兵们一团团、一簇簇地围着酒筵，划拳猜枚、豪呼狂饮。每一桌上，都有几名被胁迫来的农妇村姑含泪斟酒，忍辱唱曲。在一块较平坦的地方，摆着张柏木八仙桌，唐友耕、蔡步钟和几名副将、幕僚，一边拥妓酣饮，一边监视南岸的太平军。

唐友耕本是混入蓝大顺义军的游匪，虽已早降清军，绿林习性尚未尽除，全无官场规矩。因为酒力发作，他感到全身燥热，毫无顾忌地敞开衣襟，袒胸露怀。他的胸膛到处是褐色疤痕，记录着他经历的无数次恶战。

一名初次侍候他的妓女，咂咂舌头，轻声惊叫起来。他并没有生气，反而大笑，将她一把搂住，按在膝头上坐下，指着胸脯说："小婊子，乖乖，吓着了吧。老子这总兵官，是热血换来的。一块疤一品官，值得么？"他作战亡命，奋不顾身，这是谁都知道的，他以浑身的伤疤自荣。

"瞧，"他将搂着脖子的妓女微微推开些，指着左胸的一块疤痕，如数家珍似的说，“他娘的，前年在竹洞水与石逆大战，不留神，让龟儿子韦普成捅了个窟窿。不过，老子姓唐的可不是尿包，带伤再战，反败为胜!”

蔡步钟知道，这绝不是吹牛，正因为这一矛，他才从参将提升为副将。战场上，是常常以敌人头颅、身上创伤的多寡衡量荣誉、官衔的。他也搂了个妓女，对唐友耕点了点头。

对岸炊烟升腾，唐友耕并没介意。断了他们的粮食，可绝不了树皮草根。人就是要吃东西，还能阻碍他们喝野菜汤么？他兴致勃勃地将妓女换在右膝上，让右肩的枪伤露出，继续说：“横江大战，打得更凶。发逆主力撤走，留下百十人做掩护。老子正向前冲着，砰一枪，看，正中这儿。他娘的，老子会服这个输？又冲了几步——”

说到这里，他猛地将妓女推下去，唰一下拉下裤子，站起来，指着小肚皮上一大块伤疤说：“这一枪更厉害，肠子流出一大堆。老子把肠子塞回肚里，一手捂着，一手挥刀，吓得他妈的‘长毛’嗷嗷叫，终于打下了横江。”他慢慢将裤子拉上，坐下说：“老子福大命大，老命没有丢，倒捞了个总兵衔。”

这动作实在有伤大雅，连司空见惯的妓女们也羞得低下头，捂着嘴笑。

“笑个×!”骂了一声，他自己也忍不住大笑起来，重新将那妓女抱在身上，正想说几句挑逗的话儿，忽然，远远看见石达开和潘王娘登上对河的山丘上。潘珏亭亭玉立的风姿吸引着他，一腔春意，从妓女转到她身上。

“老蔡，”他眉飞色舞地说，“总兵再晋升就是提督了。提督的高位，有胡中和占着，没老子的份。擒了石达开，论功行赏，该老子居头功，大不了赏一个‘记名提督’，有名无实。买个实缺吧，花钱且不论，少说也得等他娘的十年八年。带兵武将，谁能断定阎王爷何时要命，倒不如图个眼前痛快。听说石逆几个老婆，美似天仙，老子不图封赏，只要这几个尤物，轮番儿搂着睡觉，死也瞑目啦。”

蔡步钟也有一肚子牢骚，若论这次大战，唐友耕和他功劳最大，但只因隔着一水，擒石受降，都让对河的周歧源、杨应刚捷足先登了。他阴沉地说："总镇大人，石逆的几个妻妾，纵有西施、王嫱之美，也怕轮不到你消受。周、杨之辈近水楼台，如此美色，岂能不动心？还是老老实实自认霉气吧！"

"啪"的一声响，柏木桌上的碗碟全都跳了起来。唐友耕大声嚷道："×！龟儿子们享不了这艳福！老子今夜渡过河，连石达开和他的老婆一并擒来，看谁有本事从老子怀里抢得美人去。"

"长毛"中女兵多得是，谁不想占点便宜？几名副将都大声叫好，支持这一行动。

唐友耕平静下来，又去窥视潘珏的英姿。潘珏正与石达开相依相偎，那情意叫人羡煞。接着，他看见潘珏在抚琴，好像还在唱着歌儿。唱的什么，因河水喧嚣听不见，他估计，一定是唱的情歌。他心中一动，在身边妓女脸上吻了两下，叫骂道："娘的！重围之中，他会唱歌作乐，老子就不该？小婊子，乖乖，来一首过瘾的。"

那妓女正因唐友耕夸赞石达开的妻子，感到不快，听得这一声，忙叫另外两名妓女弹琴、吹箫，自个儿忸怩作态地唱起来：

冷冷清清人寂静，
斜把鲛绡凭。
和泪听，
蓦听得门外地皮儿鸣，
则道是多情，
却原来翠竹把纱窗映。

这曲儿倒不算俗气，蔡步钟和乐轻拍，不住点头。唐友耕则兴味索然，心不在焉。

那妓女又唱道：

戴月披星担惊怕，
久立纱窗下。
等候他，

蓦听得门外地皮儿踏。
则道是冤家，
原来风动荼蘼架……

唐友耕突然看见潘珏抱着儿子跨上白马，吃了一惊，连忙喝住妓女，紧盯南岸。当白马驮着潘珏母子跃入滔天浊浪的那一瞬间，他竟失声惊叫：“哎呀！绝代佳人。可惜，可惜！”

接着，杜鹃及许多“长毛”纷纷投入江里，使他目瞪口呆。许久，回过神来，才明白了这惊天动地的悲剧后面，暗示着事态已发展到什么程度。在最后的关头，他不能容忍周、杨二人攫取头功。

兴奋和愤怒使他完全丧失了镇静，呼地掀翻柏木桌，顿足命令：“传我将令，全军立即罢宴。多备火枪、子弹，今夜南渡大渡河全歼发逆！”

副将们唯唯听令。一位幕友指着对岸说：“总镇大人，动手已经太晚了。”

他扭过头，只见杨应刚、王松林已将石达开“请”入大轿内，向凉桥大营缓缓而去。

“大人，这集合人马……？”

他暴跳如雷地将那副将推了一把：“老子的命令，是泼出去的水，能朝令夕改么？全军集合，立即渡过大渡河！如杨应刚不交出石达开，连他的老营一起端掉！”

蔡步钟阴沉地说：“百事忍为高。万一……”

“天塌下来，老子伸肩头扛着！”他愤怒地瞪了蔡步钟一眼，大步走回营去，对跟在身后的亲兵叫道，“快备刀甲！”

全军做好战斗准备，集合待命时，天早黑了。一时间找不到大船，几只小船一下水，又被冲走。折腾了许久，仍无法渡过河去。唐友耕咬牙切齿地命令：“过不去，轰！大炮、火枪，给我照着凉桥营寨打！打得准的，老子重重有赏。”

刚打几枪，江心一艘大船徐徐驶来，发出停止炮击的信号。大船靠岸后，唐友耕抢上前，对船上走下的一位清军都司问道：“石达开可在船上?”

“没有。”都司恭谨地回答,“船上是藩台大人发给路凭遣散的降匪,共二百余人。”

“石达开呢?”

“在凉桥东边洗马姑大营。”

唐友耕嘿嘿一声冷笑,举刀将都司劈了,又命将士将船上的人,连太平军和清兵一齐杀尽。然后,带兵登上大船,向南岸驶去。

当周岐源赶到河边时,唐友耕、杨应刚怒目而视,正要演一出全武行。看见周岐源,唐友耕丢下杨应刚,一步抢上,劈胸揪住他的衣襟,咬得牙齿咯咯响:“老子卖命,你坐收渔人之利。姓周的,交出石达开,万事俱休。否则,老子荡平营寨,杀掉他父子,大家担罪过。”

真是秀才遇到兵,有理讲不清。何况,唐友耕跋扈骄横,说得出口,做得出手。骆中堂、刘藩台再三严令,一定要生擒石达开,真杀了,自己也难逃脱罪责。犹豫片刻,周岐源叹道:“罢。这一功,就让给总镇大人吧!”

唐友耕在他肩上一拍,笑道:“够朋友!司马盛情,老唐心领了。”

二

夜深了。成都总督衙门的签押房里,骆秉章仍无睡意,在烛光下,伏案披览新送来的各种塘报、文书,时而皱眉蹙额,时而又露喜色。门前的卫士见他全神贯注的姿态,虽然很疲乏,仍笔直地站着,不敢动一动,也不敢说话。对于下人,总督大人一向是十分严厉的。

骆秉章,原名俊,以字行,改字吁门,广东花县人,与天王洪秀全同乡。今年六十一岁,须发斑白,矮小强悍,精力旺盛,行动敏捷,办事果断。

相传骆秉章曾与洪秀全是同窗之友。一天,二人促膝谈心,各谈自己日后志向。洪秀全说:“他日当学梁山泊英雄造反。”

他自负地说："你造反，吾必平之。"

洪秀全轻蔑地一笑："凭你之才，也能平我乎？"

他自知才干不如洪，想了想，说："吾之才干实不如你，但当荐能者讨伐之。"

骆秉章虽非湖南人，却是湘军中的重要人物。可以说，湘军能够兴起、壮大，与他有密切关系。在当时的督、抚一级的官吏中，他是一个难得的人才。曾国藩、左宗棠没有他，如缺臂膊，难以立功。他以湖南巡抚的地位，发觉湘省"精兵遍于乡野，良将布于闾阎"，访能求贤，长驾远驭，驱策尽用，不掣其肘，不掩其长，终使曾、左二人成名，自己的威望也与日俱增。慈禧太后在石达开西征之时，将他调任四川总督，是寄予很大希望的。他也深感"皇恩浩荡"，于是，宵衣旰食以图"绥靖严疆，肃清蜀境"。

他是一个很有心计的人，在奉调入川时，为了鼓民气、壮军心，先遣人到成都、重庆等名城重镇，传播这首童谣。不久，全省均唱：

若要川民乐，
除非马生角。

上任后，他凭借长江天险阻翼王入川，集中大部兵力将李永和、蓝大顺义军扑灭。然后，全力对付太平军。同时，又派人四处解释这首童谣："角"与"各"谐音，马生各，正是"骆"字。是天意叫他"威镇四川"的。全省官绅豪户，提到骆秉章，无不肃然起敬，竭尽人力物力，毫无保留地资助骆秉章与石达开作战。他的名声，几乎与曾国藩不相上下，曾赢得"东曾西骆"之誉。

四川是一个大省，每天收到的文书、塘报多如雪片。平日处理文案，均由刘蓉经手。刘蓉到前线去后，他事无巨细，均提出处理意见，方让他人执行。在吏治腐败的情况下，能事必躬亲，倒是很难得的。

在湖南巡抚任上，军政要务，自有左宗棠。他遇事唯唯诺诺，不置可否，心里却十分明白。当时，他是右副都御史，左右戏称左宗棠是"左都御史”，暗喻左的权力比他更大，他听后一笑了之。对于真正有才的人，他是敢于放手让他们发挥才干的。

在所有文书、塘报中，他最关心的，当然是宁远府大渡河畔来的消息。他的每一根神经都被石达开部太平军所牵动。

石达开是这样一个难以对付的对手，在当时清军统帅的心目中，无不谈虎色变。曾国藩曾说：“石逆狡悍为诸贼之冠。”左宗棠也说：“石逆狡悍著闻，素得群贼之心，其才智出诸贼之上。而观其所为，颇以结人心、求人才为急，不甚附会邪教俚说，是贼之宗主，而我之畏忌也。”

幕僚们很能理解他，每一次都将大渡河畔来的塘报、文书，放在最上面。他顺手将一份塘报取来，一眼就看出，这是刘蓉的机要幕僚黄彭年的手笔。他的心颤动了一下，迫不及待地读下去。这封禀书说，石达开屡渡不得，弹尽粮绝，指日可擒。目前正设法招降，以免石逆寻绝路或战死沙场，云云。

他连读了两遍，犹恐有误，又仔细地读了一遍。不错，白纸黑字写着，石达开就要成为阶下囚。高兴之余，他不能不有所怀疑。曾令曾国藩、左宗棠畏惧的石达开，怎么会如此轻易地败在自己和刘蓉手中？成功来得太容易，虽然有河伯显灵，土司助力，张遂谋献策，毕竟太突然了。

他开始在字里行间推敲起来，“目前正设法招降”，毕竟尚未得手。那么，石达开会不会降，尚不可知。“巨寇指日可擒”，毕竟尚来被擒。那么，石达开会不会出乎意料地脱网，使自己“为山九仞，功亏一篑”？历史上处于山穷水尽时，又绝处逢生的战例多得是。大功将成之际，宁可多从坏处着想，以免事出意外，一点思想准备也没有。

他将一位幕僚叫来，命他立即写信给刘蓉，切不可骄傲疏忽，使功败垂成。同时，继续加强兵力，严守大渡河北岸至成都一线，万一石逆突破河防，方不至于手足无措。

幕僚拟好书简后，他亲自过目，命专人飞送刘蓉。命令送出，他想了想，仍不放心，又命幕僚致书防守泸定的提督胡中和，要他务必牵制住打箭炉厅那一支神秘的发逆，不让其向宁远府靠近。

说也奇怪，两封信发出后，骆秉章反而不安起来。趋吉避凶，人之常情。无论他多么冷静，总暗存侥幸心理，但愿上苍保佑，不要发生什么意外，一切都按照刘蓉所估计的发展才好。

他挥退幕僚，拿着一份塘报，继续批阅。这份塘报是龙安府送来的，向他报告赖裕新残部由唐日荣率领，进入府境，江油失守，参将何世平等阵亡。然后，经过府城平武，自雁门坝、凉水井入甘肃境，再折入陕西，去会合英王陈玉成旧部扶王陈得才和遵王赖文光。

他长长地吁了一口气。赖裕新的残部，一直是他的心病。他最担心的是，唐日荣得到石达开的消息，突然回师向南。现在，虽然损兵折将，但这支发逆毕竟已离开四川，无论如何是值得庆幸的。

另一份塘报，是说李复猷部发逆进入重庆府和酉阳州境内，声势浩大。骆秉章几乎不带任何表情地将它搁置一旁。重庆、酉阳离大渡河山遥水远，对主战不会构成什么威胁，待剪灭石达开之后，再集中全力围剿李复猷也不迟。

第三份塘报来自泸定，胡中和报告说，他的部队在冷竹关铺与那支神秘的发逆相遭遇，不幸“小挫”。这支发逆的统帅是谁，至今没有弄明白，而且，有向南往松林司之意。

这才是心腹之患！他知道军中积弊，所谓“小挫’，即是大败，如真是小挫，那塘报上就会渲染为大胜了。他恨恨地骂了一声：“该死！”站起来，再也无心继续批阅文件了。

他正考虑要不要严厉地责备胡中和贻误战机之过，饬令他限期擒拿贼首，一位幕僚急急忙忙地跑来禀报：“刘藩台一行数人星夜赶回成都，有紧要事向大人禀报。”

像一只小鹿突然跃进心头，又蹦又跳，弄得六神无主。刘蓉未经召唤，事前亦未知照，突然急如星火地赶回，是已擒获石达开，还是让他突围而去？他恨不得立即见到刘蓉，了解事态发展的结果。但他十分讲究官场仪表风纪，便向幕僚们吩咐：“请藩台在司道官厅稍候。”

总督署的格局是这样的：大门对面是照壁，左右是东西辕门。进了大门即是仪门，仪门内是拜发奏折的大堂，进行礼节性活动的二堂，总督住的内宅，批阅文件的签押房和后照房；左边是东跨院，院里有接见属员的客厅、举行宴会的花厅和仓库等；右边是西跨院，有司道官厅、府州县官厅及衙门办事人员的住所。禀见总督，文官道员以上，武官副将以上，在司道官厅等候；以下文武，则在府州县官厅等候。历任总督都严格按照上述规矩行事。

刘蓉带着机要幕僚黄彭年、张遂谋和随从人员星夜赶回成都，是为了请示如何处理善后事宜。眼看大功告成，他不免有些激动。在司道官厅里等候了半个时辰，他觉得漫长得像半个年头。

好容易等到一个“请”字，刘蓉等被领到客厅前。他将随从人员留在客厅外，与黄、张二人入内拜见。骆秉章已换了整齐的正二品官服：头冠珊瑚顶戴，身穿九蟒五爪蟒袍，外罩绣着锦鸡的补服。

刘蓉按礼节一连三揖，待骆秉章答礼入座后，方在一旁侍坐。黄、张二人则侍立左右。

刘蓉、黄彭年究竟是文人，经过数日奔波，虽强打精神，眉宇间仍显出疲惫之色。只有张遂谋久经战争生活的磨炼，骑在马上也能打盹。此时，反倒很有精神，引起了骆秉章的注意。

尽管骆秉章很想立即知道刘蓉要禀告的消息，表面仍很镇静、矜持。待茶后，方淡淡地寒暄道：“霞仙兄，一路辛苦了。”

刘蓉是晚辈，恭谨地自谦一番。然后，将近日战况、张遂谋只身劝诱石达开、石达开的态度等情况，做了简明扼要的叙述，并呈上石达开的书信。

骆秉章悬着的心，这时才实实在在地落下了。他虽满腔欣喜，却未流露于颜面。

沉默半晌，他指着石达开的书信，两眼盯住张遂谋，问：“兵不厌诈。张先生以为石逆是否用缓兵之计，以麻痹我，然后图谋逃窜？”

从石达开处取得《致骆秉章书》后，张遂谋估计刘蓉还会派他去“迎接”翼王。谁知刘不但改派杨应刚、王松林，还通知他一道回成都，口头虽说“晋见中堂，论功行赏”，实际是不让他再染指唾手可得之功。一点悔意，已在他胸中滋生，同时，也不能不产生一种自危感。

“翼王是重义轻生、光明正大的伟岸男儿，既亲笔写了此书，必不会失信为天下笑。"他仍旧保持了不卑不亢的态度，一字一句地回答。

这样的语调，刘蓉已经听惯了，故不以为然。骆秉章却颇觉刺耳，话中暗含褒贬，言外之意，无非是暗示他们不要失信于人，反而加害于他。其中含意，骆秉章完全理解。

骆秉章深蕴地向他点点头，露出一个含意不明的微笑。张遂谋觉得，这微笑里有深不可测的内涵，叫人无从窥透他的心底。

刘蓉从这微笑里，以为他已懂自己将张遂谋带回的原意，便转过话题，说："晚生此来，只向恩师请教善后之计，今夜还要启程返回。"

"霞仙兄效忠圣上，令人敬佩。事情虽急，也不争一时半刻。不妨先至私邸小憩，天明后，再启大驾。"骆秉章毫无表情地举起茶盏，说，"至于如何处理善后，霞仙兄自有明见，何必学生越俎代庖，掣人之肘?"

刘蓉连忙起身拜辞，骆秉章还过礼，说："张先生弃暗投明，劝降石逆之功，定不相负，只是先生旅途劳顿，不妨留在成都，做天府之游，如何?"

一张无形的网，已罩在张遂谋的头顶，他似乎已经感觉到了，身不由己地打了个寒噤。

刘蓉实在太困倦了，回到私邸，倒头便睡。尚未睡熟，又被黄彭年叫醒，递给他一张骆秉章的手令，手令上说：方才接到急报，石逆已入我营，命他火速返回前线处理善后，还指示：发逆是不得已而投降，并非真心悔罪，为根除后患，宜一律斩尽杀绝，切不可留下后患。

一阵兴奋，刘蓉睡意全消，当即与黄彭年和几名随从一起动身，离开了成都。一路马不停蹄，当夜（天历五月初二日）歇马新津，次日宿邛州。一连几日，沿途见手持路凭被遣散的"发匪"。经过询问，刘蓉方知未得路凭的石达开余部，被王松林收编为部下，驻屯大树堡。刘蓉怕久而生变，派一名随从星夜禀报周知知府蔡步钟、同知周歧源尽快将这批"发匪"，斩尽杀绝。

初七日，刘蓉赶到荥经县城，正遇唐友耕亲解石达开等人前来。翼王等不再被当作"洽谈让路事宜"的上宾，变成了名副其实的阶下囚。

由于在松林地险将阿弼错认为翼王，刘蓉犹恐有诈，仔细观看，仍觉真伪难辨，便故作惊诧地走近囚车，对扬扬自得的唐友耕喝道：“骆中堂请石将军至省城商谈，自应以礼相待，为何枷锁相欺?”说完，亲自打开囚车，为石达开除掉枷锁。

石达开昂首挺胸，连连冷笑，根本不屑理睬。

刘蓉感到难堪。不过，他是很善于掩饰的，微微一笑，问道：“一路之上，石将军何所见？何所思?”

表面上在寒暄闲聊，实际是示威和劝降。一路之上，石达开并没有看见刘蓉所暗示的有什么强兵劲旅，只看见号称“天府之国”的蜀中，在清军的蹂躏下，哀鸿遍野，饿殍载道，也没有去思索如何求得活命。他只有入川失败的遗憾。

“对百二山河，泪沾襟血！”他抚须长叹。

一句标准的粤语，使刘蓉放心了。眼前这位傲然兀立的大汉，正是巨魁石达开本人。

石达开心里，仍怀念着大渡河畔的两千余兄弟。他突然转向刘蓉，问道：“石某不才，信守诺言，亲赴成都，斧钺之诛，在所不避。刘大人料必不至出尔反尔，两千路凭，请火速送往紫打地。九泉下当感公恩德。”

“石将军放心，刘某已命人持路凭前往，料此时将军旧部已获释多时矣！”刘蓉撒下弥天大谎，居然毫无愧色。他指着县署方向说道：“久慕将军威名，今日相见，请屈大驾，前往衙内做竟夜之谈，如何?”

石达开没有回答，抱着定忠，坦然向县署衙门走去……

三

阿弼肩负着翼王重托，保护刘王娘、石定基连夜闯出老鸦漩。细雨霏霏，寒气袭人，走不多远，衣袍尽湿。为了从敌人的“网眼”里钻出去，他们在绝无路径的荒谷中，摸索着往前行。

阿弼背着翼王的铁伞，刘嫚佩着无鞘的降魔剑，二人轮流背着定基，三步一跌，五步一跤，好容易盼到黎明。举目四望，山谷已渐开朗，古松亭亭，流水淙淙；山径依稀可辨，分明已近山村。这是什么地方？阿弼让刘嫚母子停步，到溪边喝口凉水，自己理理衣衫，前去探路。行了百来步，一声锣鸣，斜刺里冲出数十名彝丁。阿弼想倒回去保护主母及翼嗣君，已来不及了。彝兵抢先冲下，拦住阿弼的退路。他们被分割开，各自奋战。刘嫚虽勇，护着定基，施展不开，且战且退。不大一会儿，二人失散，互不相见。阿弼无奈，只得杀出重围，落荒而去。彝丁赶了一程，见追不上，便鸣锣收兵。原来他们遇到的是一支游哨。

阿弼坐在一座山头，细观动静，除了山风呼啸、兽鸣鸟啼之外，再听不见任何声息。

等了约莫一个时辰，他小心翼翼地下了山，来到方才混战之处，想寻找刘王娘的下落。寻遍山前山后、溪左溪右，均未见主母及定基，只有三两具彝丁的尸首，横躺在乱石堆里。他不放心，继续搜寻。突然，他的心一阵收缩，几乎失声大叫——在一株枯树旁，降魔剑闪着幽光，清寒逼人。莫非刘嫚母子遭了难？还是激战时将剑遗落？他不能断定。再察看四周，有星星点点的血迹，洒在石上。

他拾起剑，剑上找不到一点血痕。真正的宝剑，杀人不沾血，叫他无从判断草丛乱石上的血迹，是刘王娘的，还是彝丁的。情急了，他不顾危险，四面呼唤："啊——喂——"

回答他的，只是山谷的回响。

彝丁游哨来往巡弋，闻声而来。阿弼找不到王娘母子，只得逃出险境。他估计，如王娘被擒，必然会押到冕宁去，如脱险，亦必由冕宁他往。他在山谷中藏了一天，夜幕降临，才继续前行，于次日晨，进了冕宁县城。

他多方探听，一连两天，都没有任何消息。俗话说：没有不透风的墙。如刘王娘母子果真落入敌手，一定会引起轩然大波，消息会传遍整个县城的。

他稍稍放心些，又担忧起翼王来。一个偶然的机会，他听说雅州府义军活动频繁，其中有一支特别强大，神出鬼没，不觉喜出望外。虽不知他们是什么人的义军，但凡沾了一个“义”字，就算一家人。听得翼王被困，断无不救之理。雅州府并不太远，何不去搬救兵？打定主意，他立即离城西行。这一带离战场较远，清军盘查也较松，沿途倒也平安。

阿弼日夜兼程，终于来到雅州府地面。这一夜，他实在困倦了，便在八哩笼司投宿，住在一座简陋的竹楼里。

窗外，竹叶在夜风中瑟瑟发抖，夏虫啁啾，寒禽哀啼，撩得人心凄切，思绪翻腾。阿弼既怀念翼王和绝境中的兄弟，又担心刘王娘和石定基，百感交集，焦虑烦躁，一夜辗转反侧，未能入眠，天未明即匆匆上路。

八哩笼司西北，层峦叠嶂，起伏绵延，势如苍龙吞云吐雾。崇山峻岭间，一片荒凉，很少见村民耕田，可谓人迹罕至。天气渐渐转晴，太阳从云隙间钻出，霞光万道，山野、溪谷尽染朱丹，蔚为壮观。阿弼无心欣赏这奇景，埋头赶路，忽然，一阵阵马蹄声自北而来，阿弼忙闪在路旁，侧耳细听。蹄声如潮涌浪奔，山呼海啸，声势夺人。

阿弼惊呆了。一支人数众多的军队，正迅速开过来，红黄相间的头巾，闪闪发光的枪戟，一眼望不见尽头。奔驰在最前面的是骑兵，数十名威武雄壮的战将，簇拥着一名英俊的青年将军。旗手擎着一面红字蓝边的杏黄色方旗，在阳光下呼啦啦招展。旗上字迹清楚明白：“真天命太平天国圣神电通军主将翼王”，中间是一个斗大的“石”字。

这正是翼王的帅旗，色调、字体、尺寸均无丝毫差异。阿弼曾不知多少次举起它，在山野里行军，战场上驰骋，难道还有错吗？这不是在做梦吧！他揉了揉眼睛，而这支军队，距他已不到一箭之地了。一线希望从他脑际闪过：莫不是翼王已冲出绝境，来到川西？

他狂喜地叫了一声：“翼王！”大步迎上去。奔到面前，他愣住了。青年将军和他的将领，他都不相识。究竟是些什么人，竟敢冒充翼王的旗号？他站住了，愤怒地盯住这群冒名者。

青年将军也勒住马，惊疑地打量他。看了半晌，忽然叫声：“父王！”与将领们滚鞍下马，向他迎来。来到面前，冒名者们也愣了：这位“父王”虽与石达开十分相像，可不但不认识他们，反拔出剑，像头凶猛欲斗的雄狮。

一位将领凑到青年将军身旁，说："此人可疑，何不带到军中审一审？"

将军看见阿弼手中的降魔剑，产生了不祥的预感：难道父王遭了难？否则，为什么形影不离的宝剑，会落到此人手中？

"汉子，你是谁？"他和蔼地问。

"你又是谁？"阿弼怀着敌意反问。

将军并不生气，莞尔一笑，又问："剑鞘呢？那是一把描金红漆，绘着丹凤戏牡丹的剑鞘。这降魔剑，是天王、南王赠予父王的。十余年来，从未离开过父王一刻。"

剑的来历，阿弼听说过，鞘上图案他更熟悉，青年将军所说，与事实不差分毫。他目瞪口呆，不知该如何回答了。

"汉子。"将军指着他背上的铁伞说，"此乃父王之物，如何到你手中？快告诉我，父王、义母可曾逃出险境？如今又在哪里？"

阿弼被他的真情实意所打动，将翼王近日处境说了一遍，最后恳求道："救救翼王吧！片刻也不能延误了。"

将军秀美的凤眼里，掠过一片阴云，问道："你是谁，汉子？"

"将军，我叫阿弼，是翼王帐下亲兵头目。"阿弼含泪答道。

青年将军不再犹疑，脸色一下子变得异常严峻，将大红斗篷往身后一掀，跨上马，有力地向后挥了挥手，命令道："立即随我杀到冕宁！"

他的坐骑一声长啸，腾空跃起，箭一般冲向前去。阿弼这才看清，将军飞起的斗篷下面，露出女人的发髻。他一下子全明白了，纵身跨上亲兵给他牵来的战马，跟随浩浩荡荡的大军前进……

四

这位青年女统帅，正是翼王的义女桂姝。三年前，桂姝随彭大顺、朱衣点等二十余万人离开翼王，万里回朝。大军离开广西后，经湖南进入福建，一路斩关夺隘，势如破竹。谁知在闽省汀郡的一次战斗中，彭大顺中箭牺牲。桂姝所带数千人马受敌军冲击，与主力离散，被清军压回湖南。主力则由朱衣点等率领入江西，在铅山与忠王李秀成部会合，被天王洪秀全封为“扶朝天军”。

新婚不过数月，丈夫即壮烈殉国，对于桂姝，自然是极大的不幸。她长期受义父的熏陶、教育，又在血与火中经受过十年磨炼，不幸并没有把她压垮，把一腔悲愤，都发泄在刀锋剑尖。

是继承丈夫的遗志东下天京，匡扶天王，还是西归广西，助义父义母一臂之力？她反复思索，终于决定：回广西去寻父王。

当她率部回粤西时，石达开已入湖南。她立即挥师入湖南，义父又兵退贵州、云南。她往返跟踪，始终未能与翼王会师。今年年初，她听说义父再次入川，即亮出“翼王”旗，突入川西，吸引清兵，以减轻父王的压力。三年来，她孤军作战，纵横千里，充分运用了兵法所说的“敌则能战之，少则能逃之，不若则能避之”的原则，避实就虚，灵活机动，积累了丰富的游击战争的经验。同时，兵力也由三千，发展到万余。

她估计翼王必从泸定桥北上，便先期攻克八角寨、打箭炉厅，与提督胡中和部清军相峙，威胁泸定。谁知久等义父不来，派人四处打听，亦无音信。数日前，老艺人赶到打箭炉厅救援，她才知义父误陷绝境，便甩开清兵，轻装南下。此时见了阿弼，更知事态紧急万分。一万余大军在她的率领下，以风驰电掣之势，一举攻克冕宁。

正巧，她在冕宁遇见了被遣散回来的兄弟，才知道翼王为救三军，自赴清营，义母马王娘服毒自尽，刘王娘不知下落，潘王娘投江殉国等一系列噩耗。她决定，先到老鸦漩，救出尚未出险的两千余兄弟，然后，直扑凉桥清营，救出义父。

为了不重蹈义父的覆辙，她避开铁宰宰一线险地，以奇兵出松林河西，攻克松林地王应元的老巢，然后渡过松林河，马不停蹄，直向老鸦漩扑去。

一轮皓月高悬中天，如水的月光，照得大地如同白昼，远山近壑，脉络清晰。

渐近利济堡，一股浓烈的血腥味伴着江风扑面而来，桂姝在马上打个寒噤。她勒住马，竖起耳朵细听：涛声、风声中，凄惨的呻吟声隐隐可闻，令人毛发俱竖，不寒而栗！她轻叫一声："晚了！"催马疾驰而去。

他们的确来得太晚了。大渡河畔，犹如阴森的地狱。月光下，到处是尸体，惨不忍睹！

杀害俘虏，历来被人们认为是最卑劣的行为。何况，留下的两千余太平军本是刘蓉再三保证，发给路凭遣散回家的。石达开奉为最高道德标准的"仁义"二字，在道貌岸然的清军大员心中，是不值一文的。这场惨无人道的卑鄙的大屠杀，在刘蓉的精心策划下，由叛贼和刽子手唐友耕等付诸实施。

桂姝、阿弼、老艺人与将领们下了马，在太平军的遗体前，肃然默立。

可以看出，手无寸铁的兄弟们进行了何等顽强的斗争。累累积尸中，不但有英雄们的遗体，还有清军的死尸。一个兄弟临死前，还掐着清兵的脖子；两位姐妹满身血污，牙齿还深深咬住敌人的咽喉……

"阿弼！阿弼！"一个微弱的声音在喊。难道这场惨绝人寰的大屠杀中，还有幸存者？他们循着似有若无的呼唤声，来到一株古树下，找到了躺在血泊中的老马夫。

"阿爸！"桂姝万万没想到会在这里见到自己的生父，扑地跪倒，抱头痛哭。

"大伯，大伯！"阿弼等一齐跪下。

"桂……桂姝！"老马夫满是皱纹的脸上，老泪纵横，"这不是在梦中吧？"

桂姝将生父扶起，让他的头枕在腕上，揩着他额上的血迹，含泪道："阿爸，这不是在梦中，女儿实实在在地回来了。父王究竟在哪里，有消息么？"

"原在凉桥妖营，未知被押往成都否。"老马夫无限感慨地叹气，"翼王聪明一世，糊涂一时，舍了自己，也害了三军啊！"

老艺人摇摇头，说道："翼王慷慨义气，肝胆照人，是长处，也是短处。鬼蜮世界，魑魅遍地，一味讲求仁义，岂不太迂？如此结局，可悲，可叹!”

老马夫突然伸手指着河畔矗立的小山说:“将我抬到那小山上去,我有话对你们说。”

桂姝与阿弼将他抬至小山上,老马夫用尽最后的力气,断断续续地说:“潘王娘、两位翼嗣君、杜鹃姑娘和许多兄弟姐妹,都是在这里升天的。玉狮,也葬身在这里。我死后,从这里丢下河去……在天堂里,我还要服……服侍王娘、嗣君和玉狮!”

桂姝、阿弼搂着他,泪如雨下。

老马夫枯瘦的手,紧紧地抓住他们:“我死后,你们一定要收敛翼王的忠骨!”

老马夫死了。桂姝和阿弼抬起他,投入波涛滚滚的大渡河里。老艺人从肩上解下三弦琴,低头默哀,凄然道:“高山流水,只为知音。子期死而伯牙碎琴,终身不复操弦。翼王去了,王娘死了,杜鹃姑娘殉国了,我再为谁弹琴呢?”

说完,他猛地将琴弦一根根扯断,将残琴投入大渡河中。他目送三弦琴随波沉浮,向东飘去,旋即转身对桂姝、阿弼一揖:“我本一介书生,随李永和、蓝大顺起义,只为恢复我华夏。如今李、蓝覆灭,翼王败亡,多少教训,值得后人汲取。营救翼王,我无能为力,只能靠你们了。我虽弃了琴,但还能唱歌。我要将翼王的一生功过传诸后世。二位请速去凉桥救翼王,老朽就此告别了。后会有期。”

他整整衣衫,飘然而去,一边走一边唱:

叶离枝,雁离群,
千秋大错铁铸成。
大渡碧血蜀山恨,
万叠惊涛葬英魂!

桂姝、阿弼率部扑到凉桥时,清兵早已人去营空。众将愤极,要求桂姝进攻成都。

“不行。”严桂姝沉着地说，“成都城高池深，粮草丰盈，清军重兵驻守，难以取胜。”

“难道眼睁睁看着翼王遇害不成？”

“哪怕尸积如山，血流成河，为救翼王，在所不惜！”

将士们围着桂姝，愤激地求战。

桂姝清澈的眼睛，掠过每一张面孔，最后，落在阿弼的脸上：“欲救翼王，只宜用智。小妹欲借阿弼一物，未知应允否？”

“我这条命也是翼王救下的，要什么，只要小弟有的，只管拿去。”

“这——”桂姝话到唇边，又咽了回去，犹豫片刻，方才说出，“欲借你的头……”

阿弼仰天大笑，抽出剑，就要自刎。桂姝一把拉住，郑重地对他一拜道：“且慢。如何营救父王，小妹已谋算好了。请诸位将军速带全军开赴川西，等待父王与我。为了保存实力，切莫与清妖硬拼。阿弼，你我立即动身，北上成都！”

第九章 就 义

一

天历五月十一日夜，石达开和他的爱将、儿子，被押到四川省城成都。

如何审问和处置他们，骆秉章是颇费了一番心思的。他希望石达开能归顺大清，于国于己，都十分有利。从“公”字着眼，可以利用石达开在太平军中的崇高威望，瓦解正在江南顽强抗击曾国藩的太平军，收到事半功倍的效果；于私，内涵就复杂得多了。

石达开以奇兵出紫打地，若非天降大雨，张遂谋献策，土司效力，四川将顷刻瓦解。朝廷几次降旨要他将布防情况上奏，他怕太平军突破重围，皇上就会追究他布置失当之罪。他不敢将自己调度失误如实报告，在奏折中写道：

> 三月二十五日（天历三月二十七日），唐友耕、蔡步钟等驰到河边，布置甫定，而石逆果拥众三四万人，绕越冕宁，知越巂大路有汉、彝重兵扼守，遂由小路于二十七日，径奔土千户王应元所辖紫打地……

他硬将清军到达大渡河北布防的时间，提前了四日，是颇有用心的。一是吹嘘自己调度有方，用兵如神，既能料敌于前，先在紫打地设防；又能制敌于后，将太平军逼入绝境；把石达开误陷紫打地的事实，轻轻一笔抹掉，以便为自己和部下讨赏。二是万一敌军突破防线，也非调度之罪，而是部下作战不力所致，将失误诿之将士。一箭双雕，进退有据，四平八稳，这历来是封疆大吏们的拿手戏。在石达开“就擒”后，他也隐瞒了“诱擒”真相，上奏说石“走投无路，自缚乞降”，以显示自己“灭此巨寇，举重若轻”的才干。

然而，骆秉章也有他的难言之隐。如石不降，必要处决，而石达开是重要“渠魁”，“叛乱十余年之久，拥众数十万，蹂躏十数省，罪大恶极，神人共愤”。如此“巨贼”，朝廷一定会要他“献俘阙下，以彰天威”。石达开解京，真相必暴露，他就难免落个“欺君罔上”之罪。

但是，刘蓉在荥径县署与石达开做了长谈之后，携唐友耕驰奔大渡河，途经富林时，派人给他送来一信，说石达开“枭桀坚强之气，见于词色，毫无悔罪投诚之意”，使他大失所望。不过，他还想亲自做一次努力。

要达到目的，一要示之以威，使石有所畏惧；二要待之以“诚”，使之受到“感化”。于是，他暗地将曾仕和、黄再忠、韦普成上了镣铐，打入死牢；而把石达开父子安顿在专供过往官员住宿的公馆里。为了不引起石达开因落为阶下囚必然会产生的愤怒情绪，除派一名年老狱吏“服侍”外，看不见一个荷戈执矛的看守。骆秉章还当着石达开的面，吩咐老狱吏，不许阻挡前来看望他的故友。自然，公馆里外部署了兵力，足以防止石达开逃走。

第二天凌晨，骆秉章在会见属员的客厅里，审讯石达开。

会同骆秉章审问石达开的，有成都将军崇实以及在省的司道大员。这次会审，是在“谈判”的名义之下进行的，因而警戒并不那么森严。

石达开在一名幕僚的“陪同”下，从容步入客厅。骆秉章、崇实等早就端然在座；见他进来，一齐起身表示恭候。石达开神色泰然，长揖不拜，拉过一个蒲团，盘腿坐下。

骆秉章先发制人，闪电般劈头问道：“石将军欲降否？”

石达开侃侃答道：“一来乞死，二为士卒请命。”

“将军风华正茂，来日方长，何必负气轻生？”骆秉章很富表情地说，“以将军之才，若能归顺朝廷，定当青云直上，点将入相，名标凌烟阁。可惜将军误入歧途，虚度此生，我为将军惜，亦为将军悔！”

"欲泻三江雪浪，洗净胡尘千里，还我旧神州。"石达开傲然回答说，"石某跟随天王洪秀全，创建太平天国，称王十余年，纵横千里，破坚城，斩名将，威震九州。如今，误陷绝境。为救三军，何惜一死？"

"将军之言差矣。为救三军，何须一死？难道尘寰茫茫，竟无使将军系心萦怀者么？"

石达开凝视窗外。雕花窗棂将蓝天切割成方格小块，不知为什么，他竟因此联想起神州中华的破碎山河。他蓦地回头，悲亢地说："达开不过山野耕夫，边鄙愚氓。只因有感于洋夷侵凌，国势颓败，山河破碎，金瓯残缺，朝纲日堕，民不聊生，方追随天王揭竿而起，救黎民于水火，振国威于世界。谁知诸王豆萁相煎，祸起萧墙。如今，天国事业受挫，而正气永存。忠臣义士，早置生死于度外；达开岂能留恋儿女之情，忘却民族大义？"

其实，想起妻儿，他何尝不心疼？石达开继续说："达开一族百余人，皆为天国洒尽碧血。如今，仅存父子俩，还谈什么系心萦怀！"

"未必吧。"骆秉章哈哈大笑，吩咐道，"速请刘夫人进来，与石将军见面。"

石达开猛听得叫刘夫人，心中一惊："她是怎么落入清妖手中的呢？"为了不在敌人面前丧失自己的威严，他毫不动容，好像未曾听见一般。

刘嫚被带进了客厅。石达开见她穿的仍是昔日的衣裙，脸色比和他分手时红润了。看得出她被捕后，并未受到虐待，心中感到宽慰。

刘嫚乍见石达开，一下子愣怔了。当她见丈夫泰然自若，不动声色，很快克制住自己的感情，决不在清妖的公堂之上，流露出一丝悲伤之情。当刘嫚深情的双眼和石达开炯炯有神的目光相碰时，石达开满意地点了点头；刘嫚默默无语，不需多说，她完全明白了丈夫的心意。

如果说，石达开被捕后，还有什么系心萦怀的事，那就是不知道刘嫚和定基的下落。现在，妻子就在眼前，并且准备与他一起殉国；也许定基已脱险……否则，她的眼光里为什么看不出一丝忧郁与哀伤？他心里踏实了。

骆秉章指着刘嫚，故意慢腾腾地说："刘夫人天姿国色，石将军雄才大略，英雄美人，可谓人生一大得意事。可叹的是恩爱夫妻不到老，石将军、刘夫人，能不感到遗憾么？”

刘嫚抚着丈夫的肩头，冷笑不语。

“哈哈！”骆秉章虽然年老，笑声仍如洪钟，震得人耳朵发麻。他做了个很慷慨的手势，说：“我欲为将军留下夫人，如何？”

石达开凝目端坐，似入定的老僧。

“人生最大伤心事，无非生离与死别。”石达开竟漠然视之，这不能不使骆秉章十分尴尬。他决定继续以情动之，说：“刘夫人天生佳丽，一朝丧夫，孀居独处，石将军九泉之下能瞑目么？”

“人生自古谁无死，留取丹心照汗青。”文天祥的诗句再次涌到石达开唇边。但是，对过去的悔恨始终折磨着他的心，仍然没有勇气说出口。

“住口！”刘嫚上前几步，站在骆秉章和丈夫之间，昂首扬眉，“我虽女流，亦明民族大义。翼王为复兴华夏，虽死犹荣；刘嫚岂能孤度残生？自当为天国尽忠，为翼王尽节！”

刘嫚整了整衣裙，对丈夫敛衽一拜，充满着信赖、凄楚而又无畏地一笑。这笑，胜过诀别前的千言万语。

骆秉章从刘嫚反常的平静里，窥见了什么端倪，要想阻止，已来不及了。刘嫚无言地别过丈夫，纵身往巨大的楠木柱子碰去，顷刻间，香消玉殒，血染丹墀。

眼见爱妻刘嫚的壮烈牺牲，石达开心如刀绞，却没有一滴眼泪。他的心在痛苦地痉挛，脸色仍如冰霜一样冷酷、威严。他仿佛看见，刘王娘，不，还有马、潘二位妻子，以及在大渡河畔英勇献身的数万兄弟，化成千股直冲霄汉的浩然正气……

与骆秉章并排坐着的成都将军崇实，字朴山，号实斋，满洲镶黄旗人。方才听得石达开、刘嫚反复说什么“旂灭清妖”、“民族大义”之类的话，怒火中烧，只是碍于骆秉章的面子，隐忍未发。此刻，他再也抑制不住了，拍案怒喝道：“好个不识抬举的贱妇！左右，还不与我抬出去，鞭尸三百！”

刘嫚碰柱身亡，使骆秉章和在座的所有司道要员们，魂飞胆裂，心惊肉跳。骆秉章觉得，暴跳如雷的崇实，在石达开夫妇面前，显得十分可笑，连他自己也处于十分狼狈的境地。

“请朴翁息怒。”他替崇实解嘲说，“各为其主嘛，刘夫人义烈，倒令人敬重。依学生之见，应该厚礼安葬，方不至冷了石将军之心，嗯?”

“何必多此一举!”石达开走到妻子身边，跪下去，伸手将她怒睁着的眼睛轻轻合上，猝然站起来，仰首发出一阵大笑：“‘青山有幸埋忠骨，白铁无辜铸佞臣。’一潭西湖水，半垅栖霞山，只因葬岳王忠骨，受万人景仰，成百世胜迹。夫人，何处青山有幸，得容你的傲骨忠魂?‘百战间关铁马雄，留得壮气懔秋风’。虽不棺不衾，自有千载风流传!何必石椁重棺，锦衾盛殓?”

“石将军究竟何所求?”崇实恼怒地问。

“千金未必能移志，一诺从来许杀生!唯求速死，以报吾主。”

手中的“武器”都已用完，要说的话也都说尽，并不能动摇石达开的决心。骆秉章很沮丧，而又无可奈何，沉默了许久，叹道：“石将军决心既定，我成全你的意志吧!”

石达开露出了坦然的笑意。死对于他，如归航旋里那么轻松。他第一次向骆秉章拱手施礼道：“九泉下当拜公赐。”

什么都不足以使石达开动心，而尽人皆惧的死亡，偏偏赢得了他的一拜。骆秉章、崇实等在这位“巨贼”身上，看见了远非自己能及的品格。

这出劝降的戏就此收场，石达开被“请”回公馆，其余司道要员鱼贯退出客厅。留下的，只有骆、崇及两位经常参与机要的幕僚。

骆秉章心情沉重地来回踱着。石达开不降，独揽大权的西太后真要他“献俘阙下”，如何交差?崇实不识其中奥妙，偏戳他的痛处：“石逆冥顽不化，何必苦口劝降，其实多此一举。石逆叛乱十余年，历陷名城重镇，罪大恶极，神人共愤，自应立即槛送京师，验明正身，处以极刑，以快天下。”

骆秉章两手一摊，苦笑道：“朴翁所言自是正理，应将其押解京城正法，以彰国宪。但因石逆桀骜不驯，宁死不屈，有辱国体，使圣上不悦，一旦降罪下来，你我担当不起。”

“这，该如何处置石逆？儒斋兄。”

崇实这一逼，使骆秉章急中生智，定了主意，一挥手，眼里射出冷冷凶光：“明日午时三刻，凌迟处死！”

“那逆子石定忠呢？”

“交张遂谋抚养。”骆秉章深沉地说。

崇实听出了弦外之音，满意地走了。骆秉章将幕僚们请到签押房，起草给皇上的奏折。对如何谎报战绩、欺瞒朝廷，幕僚们无一不是老手，驾轻就熟，挥笔立就。但怎样陈述不押解石达开赴京的理由，而又不至于惹得宸中震怒，严旨切责，则感到异常棘手，只好请教骆秉章。

骆秉章眼望着高高的屋梁，一字一顿道：“写吧，不许有一字差误。‘本应将伪翼王等槛送京师，以彰国宪。唯因路途遥远，著名巨憝，未便久稽显戮。谨援陈玉成之例①，当即恭请王命，将石达开极刑处死。’”

念完，他突然笑起来。胜保可以自作主张，将陈玉成在解京途中斩首，自己为什么不能将石达开就地正法？有例可循，又何惧哉！

二

回到公馆，石达开哀伤到了极点，禁不住泪如泉涌，泣不成声。这是半个月来，悲伤情感的猛烈爆发。感情压抑得越久，爆发就越迅猛、越强烈。

最后一缕晚霞隐没后，天阴沉下来，不久，又飘下淅沥细雨。雨丝打在窗外的竹叶上，聚成水珠，滴答滴答往下掉，凄凉而单调。

石达开知道，死亡已经临近了。看，这不是苍天在为他哭泣么？

远处，不知是谁在吟哦着，声调悲怆、沉郁，像木梆一下下敲击在他的心上：

遥望中原，荒烟外，许多城郭。想当年，花遮柳护，凤楼龙阁。

① 陈玉成被捕后，解押北京，行至河南延津，胜保便将他杀害，年仅二十六岁。

万岁山前珠翠绕，蓬壶殿里笙歌作。到而今，铁骑满郊畿，风尘恶！

兵安在，膏锋锷；民安在，填沟壑。叹江山如故，千村寥落。何日请缨提锐旅，一鞭直渡清河洛。却归来，再续汉阳游，骑黄鹤。

起初，石达开沉浸在极度的悲痛中，没有留意；当吟哦者突然提高音调，吟到“何日请缨提锐旅，一鞭直渡清河洛”时，他惊愕地一跃而起，扑到窗前，侧耳倾听，恼人的痛苦，一扫而光。

不错，这是一个女人在吟诵，而且吟的这首词，使他全身的血液一下子沸腾了。

难道天下竟有这么巧的事？一个熟悉的女人的吟诵声，满口广西乡音，而且吟诵的是岳飞的《满江红》词。他几乎不能相信自己的耳朵了。诵声虽止，余韵还在他耳畔回响，这能是错觉么？

十年前，西王萧朝贵在长沙中炮牺牲，太平军久攻长沙不下，撤围北上。他率先锋部队破岳阳，入湖北，攻克武昌。戎马倥偬之际，他偶然结识了一位书生，一见如故。书生同情太平军，可对烧孔孟“妖书”之举颇不以为然，曾对他说：“天下读书人所读之书，无非孔孟之儒学。耳濡目染已久，今一旦废之，能使人心悦诚服，拥戴贵军么？天下能马上取之，却不能马上治之。古有名训，失却天下士子之心，欲取天下，奠百年鸿基，难矣。”

石达开自幼熟读经史，受儒家思想影响较深，比较容易接受这番道理。书生将他邀至家中，取所藏历代法书名画，让他鉴赏。其中一卷装潢极精的，便是岳飞手书的这首《满江红·登黄鹤楼有感》。石达开爱好书画，精于诗词，对鉴别书画真伪却不甚精通。但此卷的行笔、气势，与岳飞所书诸葛亮《前出师表》和《后出师表》拓本极为相似，一望而知是出自同一人的手笔。卷后，还有元代谢升孙、明代宋克、文徵明诸人之跋。他展卷吟诵，爱不释手。书生欲赠之，他谢绝了。

岳飞的这首《满江红》词，他非常喜欢，于是亲笔书写下来，悬之于卧室。而能熟背的，也只有妻子黄倩文、义女桂姝等少数几人。妻子早已被害，义女一去不返，还有谁能在这潇潇夜雨中，吟诵这首词，并且是这么耳熟的乡音？他迷惘了。

他低头侧耳静听，希望能再听一听家乡的语音。然而，连耳边缭绕的余音也消失了。

他凭窗向外眺望，窗外，一片竹丛、芭蕉林，再远，有一座巍巍高墙挡住视线。公馆防卫森严，闲人不得入内。那么，又是谁家女子在墙外高吟，而且分明是吟给他听呢？

烛光射出窗外，照在庭园中深绿色的芭蕉和嫩竹叶上，反射着幽微的光泽。由于蕉、竹的映衬，一窗霏霏细雨，竟呈现出淡淡的绿色！

绿雨！他第一次发现，雨居然会是绿的。绿色，正是生命的色彩啊！

自己要死了，而生命之绿长存。他似乎从中感到了生和死之间既相互对立，又相互依存的关系。死，是生的延续，也是生的开始，死，令人畏惧，又催人深思……依窗遐想，他的思绪犹如脱缰的野马，驰骋八方……

留给他的生命是极其有限的，可需要思索的事情又如此纷繁。面对死神，有人惊惧，有人颓丧，有人叹今生之短，有人盼来世之乐，有人安排妻儿的后事……而真正的人，应该把一生成败的教训，留给千百年后之来者。石达开此刻深思的，正是后者。

自进清营迄今已十二天。十二天来，他的思索在一步步地深入。导致这一出悲剧的原因究竟何在？细思之后，他省悟了。他过去所总结的“三气三悔”，显然是肤浅的、表面的，不能服人，也不能令自己相信。

负气、赌气、义气，固然铸成了不可挽回的错误；离京西征，拒不回京，放走张遂谋，固然给天国和自己带来了无法弥补的巨大损失。但它的根本原因又是什么？他不能不思索……

从天国这个总体的角度去思索，为什么起义之初，诸王饮食必俱，有事聚议一堂，亲如手足；而定都南京以后，却逐渐离心离德，各怀私念，醉心于权力与享乐，最后导致了触目惊心的内讧？为什么起义之初，诸王与部将，甚至士卒亲如家人，饥寒与共；而定都南京后，则养尊处优，与下属隔膜渐深，终于失去了当初那一股子锐气？

过去，他作为诸王中的一员，拥有至高无上的地位和权力，妨碍他去深思这些问题。现在，做了阶下囚，倒使他的头脑清醒了。诚然，由于直接担负指挥作战的重任，终年铁甲在身，驰骋疆场，在上述蜕变中，他不如天王、东王、北王陷得深。但是，能说自己是众醉独醒，一尘不染么？

他不能不想到千百年来敢于造反的英雄豪杰们，又有谁不重蹈争权夺利的覆辙？黄巢攻克长安，李自成进入北京，都成为他们失败的起点，这是为什么？在取得一定胜利后，贾庄可以杀陈胜，田臧可以杀吴广；刘宗敏和牛金星，为争权互为仇雠；李自成更忌李岩而杀之，这究竟又为了什么？

无论陈胜、吴广，还是黄巢、李自成以及他们的重要将领，无不因地位的上升而迷恋权力，迷恋荣华富贵，失去当年的勇气、锐气，而最终失败。天国起义诸王，包括自己在内，无一人能清醒地避免重蹈前人失败之覆辙。内讧，是诸王争夺权力的必然结果。既然自己也有责任，为什么斤斤计较他人的失误？他和洪、杨、韦一样，都是这场悲剧的扮演者，只不过担任的角色不同，各自应该承担的责任不同罢了。

想到这里，石达开那种愤懑难平、怨天尤人的怒气平息了一半。接着，他又从自己的角度继续探索……为什么自己要离京西征？为什么自己没有勇气重返天京？为什么内讧前指挥作战得心应手，所向无敌；而离京后，先受挫于浙、闽；入湘后，又败于永、祁、宝庆；归粤后，又失利于庆远、贵县；入川再败于叙州、横江？为什么同是他自己，前后判若两人？还有，为什么相随十余年的心腹爱将张遂谋要背叛他？为什么忠心耿耿的彭大顺、朱衣点等六十七员将领、二十余万兄弟要离开他，连义女桂姝也随之而去？这一切，难道是“三气三悔”能解释的么？十二天来，他百思不得其解。

从方才听到的《满江红》词，他想起了岳飞。岳飞的悲剧是什么？十二道金牌和“莫须有”的罪名，造成了风波亭的千古奇冤！假如岳飞有“将在外，君命有所不受”的胆识，置十二道金牌于不顾，那么，“直捣黄龙”的宏图一定能实现。可惜，岳飞为“忠”字所囿。而他的“忠”，仅仅是对君王。他忠于宋高宗，却没有忠于河北义士，没有忠于被蹂躏的千千万万水深火热中的百姓……他的“忠”，可敬而又可悲。

这样一想，石达开百思不能其解的问题，迎刃而解了，原来他重犯了岳飞的错误！

他毁家纾难，竭尽心力，付出了一家上百口的生命，是为了天国，为了天下百姓，还是仅仅为了洪秀全？当天王的作为有利于天国和百姓时，对他的“忠”是无可非议的；但当天王的作为有害于天国和百姓时，对他无条件的“忠”，就是最大的谬误了。

内讧，由天王一手发动，而又被韦昌辉、秦日纲利用，以达到攫取最高权力的目的。内讧给天国和百姓带来了极大的灾难和损失。当天王发动这一场互相残杀的事变之时，已和天国、百姓的利益背道而驰了。最后，韦、秦虽被诛，奸孽授首，而天国元气大伤，远不如前了。天王一错再错，排斥功臣，滥封宗室，把千百万义士合力开创的天国，变成了洪氏的江山。

他想起天王在起义前写的《原道救世歌》中，有“天人一气理无二，何得君王私自专”的话，说得多好啊！古人就有“天下唯有德者居之”的见解。他在天王的文章中，悟出了天国和自己一蹶不振、盛极而衰的症结所在，也找到了它的“因”和“源”。

把错误一股脑儿归于自己，以求良心的安慰，是非常容易的，但于事何补？于世何益？若是开脱自己，诿过于人，对石达开来说，是异常艰难的。然而，他终于在痛苦中大彻大悟了：仍是“三悔”，但更加深刻了。

石达开离开窗前，在囚室里来回踱步，把纷乱的思绪，集中在这一点上。

在天王一意孤行，弄得国势衰颓、人心离散的时候，自己尽到了多少绳愆纠谬的责任？是为天王想得多，为自己想得多，还是为天国、为百姓想得多？身为辅弼，只求明哲保身，不能杜祸于未萌，治乱于根本，责无旁贷，这是第一悔。

祸乱既起，天王及洪氏亲王一心谋图加害。天国军民之心，无不盼着自己肩负起天国兴亡的重任，共献“义王”之号，而自己却推辞不受，违背民心，无非是求忠的虚名。自己威望高于天王，才干大于天王，如从天国大业想，应顺人心，集大权于一身，励精图治，重振军威，未必不能驱逐清妖，一统华夏，建成人间天国。愚忠于天王，视天下为洪姓私有，而忘了社稷乃百姓之社稷。在危急关头，在天国存亡之秋，没有肩负起天下兴亡重任的心胸与气魄，仅为避免杀身之祸，离京西征，这是第二悔。

既已离开天京，天王图害不能，自己一错再错，入湘图蜀，远离天国，给敌人造成了各个击破的机会。他终于彻底地悟出了他与天国原是一体，不可分割，犹如婴儿不能离开母亲一样。当初转战千里，指挥得心应手，原因何在？有友军支援，有充足粮草；能一呼百应，军民同心。而离京之后，孤军深入，气势俱失，安能不败？这是第三悔。

追本溯源，能不痛心疾首、仰天长叹么！

雨停了，满天乌云渐渐散开，朗月疏星，高悬天际。他扶着窗棂，面对苍天叹道："清妖有必灭之理，天国无必败之道，皆因君昏臣误，遗恨万载！以铜为镜，可正衣冠；以人为镜，可明得失；以古为镜，可知兴替。天国虽败亡，我亦将就义，但为后人留下了一面可鉴的宝镜，以天国为训，以我为戒，灭清大业，拭目可待，神州中华，振兴有日；炎黄子孙，亦必崛起于世！"

他的心因大彻大悟而豁然开朗，仰天长啸，将胸中郁闷之气，尽皆吐出，顿觉神清气爽。他自觉思想升华到一个更纯净、更自由的境界，心里空前轻松踏实，他可以坦然而死了。

一阵沉重而悠缓的脚步声来到门前。接着，锁被打开，吱呀一声，从半开的门缝里，伸出一个头发蓬松的白头来。

石达开半转身子，含笑看着他。

这是看守他的老狱卒，胡须杂乱，满头霜雪，两眼深陷，眸子凝定，看不出任何表情。细长的辫子拖在脑后，像一条鼠尾。

"我该去了么？"石达开沉静地问。

老狱卒仿佛压根儿没有听见，声音沙哑地说："有客，石将军。"

蜀中一无亲，二无友，谁会来访？当初骆秉章当面吩咐老狱卒，有客访他时不许挡驾，他曾一笑置之。那只不过是表示宽厚以收买他而已。此刻，石达开没工夫猜测来访他的是谁，轻轻点头道："请！"

老狱卒缩回头，走了。片刻后，牢门重又打开，走进一男一女，激动地奔到他面前。他怎能想到来访的竟是桂姝和阿弼！

石达开异常惊喜！苍白、憔悴的双颊泛起红光，高兴地说：“能得今日一面之缘，我心满意足了。这是非之地，不可久留，快走吧！”

桂姝禁不住热泪奔流，抓住他的手哭道：“得知父王受困紫打地，女儿即率部来救，谁知竟晚了一步……”

石达开紧紧握住她的手，默默无语。

“清妖背信弃义，将父王留在大渡河边的两千余兄弟，尽皆杀戮，持有路凭的，也大肆围捕搜杀。”桂姝愤恨地说。

要在昨日，石达开闻此凶讯，一定会怒发冲冠。现在，他默默地低下头，向受难的兄弟致以歉意。他已超脱了“舍命全三军”的初衷。他的生命，将为百年后有志于推翻清朝、复兴华夏的仁人志士献出。骆秉章、刘蓉之辈背信弃义，不但证明他们无耻，也必将擦亮天下人的眼睛。更何况，近来多次与骆、刘打交道，看透他们衣冠其表、豺狼其心的本质，不再存什么幻想了。

“大顺呢？”他知义女不肯就走，问道。

桂姝红着眼睛低下头。

这无言的回答，再明白不过了。他不忍再问，看看窗外渐残的夜色，催促道：“不要为我挂念，去吧！”

“父王，为了天国大业，我们专程赶来救你出险。”桂姝抬起头，眼里满含希望。

“救我出险？这可能么？”他郑重地问。

“翼王！”阿弼慢慢跪下，含泪说，“为了天下百姓，小将愿代你去死。”

石达开心中一动：阿弼与自己酷肖，李代桃僵，也许是行得通的。他深情地看着他，心中涌起一股股热流。阿弼真挚、诚实的脸绽放笑意，那种视死如归的无畏神情，使他感动不已。

“请翼王快些更衣。”阿弼一边说，一边解开衣衫上的结带。

“等一等。”石达开将他扶起，“我还要再想一想。”这是一件大事，必须认真考虑，他开始非常激动，只要自己出险，还有义女的一支军队，是可以重整旗鼓、开创局面的。然而，自己走了，阿弼却要立即代他去死，这在良心上是过不去的。当然，历史上有的是臣代主死的先例，金蝉脱壳之计更是兵家所常用。但石达开就是石达开，不是别的什么人。别人可以坦然让部下代死，他不能！同时，他不能不虑及，公馆附近，必然埋伏有重兵，以防他逃逸。这么一想，他不但决定不走，反而为桂姝和阿弼担心了。他摆了摆手，坚决地说："我不能走。我有负天国，以身相殉，义不容辞。你俩来日方长，必能继天国、天王的遗志，为我报仇雪恨。你们肩上的担子重啊，快些走吧！否则，同归于尽，于事无补啊！"

"翼王！"阿弼还要力争，老狱卒不知什么时候推开房门，低声说，"石将军，恭贺你。"

"你——？"大家都怔住了。

老人狡黠地打量他们一眼，冷冷地说："老朽看得清楚，将军，你是伟大的人，有骨气。你想求死，只有死才能保持你的气节。老朽接到密信，骆中堂已决定明日将你等凌迟处死。别人会为你惜，为你哭，老朽为你贺，为你笑。快做准备吧，石将军。"

说完，他转身而去，刚到门边，又转脸对桂姝、阿弼说："你们自投天罗地网，门外有重兵埋伏着哩。如想与石将军一道殉难，老朽不敢阻拦。如还想活下去，出门往右，到梧桐树下找我。"说完，门又关上了。

目送这神秘的老狱卒走后，阿弼激动地说："翼王，不要再犹豫了。这位老伯定是好人，一定能送你和桂姝脱险！"

石达开木然而立，细细咀嚼着老狱卒的话。"别人会为你惜，为你哭，老朽为你贺，为你笑。"这话说得多深刻，多透彻啊！古人说：十步之内，必有芳草；十室之中，必有忠信。真是一点不错。一个清妖狱卒，也开始理解他了。那么，他所期待的广大百姓的觉醒，绝不是空想了。他感到自慰，脸上露出微笑。

桂姝见义父不置可否地微笑，急得顿了顿足，向阿弼投去个眼色。

阿弼会意，坚决解衣宽带，一边催促，一边将脱下的衣服，不由分说地硬塞在翼王手里……

三

夜雨洗净了闹市的尘埃，空气清新。成都平原上，绿树如茵，百花飘香。太阳驱散阴霾，习习凉风，沁人肺腑。

这正是一天中最美好的时刻，天府之国的首府成都，平时最热闹的街道，已空无一人。阖城百姓，全都涌到文殊院侧的北校场去了。文殊院原名信相寺，建于南朝，历隋、唐、宋、元各代，香火鼎盛。明代曾毁于兵燹，康熙三十年重建，改名文殊院，是成都善男信女进香祈祷、游春踏青的所在。

今天，虽然殿宇如常、风铃依旧，却无香客光顾，连院中百余尊大小铜佛、十尊护戒神像，也无人瞻仰了。只有千余全副武装的清兵聚集在院前，破坏了古刹静穆的气氛。

校场西头，临时搭起的凉棚尚空着，数万百姓目不转睛地看着它。

为了"彰天讨，快人心"，骆秉章、崇实决定，在这里处决石达开等四人。由于太平军未曾占领过成都，百姓对他们缺乏最起码的了解，心目中石达开等人的形象，不过是青面獠牙、红眉绿眼、头披长发的凶神恶煞之徒。人们互相交谈，议论纷纷。

"石达开乃张献忠转世。"一位书生肯定地说，"幸亏大清气数正旺，全川黎民百姓才免遭二百年前之浩劫，骆、刘二公实得天助也。"

"汉有诸葛亮，清有骆秉章，两千年前后交相辉映，光耀日月，功高宇宙!"这冬烘学究显然是骆的崇拜者，他得意地说，"数年前即有'若要川民乐，除非马生角'的民谣，可知天意如此，岂是巧合哉!"

穷苦百姓与士绅们的想法究竟有很大差异。在他们看来，无论官兵贼匪，谁让百姓吃饱饭，就同情、拥戴谁。他们不觉得骆、刘二人给了百姓多大的好处，也无法推测如太平军入川，会使他们吃多大苦头。他们眼下所关心的，是名震天下的翼王像个什么样儿？在凌迟处死时，会表现出何等英雄气概？一位老农说："都说石达开模样像张翼德，气力胜楚霸王。要不，曾国藩为何屡次成为他的手下败将？自古以来的英雄好汉，砍头碗大个疤，眼睛也不眨一眨。今天，怕硬是有看头!”

这一褒一贬，使书生和冬烘学究颇觉刺耳。朝野钦敬、誉满天下的曾大帅，被山野愚民直呼其名，以常败将军视之，实在有些亵渎。

“‘粉身碎骨浑不怕，要留清白在人间。’正是翼王品格。”老艺人不知何时到了成都，挤在人群中，叹道，“他不同于张献忠，也不同于楚霸王。他就是他！虽失败了，他死后，四川百姓会长久地怀念他!”

周围的百姓立即好奇地围住他询问起来。

太阳快升到当空了。驻扎在文殊院的清军开进北校场，很快地分散开，控制了校场的进出口。接着，四辆囚车推过来了。监斩官、刽子手、总督署的几名幕僚骑马跟在左右。一阵短暂的沉默后，校场上突然山呼海啸般沸腾起来。

刑车在凉棚前停下，监斩官和幕僚们跳下马，煞有介事地在棚前案头坐下。刽子手们拿着七寸长的利刃，毕恭毕敬地在案前侍候着。几名戈什捧来一坛酒和几个大碗，以及笔砚纸张等置于案上。

处决囚犯时千篇一律的程式，引起人们各式各样的猜测。有的说，石达开会一拳打翻酒碗，再将监斩官和皇帝老儿大骂一顿；有的说他一定会抢过酒坛，一气喝干，然后吟几句绝命诗以明志；甚至有人估计，会闹一场劫法场的全武行……

囚车终于打开，石达开、曾仕和、黄再忠和韦普成昂首挺胸，从囚车里走了出来。

像掀天的狂涛突然消失，鼎沸的人声戛然而止，校场上寂静得没有一点声息。

人们骇然了。石达开这么年轻，这么英俊。谁也没有想到“发逆巨酋”竟是如此出色人物！这与他们心目中的形象，差别实在太大了。

人们总是同情失败的英雄，这似乎已是未成文的法则。而石达开的姿容器度，使这种同情心陡涨十倍！好像有一种无形的魅力，人们的心为他的命运而紧缩了。

骆秉章和崇实倒有几分雅量，竟敢在处决前为“发匪元凶”除去镣铐。只此一点，就足以引起轰动，为今天的刑场增添不少色彩。

太阳当顶，午时三刻到了。三声炮响，监斩官做个手势，两名戈什立即斟满一杯“安魂酒”，走到石达开面前，双手递上。

石达开淡淡一笑，理了理披垂的长发，又用手扯平衣袍上的皱纹，然后接过碗，舒容展眉，款款而饮。那从容不迫之色，仿佛不知死神已来到他的身旁，倒像在品尝生命的美酒。

“好汉！好汉！”不知谁发出由衷的赞叹。

第二碗酒递给曾仕和，他双手接过，微皱眉头，心中像倒海翻江般折腾起来。蚁蝼尚且贪生，何况于人？生命对于他，实在太短促了。他颇有些感伤，又难以启口，瑟缩地看着翼王。翼王并没有注意他，把目光投向苍穹，疏秀的胡须被轻柔的风吹起，挂在肩头。大约是受了翼王视死如归的精神感染，他终于咬了咬牙，仰起脖子一气将酒喝干。

黄再忠仰天一笑，毫无惧色地喝完一大碗酒，并以指敲碗，清脆地吟了一句什么词儿。韦普成干脆从戈什手中夺过酒坛，来了个“长鲸吸百川”，一饮而尽。然后，哈哈一阵大笑，一拳将酒坛击得粉碎。

人们再也抑制不住内心的激动，轰然叫起好来。

让受刑者留下遗嘱，是古已有之规矩。监斩官笑容可掬地指了指案头的笔墨：“石将军，生前有何未了之事，不妨写下。下官代呈骆中堂，尽力办到。”

不知道是没有听见这话，还是对大清刑律表示藐视，石达开的反应是淡漠的。他根本不去理会监斩官暗含杀机的奸笑，依旧极目天宇，神驰八荒。

还有什么生前未了之事呢？不，什么也没有了。经过昨夜痛苦而深刻的反省，郁积在心中的悔恨、怅惘、悲愤的情愫，都一扫而光。死亡，算得了什么？此刻，死对于他并不意味着绝望和毁灭，而是希望的开始，灵魂的净化。死，是暂时的，留下一片浩然正气，那才是永恒的。失败，也是暂时的，腐朽的满清政权，必定会被后来者推翻。太平天国的灭亡，并不是事业的终结，有志的华夏男儿，将风起云涌，前仆后继，直至推翻清王朝。鲜血，会沃出一个平等的世界！

“舍命全三军”，他早意识到，自己和娇妻爱子，下属部将用生命所换来的代价，已经远远地超越了他的初衷。他和他们的鲜血，将会振聋发聩、醒痴震顽，唤醒民族的自尊和自信，待到华夏民族振兴崛起之时，他们将含笑九泉！

“平生豪气震寰宁，事不惊人不丈夫”，天国的事业，自己的事业可以震烁千古，今日就义，何憾之有！他的思想，进入了肃穆高洁、绝无纤尘的境界，身前恨，身后名，都不再系心萦怀。这种境界，是充实的、高尚的，是充满信心的“一片冰心在玉壶”的境界。

石达开神色怡然地抚了抚长须，深深吸了一口气，又徐徐吐出来，面对和风丽日、绿树远山和数万围观者，深情地笑了。

此时，他才问心无愧地将几次欲吐又咽、无颜出口的文天祥的诗句，朗朗地吟了出来：

人生自古谁无死，
留取丹心照汗青！

不是以丰功伟业，不是以宏文巨著，石达开是以临刑前的一片丹心、一腔正气，使四川百姓充分了解太平天国和他。无怪死后数十年，并未受他恩惠的川民，会如此崇敬他、怀念他！

“你呢，曾将军。”监斩官似乎被石达开的凛然正气所感动，话音里有几分胆怯。

曾仕和心里百念俱生，波翻浪滚，千头万绪，不知从何说起。他时而悔，时而恨，时而沮丧，时而振作，思绪纷繁。最后，终于摇了摇头，轻轻地把头埋下。

此刻，黄再忠并未为自己的后事花费心思。留给他的时刻已异常短促了，没工夫留什么遗言。被捕以后，他只有一种绵绵之恨：翼王本来有能力占据四川，却因一着之误，全盘失败，能不令人遗憾么！他目视着石达开，仰天长吁，抚膺低吟：

出师未捷身先死，
长使英雄泪满襟。

看见韦普成雄如怒狮、貌似貔貅，监斩官颇有些心惊，尽量和蔼地问："韦将军有何话说，尽管吩咐。"说完，忙把身子靠后一些。

韦普成却丝毫没有动手之意，粗豪地大笑一声："要杀就杀，要剐就剐，还问什么！"

此时，校场上数万人竟听不到一点声音。连那书生和冬烘学究，也瞠目结舌、噤若寒蝉。谁都知道这是邪恶在审判正义，黑暗在屠杀光明。清廷强加给翼王和太平军的种种罪名，如今真相大白。他们不是匪，他们不是贼！他们是倒海翻江的英雄，是反清的义士。他们临危不惧、视死如归的英雄气概，将永远留在四川人民的心中。

凉棚左侧一字儿竖着四根木柱。石达开等谈笑自若地来到木柱下面，各自脱下衣服，剩一条短裤衩，让刽子手缚在柱上。

"凌迟"，即所谓剐刑，是一种最野蛮、最残忍的酷刑。骆秉章、刘蓉们在"宽厚、仁慈"的画皮后面，暴露出豺狼嗜血的本性。

人们同情的泪水，比英雄们所流的血更多。刽子手们预期的"人心大快，民气一振"的效果，完全没有达到。碧血能"清心明目"，石达开高大的形象，从此深深地铭刻在川民心中，历百年而不衰。

谁说"龙虎散，风云绝了"？石达开正深情地面对东方，缅怀正在那里浴血苦战的天王和天国的兄弟。也许，天国会败亡，但"龙虎"激荡起的风云，总有一天会弥漫长天、席卷中华。巨大的精神力量支撑着，使他无畏地忍受了人寰中最残酷的痛苦。

曾仕和在经过最大的强制后，终于熬不住剧烈的疼，轻轻哼了一声。

石达开真正地愤怒了。他最不能容忍的正是软弱，尽管他汗下如雨，仍竭尽全身的力气，扭头向曾仕和喝道："懦夫，何不能忍此须臾？如果我辈擒彼，亦当如此耳！"

这句话，使曾仕和在最后一刻完善了自己的形象。他的名字也和黄再忠、韦普成一起，铭刻在川民心中。

校场上数万百姓涕泗横流。

老艺人摘下小帽，低头默哀；聚在他周围的百姓，也摘帽致哀。他看到，翼王的血没有白流，人民在这血腥的罪行中，看到了华夏崛起的希望，也看清了满清王朝的残暴。他在心中暗自说道：“翼王，民心如此，你可以安息了。总有一天，你在九泉之下，会看到神州光复的。”

躲在人群中目睹这惊天动地一幕的张遂谋，却一阵阵战栗，无地自容！刽子手的每一刀，都好像割在他心上，这是正义对他的鞭笞。他将与骆秉章、刘蓉之流一起，永远被载入历史的耻辱簿上。

人们含泪散去，北校场上只剩下四具英雄的白骨。碧血和泪水浸湿焦土，在阳光下熠熠生辉……

经过半天思考，张遂谋决定到刑场抚尸一哭，以减轻良心上的重负。半夜，他换了身玄色紧身衣服，用黑布蒙了脸，仅露出一对阴沉沉的眼睛，带了匕首，悄悄来到北校场。

可是，他来晚了。看守翼王遗骨的几名清兵全都被杀死，尸骨也被盗走了。

他大吃一惊，禁不住浑身战栗。翼王旧部来到了成都，必然要取自己的头，太平军中有的是能人，防不胜防。下一步怎么办？他木然地转过身，一边慢慢走回公馆，一边深深地思索着……

第一〇章　自　绝

一

石达开就义两天之后，刘蓉偕心腹机要幕僚黄彭年，风驰电掣般赶回成都。

骆秉章在总督衙门的客厅里，听取了他们关于“善后”事宜的汇报。他一边用象牙牙签剔牙，一边似笑非笑地听着。听完汇报，他收起牙签，伸出三个指头，问：“据报王松林擅自收容三千发匪，而霞翁说，将其所留‘长毛’千余尽皆杀尽。未知是前报有误，还是只杀千余，放了千余?”

“王松林擅留发匪，编成六营，诚属少年无知。但所传三千，亦非确数。”刘蓉的语气中，分明有袒护之意，“若非他与杨应刚身入贼巢，诱擒元凶，石逆断不能生擒，功过各半。论功行赏，自然不允，量罪处分，亦可不必。”

“霞仙兄所论可谓公允，但私留贼匪，究系干犯国法，此风断不可长。”骆秉章突然沉下脸来：“学生已派人至冕宁逮王松林归案。”

“如此处置妥么?”刘蓉一惊，还想往下说，黄彭年暗中捏他一把，方住了口。这并非他对王松林有特殊好感，也不是念其诱擒石达开有功，而是在他心中有一道不容混淆的界线：“官”与“贼”是有严格的区别的。

骆秉章并没有因他反对而生气。在他看来，刘蓉才华横溢，多谋善断，可惜书生气太重了。不经磨炼，难以建树更大的功业。见刘蓉住了口，知有所悟，便不再提这事，含笑问道：“此番生擒石逆，当以张遂谋为首功。如何量其功罪，奏请圣上裁夺，学生尚未思考成熟，想听一听霞仙兄及黄先生的高见。”

黄彭年老于世故，含笑不语。刘蓉思忖片刻，俯过身去，审慎地说："论功量罪，大人自有明见，治下岂敢置喙？只是张遂谋深谋远虑，难以驾驭。"

"霞仙兄之意？"

"明知其为石逆军师，贼中悍将，不得已而用之，正如曹孟德之用许攸耳。"

"哈哈！"骆秉章说不清是赞许，还是别有用意地一笑，"为将帅者须得赏罚分明。再说学生绝不步曹操后尘，贻笑后世。"说到此，他端茶送客，"学生已将石定忠交张遂谋抚养。哦，二君不去与老朋友一叙么？"

刘蓉完全理解他的意思，不能不承认，骆秉章比自己看得更远、想得更深。杀人何须见血呢？他们点头告辞，去会"老朋友"张遂谋。

石定忠在张遂谋手中，像一团炙人的火。来到成都后，他被安置在一所小院里，骆秉章专门派了一名夫役来侍候他。

夫役又聋又哑，粗愚夯蛮，虽不甚得力，却令人放心。石达开被凌迟处死后，又派来一位银须白发的老兵，像只没嘴的葫芦，沉默寡言，但那双冰冷的眼睛老盯着他，令人不寒而栗。张遂谋知道已被严密监视起来，他不满、愤怒，但又无可奈何。

每当夜深人静、卧床深思时，他总是在想：为什么骆秉章要将石定忠交自己抚养？这后面究竟有什么文章？刘蓉言不由衷的夸赞、骆秉章深不可测的笑容，使他产生一种如临深渊的自危感。特别是翼王的尸骨被盗后，他更感到恐怖，甚至昼不敢出、夜不能寐。他开始尝到了自己亲手种下的苦果。

翼王就义的第三天，他独自在院中百无聊赖。抚琴解闷，五音俱乱；作画消遣，笔墨呆滞；吟诗抒怀，难成韵律。欲至武侯祠一游，又有点儿惧怕。没奈何，只得取出本《纲鉴易知录》翻阅。没读几页，老兵那个蓬乱的白头，从门缝伸进来，说："张先生，藩台大人来访。"

听说刘蓉从大渡河前线回来，不知为什么使张遂谋一阵心惊肉跳。说也奇怪，这个平素泰山崩于前而色不变、匹马踹千军而心不跳的汉子，现在哪怕数声鸟啼、一阵风声，也会使他心惊肉跳。他悻悻地说：“知道了。”强作镇静，迎了出去。

寒暄罢，刘蓉冷不丁地说道：“留在老鸦漩的两千残匪，一举全歼；遣散之贼，也被官军捕杀，漏网者寥寥无几。出师以来，未有歼敌如此之多者，实为学生生平第一快事，未知张先生以为然否？”

屠杀太平军余部，原在张遂谋的预料之中。他觉得事情做得太绝了，嘴上却不能不说：“小将亦认为是一大快事。”

“哈哈！”刘蓉笑道，“可知消灭发匪，人同此心。张先生，学生还有一事请教。”

“不敢。”张遂谋低下头，竖起耳朵静听。

“王松林擅留残匪，编为六营，依先生之见，该如何处置？”

“这，”张遂谋一怔，将头埋得更低，“此事非同小可，中堂、藩台二位大人自有明断，岂容小将妄议？”

“骆中堂已遣人至冕宁，逮王松林归案。”说到这里，刘蓉突然站起，与黄彭年一起告辞。走到门口，黄彭年回头含笑道：“此次平定石逆，张先生立了头功，青紫计日可待，荣膺封赏之日，在下定来庆贺。”

像遭到霹雳轰顶，张遂谋脸上顿时失去血色。刘蓉、黄彭年的话说得冷静、平和，在他听起来，却有万钧力量。目送他们离去，心里暗自揣摩他们的来意。为什么三言两语，说罢即去？难道是专程来告诉他这两件事情么？王松林是有功之将，一有过错，竟如此重罚。自己曾经给过清军严重打击，他们能忘记旧恨，放过自己吗？联想起要他抚养石定忠的事，他敏感地察觉到，在他身旁布下了可怕的陷阱，稍不留意即会落入圈套，真是防不胜防。他的心很不平静，一忽儿因卖主求荣而感到惭愧；一忽儿又野心勃勃，想得到高官厚禄，遂平生之愿。他痛苦地斗争着、矛盾着，像一个失意的人在十字路口徘徊。

他终夜难眠，辗转反侧，越想越不能自安。他感到一张可怕的“网”正从四面八方围拢来，越收越紧，无处可逃。看来，骆、刘二人对他的猜疑很深，迟早会对他下毒手的。但这怨谁？怪谁？他曾经亲手陷石达开于绝境，曾几何时，自己也深深陷入了绝境，这是多么可怜而又可悲啊！

他很自然地将翼王与骆、刘之流做对比，将天国和清廷做对比，道义所属，民心所向，清清楚楚！当功名、富贵的欲望主宰他，引诱他去拼命追求时，眼睛被五彩缤纷的浮云遮掩，怎能分得清恩人仇人？怎能辨得明善恶是非？古往今来，名缰利锁，曾贻误过多少豪杰！

在富贵梦被无情地击破，连生命也难以保全的时候，他才发觉，自己走错了路。严酷的现实促使他清醒，开始产生悔悟之心。

就像翼王自己铸成大错一样，他也犯下了无可挽回的巨大罪过。

过去，他嘲笑过石达开的愚忠、痴义。此刻，他痛感这种忠诚和侠义是多么的难能可贵啊！

后悔已经太晚了，沾满双手的血迹是揩拭不尽的。石定忠正在身旁酣甜入梦，小嘴巴稚气地翘起，两颊上浅浅的酒窝里，泛溢着天真迷人的笑意，就像盛满了生命的琼浆。看着这位昔日的小主人，他的心突然迷乱了。沉闷的更柝声中，漫漫长夜似乎变得更加阴沉。他蓦地想起了久已忘怀的无邪的童年，想起了十余年来军笳胡鼓、刀光剑影的戎马生涯，也想起了在老鸦漩独闯石营、诱擒旧主的那一个耻辱之夜——近日来，他还一直为自己的“孤胆”而沾沾自喜。而此刻，想一想也觉脸红了。

一切都过去了，像做了一场噩梦。夜尽梦醒，才发现自己已沦为罪人——像陷害天兄耶稣的犹大一样，背负着沉重的十字架……

他急忙把眼光从定忠的脸上挪开，索性披衣坐起，失神地看着蜡烛寸寸消融，又看着窗纸渐渐发白……无形的绞索就在前面，该怎样走完这短促的生命旅程？他在苦苦地思索着……

二

表面看来，张遂谋的生活是很逍遥自在的。一应吃穿用品都很丰盛，从不短缺。典籍图书，笔墨琴棋，应有尽有。虽有老兵或夫役跟着，他的行动也是很自由的，甚至允许带着石定忠到杜甫草堂、武侯祠、望江楼或青羊宫等名胜古迹去散步。

一些官员和幕客常来串门，或饮酒赋诗，或弈棋弄弦，或绘画吟诗，高谈阔论，直到尽兴方归。而客人一去，张遂谋便陷入深深的孤独与怅惘之中。特别使他惶恐不安的，便是老兵深邃的目光总盯着他，似鄙夷，又似恭顺；似仇视，又似冷漠，使得他时刻提心吊胆。

虽然没有封赏的消息，也没有加害的征兆，张遂谋总算平安地度过了一个多月。

这一天，烈日如火，溽暑蒸人，没有客人来访，张遂谋百无聊赖，拖着木屐，带着石定忠到院后梧桐树荫下乘凉。热风透过浓密的树荫，变得凉爽宜人。一对红啄长尾、五彩斑斓的桐花凤在枝头啾啾啼鸣，给静寂的树林平添了无限生趣。老兵许久没有露面，大约是出门去了。又聋又哑的夫役，正在埋头打扫庭院，似乎压根儿不知他们在这里。

只要背后没有老兵那一双刺人的眼睛盯住他，张遂谋就会感到轻松。他坐在石凳上抚须沉吟，整理永远理不清的思绪。定忠用木制的长剑练武，兴致很高，剑法虽嫩，一种雄浑劲俏的作风，竟与石达开酷肖。突然，定忠以一个白鹤亮翅的姿势停住剑，转动眸子，向他投去一个得意的微笑。这笑容针一般刺痛了张遂谋。他好像看见了翼王的气质，在这个五岁的孩子身上再现。

近一个多月，他真正尝到了孤独、屈辱的滋味。除了天真幼稚的定忠，他几乎受到了一切人的唾弃。这种滋味，每时每刻都像无形的鞭子抽打着他、折磨着他。他的心隐隐作痛——仿佛随时都会滴下鲜血……

“阿叔，父王究竟在哪里？我想他。”定忠忽然将木剑插入鞘中，扑到他怀里，亲切地问。

定忠不止十次、百次地问过他，他每一次都支支吾吾，不敢回答。如果定忠知道一切真情之后，将怎样仇恨、诅咒他呢？他现在已把抚养定忠看作是为自己灵魂赎罪的唯一的行动了。

他抚着定忠的头，吞声饮泣。

“阿叔，父王在哪里？在哪里？”定忠的性格像他父亲一样执拗，抓住他的手拼命摇晃。

在这个天真无邪的孩子面前，他是一个罪人。要不要将真情告诉他呢？他的思想一直斗争着。隐瞒不能长久，就像纸包不住火一样。张遂谋懂得，用欺骗来换取良心的安慰，那是自欺欺人。若让他知道真情，万一透出一字半句，不但定忠的生命不保，自己赎罪的一番“苦心”，也将化为泡影。他左思右想，不能告诉定忠！他强忍夺眶欲出的眼泪，说：“翼王在上帝那里。”

定忠微笑了，学着父亲的口吻说：“上帝那里，是个什么都有、什么也没有的地方。阿叔，父王说过，他要带我去上帝那儿。他就会来接我的，是么，阿叔？”

张遂谋垂下眼睑，不敢看定忠怀着企望的微笑。虚无缥缈的上帝乐园，不但使成千上万的勇士舍身追求，还骗取了孩子纯真的向往。定忠的每一个字都像一支利箭，刺得他心尖滴血！他诅咒自己的卑劣和无耻。

向孩子披露父亲的死是残酷的，而隐瞒却是一种罪恶。他出卖主人、出卖自己的灵魂时，连眉头也没有皱一下。如今，想要在魔鬼手中赎回罪恶的灵魂时，付出的代价竟然如此惨重！

他不能再容忍自己了。赎罪，不是洗刷，自己铸成的大错，不是用眼泪能抹掉的。

又聋又哑的夫役是不必害怕的，他更紧地搂着定忠，一字一颤地说：“定忠，翼王被他们杀害了。”

“他们？他们是谁？！”定忠稚气的脸上，充满了怒气。

“他们是天国和翼王的仇人，还有阿叔。”声音低沉得几乎听不见，他羞愧得双手掩面，不敢再看定忠一眼。

定忠瞪大眼睛，用力去掰他的手。他木然地将手指一只只伸开，任凭定忠细看。

“不是你，阿叔！不是你杀了父王。你的手上没有血，你的手是干净的。”定忠放开他，用力抽出木剑，找不到发泄的对象，只得含泪将剑指向湛蓝的天空，哭喊道：“我要报仇！我要为父王报仇！”

手上没有血吗？张遂谋下意识地把手伸到眼前，手是洁白的，可谁能说没有沾满血迹？只不过这位天真的孩子看不见罢了……

“报仇！报仇！”定忠还在不断地喊。他没有想到要制止他，也没有想到万一监视者们听到后，会引起什么样的严重后果。在他眼前的定忠，好像一下子变成了大人，与翼王一样高大英武，那双炯炯有神的眼睛紧盯着他，充满鄙夷，充满仇恨……

他不自觉地一阵哆嗦，一转脸，竹林里正好闪过一双阴沉而愤怒的眼睛——这正是那位老兵在盯着他。很奇怪，一旦秘密被人发现，他反而镇静了，冷冷地反盯住老兵。那老兵毫无掩饰之意，缓缓地走过来，呆板地对他弯了弯腰，说道："张先生，有客。"

去不去会客呢？他迟疑片刻，很快打定主意：既然他和定忠的谈话老兵已听见了，那就必须当机立断，逃走！明知自己逃不出去，但一定要在今天晚上，设法让定忠逃走。他若无其事地对老兵点点头，掸了掸旧皂袍，昂首而去。到了拐角处，他回头一看，只见老兵蹲在定忠的面前，说了一句什么，然后，捂住了他的嘴巴……

来访的是臬司的两位清客，一姓蒋，一姓孔，常来谈天。少不得抚一曲、弈一局，仿佛尚未尽兴，毫无去意。张遂谋只得命夫役备酒小酌，招待客人。孔某忽然雅兴大发，举起酒杯嚷道："古之女子有才者多，不如各诵一首闺中词。若不能吟诵者，罚一大杯。"

蒋某立即附和，并当先吟诵一首魏夫人的《菩萨蛮》。孔某接着吟诵李易安的《声声慢》，并逼张遂谋吟诵。

张遂谋虽惦念着定忠，心如火焚，可仍然应付自如，不乱方寸。何不借古人酒杯，浇自己心头块垒？他端起一杯酒，呷一口，颇富感情地吟哦道：

不是爱风尘，似被前缘误。花落花开自有时，总赖东君主。
去也终须去，住也如何住。若得山花插满头，莫问奴归处。[①]

孔某迭声叫好，击节不止。蒋某似有所觉，斜睨他一眼，转过话题，笑道："张先生不求名利，洁身自好，固令人钦佩，究竟可惜。擒石之役，先生当居首功；然骆中堂加太子太保衔，刘藩台擢升陕西巡抚，即将赴

① 宋天台营妓严蕊《卜算子》。

任；其余有功人员，均皆封赏。而皇恩独不施于先生，实在令人……”

张遂谋静静地听着，表面虽含笑不语，心中却感慨万千。自己卖主求荣，忍受良心和道义的谴责，所换得的“成功”，只不过染红了他人的顶子。一生之过失，莫大于此！别人利用了他，加官晋爵之后，磨刀霍霍，无时无刻不准备加害于他，一生之耻辱，亦莫大于此！如此结局，还有何面目立于天地间？生，无颜对天下；死，无颜对翼王。而今，天地之大，竟连立锥之地也找不到了……

孔某插话道：“张先生自甘寂寞，何必相强？王松林虽有诱擒石逆之功，只因擅留三千发逆，若非及早抽身，也难逃斧钺之诛。”

这消息对于张遂谋，又是一大震动。自己出身于“贼”中，受到疑忌，尚在情理之内；王松林堂堂军官，也险遭杀身之祸。大清官场之中，弱肉强食，成了魑魅魍魉世界！王松林尚能弃冠远遁，看破红尘，与大清决裂，自己却连他都不如，岂不悲哉！

酒阑兴尽，早已月上中天。张遂谋送走客人，急忙回到卧室。室内一灯如豆，定忠赤膊沉睡，瘦削而倔强的脸上，闪着泪光。此情此景，使他再次想起了那一个造成终身之耻的夜晚。当他雄心勃勃地要索取旧主的头颅时，不正是在孩子们的天真和纯洁面前，第一次发现了自己的卑劣么？为什么那时不能当机立断，重归旧主？至少也应像王松林那样，遁迹江湖，避祸远走。难道不是功利之心驱使，使自己不能自拔，才一步一步地陷入今天的尴尬境地么？

后悔是无用的。他俯下身去，准备叫醒定忠，乘夜逃走。猛地，一阵沉重的脚步声来到门口，他打开门，又是那该死的老兵。

一个念头在他脑海里闪过：杀死他！一切都被老兵发现了，不杀，定忠休想逃离虎口。

“先生，你是一个罪人。”不待他动作，老兵开口了，声音有如天际的闷雷。

“此话怎讲？”他愕然了。

“老朽侍候过石将军，又侍候你和定忠。”大约是因为激动，老兵的龙钟之态，一扫而光，言语慷慨，“以前，曾听说‘长毛’是匪，石将军是杀人不眨眼的魔王。如今才知道，他是顶天立地的好汉子，耳闻不如眼见哪！害这样的人是有罪的，骆中堂、刘藩台，还有你，都是罪人，都是千古罪人啊！”

张遂谋像一根木桩，动弹不得。这是人民的评判！看见老兵眼里热泪盈盈，张遂谋这才明白，为什么老兵老跟着他与定忠，为什么方才定忠喊“报仇”时，忙去捂住他的嘴……原来这老兵就是看守过翼王的老狱卒！他也流泪了，悔愧交加地说：“是的，老伯，我是个罪人。我的手上，沾满了翼王和四万兄弟的血……”

“罪孽！罪孽啊！”老兵毫无谅解他的意思，冷冷地说，“赎罪吧，张先生，以你的血、你的命来赎罪。只有血才能还血，只有命才能抵命。赎罪吧！张先生。”

像一盆冰凉冰凉的水劈头浇下，使张遂谋大彻大悟了，除了死他没有其他出路。

“是的，应该以血和命赎罪。大伯，要不是为了他——翼王的遗孤，我早已无颜活下去了。只要定忠能脱险，我自有归宿处。”他默默地点点头，诚恳地说。

老兵把连鬓白须猛一掀，毅然说道：“为忠良抚遗孤，责无旁贷。定忠交给我，为石将军留一脉香火。你尽管放心去吧！张先生。只要这把老骨头还在，清明寒食，为你烧几张纸钱，断不让你做孤魂野鬼。”

平生孤傲自负的张遂谋，只向天王、东王、翼王下跪过。现在，他郑重地向老兵跪下，哭泣道：“义士保重，遂谋当承受应得之罪。”

三

可是，一切都太迟了。

当老兵刚将石定忠抱起，那位夯蛮的“哑”夫役闯进门来，叫道：“骆中堂大人到！”不待张遂谋赶出去迎接，骆秉章与几名幕僚破门而入。

张遂谋暗暗叫苦，平日只留意怀着一片忠心的老兵，竟未提防表面粗愚的“哑”夫役。他没有表现出丝毫慌乱，作揖道：“不知大人深夜驾到，有失迎迓，还乞见谅。大人亲临，必有见教。”

骆秉章随便坐下，启齿一笑，说道：“夏夜更长，百无聊赖，忽忆久未向先生问安，故深夜打扰，以讨教益。”

“大人礼贤下士，乃将相胸怀，令人敬佩。”张遂谋的话中，带有明显的嘲讽意味。同时，他向老兵投去一个眼色。老兵会意，抱起定忠准备离去。

刚进门时，骆秉章就留意到，石定忠正愤怒地盯住他，老兵也倔强地站着。此刻，见他们欲去，连忙一摆手，和颜悦色地说：“老夫此来，非为公事，不过聊些家常，何必回避？来，坐下。”

老兵无可奈何，放下定忠，在一旁侍立。

骆秉章笑容可掬地说：“此儿长得英俊，非同凡人，日后必成大器。”

事情会有什么结果，张遂谋已完全料定，怀着悲愤的心情，语气强硬地说：“大人独具慧眼，阅人可谓入木三分。定忠天资聪明，不下乃父，只可惜生为‘逆种’，越是超群非凡，越是不为诸公所宽容。若此儿痴笨愚昧，倒也许能享天年，岂不可叹！否则，他日干城良将，建奇功，创伟业，舍此子莫属。”

这一番话，已到“大逆不道”的地步，幕僚们无不勃然作色。骆秉章却抚髯大笑：“后生可畏，诚如张先生所言。然谓老夫将畏此子而杀之，则先生之言差矣。如欲诛之，何不与石逆一起除掉，而留与先生抚养？”说着，他走到张遂谋面前，轻轻抚着定忠的头，问：“定忠、定忠！成人之后，将何所作为？”

定忠憎恶地避开他，歪着脖子说：“长大后，我要做大将军，带千万兵马，杀绝清妖，为父王报仇！”

幕僚们无不惊诧失色，看看骆秉章，又看看张遂谋，顿时屋里寂静得没有一点声息。

张遂谋凝然端坐，微带冷笑，根本不向骆秉章看一眼。骆秉章先一怔，不自觉地流露出杀机；继而又一笑，竖起拇指，摇头道：“石将军可谓有种！此儿胸怀坦荡，确有父风，倒叫人喜爱。张先生，老夫有一求，未知肯允否？”

“中堂大人权倾朝野，炙手可热，但有吩咐，敢不唯命是听！何必言一‘求’字？”

“既如此，老夫斗胆启齿了。孙儿顽劣，不从师诲，欲以此儿伴读，定可相互得益。只不知张先生肯割爱否？”

谁都听得出他的言外之意。定忠死了，张遂谋欲活无颜，何况他本人已决心一死，还有什么畏惧？他冷不丁地爆发出一阵刺耳的大笑：“以‘逆首’之子为孙儿伴读，大人的胆识、度量的确非凡。操生杀之权，而怀‘仁爱’之心，在下敢不割爱么？”

字字含讽，句句带刺，满座悚然。骆秉章竟能不动声色、装傻卖痴，拱手说：“蒙先生惠赐，老夫感激之至。来人，先将石公子送回督署，好生侍候！”

守候在门外的戈什应声而入，要去抱石定忠。一直沉默的老兵突然爆发了，怒不可遏地大叫道：“住手！”奔上前，夺过定忠，紧紧地抱在怀里。

“哈哈，甜言蜜语，骗得了谁！”他不知是哭是笑，“五岁幼童哪，也难免死于屠刀之下么？苍天呀，苍天！公正与道义何在？”

一幕僚勃然作色，骂道：“老贼，你庇护逆种，忤逆上宪，岂不是‘长毛’的奸细么？”

“我？‘长毛’的奸细？”老兵拍着胸膛说，“不，我忠心为大清守了几十年监狱，从未玩忽职守，像一条看家的老狗，靠你们牙缝中挤出的残羹剩饭过活，而毫无怨言。但我毕竟有一颗人心。几十年来，什么不平的事我没见过？什么缺德的事我没被迫干过？如今，我醒悟了，我不能再看见你们丧心病狂地杀害一个无辜的孩子！”

骆秉章再也不能掩饰残忍的本性了，一摆手，那位夯蛮“哑”夫役立即举刀将老兵砍倒。

老兵躺在血泊中，犹自不住地怒骂：“哈哈！你们以为把石将军杀害了，天地间的正气就灭了么？你们高兴得太早了。骆大人，实对你说吧，石将军还活着，是我亲自将他放出牢的。”他捂住血流如注的胸膛，用最后的力气转向张遂谋："那天，就是五月初九的晚上，一男一女来探监，是我放他们进去的。那女人是石将军的义女，男的与石将军长得一模一样。我在门外听着，男的要与石将军换衣服，代他受剐刑；石将军不肯从，争执起来。骆大人，你们不是骂'长毛'是'贼'么？这样义气的贼，只怕你们这些为官做宦的还不如哩。我听着，流泪了，良心发现了，像从一场噩梦中苏醒了。后来……后来，我亲眼看见那男的脱下自己的衣服，交给石将军。我不忍再看下去，走了。不大一会，石将军和他的义女来了，我不能眼看这样的好人受难，就亲自带他们从秘道离开了公馆。临别，女的还说谢我救了翼王……"他欣慰地一笑，合上了眼睛……

别人也许会认为这不过是荒诞离奇的呓语，骆秉章却不能不胆战心惊。他亲耳听刘蓉说过，石达开的确与一位部将酷肖，甚至几乎瞒过了相随十余年的张遂谋。老兵说得有板有眼，确凿可据，令人不能不怀疑。

他记得，在杀了石达开后，曾给皇上一个奏折，说："石逆临刑之际，神色怡然，无一毫畏缩态，实丑类之最悍者，绝非他贼可以假冒。"万一日后真冒出一个石达开，他将如何向圣上交代？

此时，他真是如坐针毡，心旌动摇，因怕张遂谋等看出他的窘态，急忙起身告辞。

"更深夜静，张先生也该安寝了，老夫就此告辞，改日再聆听大教。"

众幕僚抱着定忠，簇拥着骆秉章出了院门。一幕僚不平地说："张逆如此狂悖，何不杀之？"

骆秉章摇摇头，冷酷地说："杀此逆子，张贼不自尽，也会被逆党所杀，难逃一死。何必污我宝刀，使天下人笑老夫不能容人耶？"

耳听得定忠一路哭骂，张遂谋的心像浸在冰窖里。定忠在手，可以掩人耳目，让天下人以及石达开旧部，知其抚养遗孤，确有改悔之意，不致对他进行报复，为他留一条生路。如今，这个打算已成了泡影。

老兵临死前披露的那件人事，同样使他受到巨大的震动。他曾经亲眼见过与翼王酷肖的阿弼，也目睹了翼王就义。起初，他不能相信老兵所说之事会是真的。在屠刀面前那么坦然，那么从容，不正是他熟悉的翼王的性格么？转念一想，阿弼既然不惧一死，代主受刑，被凌迟处决时，泰然自若，何尝不是理所当然的？

他无暇深究被清军杀害的究竟是翼王，还是阿弼。从感情上，他此刻倒希望翼王仍然活着。翼王不死，他背上所背的罪恶的包袱，至少可以减轻一分半分哩。

他悔愧交加地在老兵的遗体前跪下。老兵欣慰的笑容，仍然长久地留在脸上。这笑容无异于长鞭，抽笞着他丑恶的灵魂，使他自惭形秽、无地自容！

“老义士啊，你是应当魂升天堂的。而我，永远也找不到通往天堂之路了。”他泪如泉涌，发疯似的叫喊，“我将背负泰山一样沉重的罪恶，离开人世，永坠地狱……”

没有人理会他——连监视他的“哑”夫役也奉命撤走，他仿佛被世人遗忘了。

“我要赎罪！”他高高地举起两只手，恐怖地看着，“谁说它是干净的？谁说它上面没有血污？不，这罪恶的手上，有洗不净的血！”

多活一刻，良心就要多受一分煎熬，他连再活一瞬的勇气也没有了……他猛地抽出腰间的长剑，凑在眼前看了看，慢慢地移近自己的咽喉。一腔雄心，到此刻化作南柯梦。他曾用这柄剑杀过无数清兵，也杀过无数太平军的兄弟。现在，他要用它来结束自己卑劣的一生！

不，世界上还有人没有忘记他。正当锋利的剑锋刚刚刺入咽喉、鲜血喷溢的时候，一个身轻如燕的女子破窗而入，向他直扑过来。模糊中，他认出这女子正是翼王的义女桂姝。

说也奇怪，一个多月来，他无时无刻不惧怕复仇者的到来。此刻，复仇女神真的到了面前，他竟然感受到某种近乎安慰的情绪。他横卧在血泊之中，吃力地侧过脸来，对桂姝凄然地一笑。

桂姝愣了片刻，向窗外击了两掌。一位高大魁伟、英气逼人的汉子应声而入。

“我们来得太晚了。”桂姝对汉子说。

汉子摇摇头，看着张遂谋眼里的生命之火熄灭了，长叹一声：“哎，太便宜他了！”弯腰拾起张遂谋的剑，割下头来，用一块黑布包好，又将他的衣襟割下一大块，蘸饱血，在墙上写着：

处决天国叛臣、反草妖人张遂谋，并周知清妖文武百官，俟复我华夏，推翻清朝之时，再取尔等首级。

写毕，想了想，落下款：

真天命太平天国圣神电通军主将翼王石

他和桂妹相视片刻，仰首大笑。然后，手携手地离去……

尾 声

石达开死了。在汗牛充栋的官史和逸闻中，这已是不容怀疑的铁案。

然而，百姓却不承认这些落在白纸上的黑字，固执地相信他并没有死。许多近乎离奇的传说不胫而走，有口皆碑，弄得骆秉章、崇实都有些惶惑了：当日处决的究竟是否石逆正身？

石达开遇害一年半以后，据探子报告：一股打着翼王大旗的“悍贼”，闪电般奇袭了懋功厅、杂谷厅，然后，迅疾北上，进入了大草地。据当地百姓说，他们亲眼看见石达开旄钺黄盖，跃马扬剑，吊民伐罪，威风不减当年。

还有人据此推断，当年石达开被诱擒后，阿弼与桂姝乔装进入成都，设计救出翼王，阿弼自己顶替坐牢。因阿弼与翼王酷肖，骆秉章真假难辨，中了李代桃僵之计，将阿弼当作石达开凌迟处死。进入草地的义军首领，千真万确是曾经威震华夏的翼王石达开。

十余年后，怀着一腔义愤挂冠而去，看破红尘，遁入空门的原清军游击王松林，上峨眉山看佛光。偶见金顶华藏寺内的一位老僧，很像石达开。他犹恐认错，上前细细辨认，其容貌神态，果然与石达开一模一样。他很激动，连忙跪下参拜。老僧微微睁眼，含笑对他点了点头，复又闭目合十，旁若无人地诵起佛经。第二天清晨，他再次去见老僧，想解卅心中疑团。老僧见了他，拊掌发出一阵古怪的大笑，步出华藏寺，沿石径而下，健步若飞，须臾间，消失在大山丛林之中。从此以后，峨眉山上，再也找不到这位古怪的老僧了。

又十年，一位曾同情太平军、在翼王帐下代理文檄的书生，入川经商。途经嘉陵江时，风雨大作，夜色如晦，忙到江边一只小船上避雨。刚跨进船舱，他呆住了，舱中一位须发斑白、目光睒闪的老翁，正是翼王石达开。老翁身旁，放着一把铁伞，细细观看，伞柄上镌着："安庆父老敬献真天命太平天国圣神电通军主将翼王"，下面是天国纪年。伞身上，镌着翼王在天京时撰写的对联：

忍令上国衣冠沦诸异域

相率中原豪杰还我河山

书生认识，这正是翼王经营安徽时，政绩卓著，物阜民康，颂声四起，安庆百姓出于感激，共同铸赠的"万民伞"。虽然，老翁对他的询问，总是报以不置可否的微笑，书生确信，他的判断是准确无误的。

这段被官家铁定的公案，却被人民否定了。这也许因百姓对他由衷的崇敬与爱戴，不愿意他死在敌人屠刀下而编出的故事吧。

清代末年，革命党人为激发民气推翻清廷，广泛宣传了天国豪杰们彪炳史册的丰功伟绩。石达开更是他们笔下歌颂的传奇式英雄，赋诗绘画，作文编戏，盈案累牍。于是，人们对他的怀念之情，更百倍地增长了。

石达开殉国四十八年之后，在以"洪秀全第二"自况的孙中山先生的领导下，辛亥革命成功，大清王朝覆灭了。太平天国英雄们为之洒尽碧血、功败垂成的遗愿，终于实现了。

这是一个晴朗的冬晨，薄雾刚刚散开，寒风习习，霜花皑皑。大渡河南岸的嵯峨群峰，沐浴在瑰丽的晨曦中，显得格外雄奇。河里碧波粼粼，清澈见底。一叶扁舟咿咿呀呀，从北岸缓缓摇来，给宁静的山野平添无穷诗意。

紫打地的农人们吆牛荷犁，来到河边翻犁冬水田。忽听艄公一声呼哨，小舟靠了岸。接着，走下两个人来：一位鬓发如雪、步态轻盈、目光炯炯的老翁，和一位银丝霜鬓、精神健旺、背着个蓝布小包的老妇。他们肩并肩地攀上当年潘王娘投江的小山。

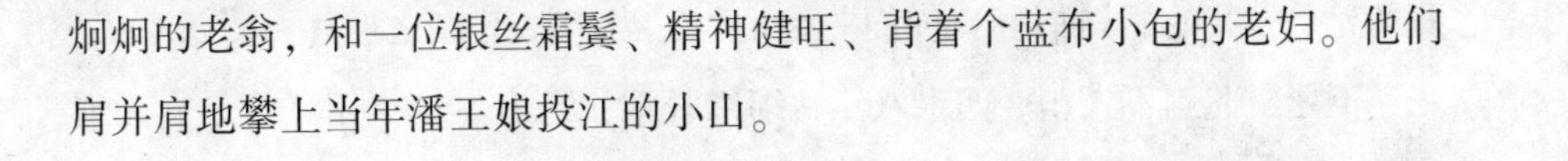

农人们停下手中的活计，好奇地注视着这对老人。只见两位老人低头垂首，对河水默哀片刻，老妇即将蓝布包裹打开，小心翼翼地取出一把铁伞，一柄无鞘的长剑，一个灰白带青的骷髅和香烛纸钱、供酒祭品。白须老人接过长剑，将骷髅顶在剑尖，在空中舞了几圈，嘴里唱着古怪的歌，眼里闪着泪光。老妇默默地将香烛点燃，纸钱焚化。然后，摆好供果，酹酒祭奠，击掌含泪应和，说不出是兴奋的浩歌，还是伤情的呜咽。歌罢，二人慢慢跪下，对着河水拜了三拜。

阿沙和一位在紫打地投了太平军、又侥幸活下来的老农，大胆地走近一看，终于认了出来，这位白须老人，正是当年纵横驰骋、气吞山河的翼王石达开。他们唯恐是错觉，揉揉眼睛，用手遮在额际细看，齐声喊道："那不是石达开吗？"身材高大魁伟，目光亮若辰星，白眉像鹰翅般插向两鬓，虽然年迈，但他特具的一股英气，与当年不差分毫。一位老农掐指细算：翼王若真活到现在，该八十一岁了，而这位老人，不正是八十上下年纪么？

"没错，他就是翼王！"阿沙显得有些激动，两眼眯成了一条缝。

另一位老农仍有一些怀疑，拿不准他真是翼王呢，还是与翼王非常相像的阿弼。正争执不休，忽见白须老人右手举剑，左手托着骷髅，面对河水叫道："潘王娘啊，水中的英魂，你瞑目吧！如今，孙中山先生完成了天王未竟之志，天国和你们的血海深仇已经昭雪，看吧！这就是当年陷你们于死地的仇人之头。我们将张遂谋的首级保留至今，正为了告慰你在天之灵啊！"

说完，他举剑在骷髅上轻击几下，然后猛地击碎，将碎片一块块投入江中。接着，解开盘在头顶的雪白的长辫子，一剑挥断，大声说："赤县神州光复了，天王剪过的辫子，今天又重新剪掉。潘王娘，如你活到今天，亲眼看见清妖朝廷归于灭亡，该怎样高兴，怎样欢欣啊！"

老妇从白须老人手中接过长剑，又从包袱里取出一把红漆描金剑鞘，将长剑插入鞘内，双手托着，高举在头顶，含着兴奋之泪说："我的义母，我的兄弟，我的姐妹们啊！你们一定记得，当年翼王曾立誓言：清妖不灭，张逆不死，此剑不入鞘。四十八年，绵绵长恨，总有尽期。正义终昌，无道必灭，天意人愿，桴鼓相应。翼王未酬之志，皆如愿以偿。今天，这柄'降魔剑'应当入鞘了。"

她用剑挑起老人割下的辫子，和铁伞一齐投入潘王娘及无数先烈葬身的大渡河中。

红日出山，霞光万道，轻寒散尽，霜花消融。大渡河南北，炊烟袅袅，一派生机。

两位老人向河里洒了一掬清泪，又爬起来，迎着东方发出一阵舒心的大笑，唱起古怪的歌，健步下了小山，向东飘然而去，消失在茫茫林海之中。

农人们久久地注视着他们隐去的方向，侧耳倾听，远处传来他们清晰的歌声：

……

帝制已崩啊，

民主新生；

无道必灭啊，

正义终昌！

那老妇人即是桂姝，已无可怀疑；而白须老人究竟是谁，两位老农仍在争执不休。阿沙说，他就是桂姝的义父石达开；另一个说，他是后来成为桂姝丈夫的阿弼。

一位青年农人插话道："两位大伯，人都走了，还有什么争头？快些犁田吧！"

他俩突然猛醒，同时顿足道："唉，我两人都糊涂了，竟没想到问他一声，这疑团不就解开了么？"

这两位当年紫打地大战的见证者，惆怅若失地追溯歌声的余音向东凝望。

太阳冉冉升起，而天际，几片凶险的阴云渐渐弥漫开来。雨过天晴，阳光普照之日虽然终将到来，但还得几经狂飙，几经暴雨呵……